## 일러두기

- 이 책은 2006년 출간된 《어제를 향해 걷다》(조화로운삶)를 뼈대로, 새로운 원고를 더 보태고 다듬어 2022년 상추쌈이 다시 펴내는 책입니다.

- 야마오 산세이의 여러 산문집 가운데 《조몬 삼나무 그늘 아래서縄文杉の木蔭にて―屋久島通信》(1985년 초판 발행 / 1994년 개정판 발행)와 《회귀하는 사계절의 기록回帰する月々の記―続・縄文杉の木蔭にて》(1990년 초판 발행)에서 글을 뽑고, 엮었습니다.

- 야마오 산세이가 스스로 만든 개념인 '古郷性고향성'과 '原郷원향'은 옮긴 이의 뜻에 따라 모두 '본래 고향'으로 옮겼습니다. 본문에서 39쪽, 45쪽, 55쪽, 268쪽, 269쪽에 나오는 본래 고향은 '고향성'을 옮긴 것이고, 51쪽, 96쪽, 143쪽, 159쪽, 160쪽, 348쪽에 나오는 본래 고향은 '원향'을 옮긴 것입니다. 다만 162쪽에서는 '고향성'을 고향성으로 옮겼습니다.

ZYOMONSUGI NO KOKAGENITE / KAIKISURU TSUKITSUKI NO KI

by Sansei YAMAO © Sansei YAMAO 1994, 1990 Printed in Japan

Korean translation copyright © 2022 by Sangchu_ssam Publishing House

First published in Japan by SHINJUKU-SHOBO

Korean translation rights arranged with SHINJUKU-SHOBO

through Imprima Korea Agency.

1938년 도쿄에서 태어났다. 와세다 대학에서 서양철학을 공부하다 중퇴했다. 1960년대 후반, '부조쿠部族'라는 이름으로 자연 속에서 공동체 생활을 시작했다. 1973년에는 가족과 함께 순례 여행을 떠나 인도와 네팔을 다녀왔다. 그 뒤로 부조쿠 공동체의 동료와 함께 일본에서는 처음으로 유기농 채소 가게를 열었다. 또한 경제성장에 반대하는 삶을 소개하는 대항문화 잡지 〈부드러운 혁명 시리즈〉의 편집을 맡아 일을 하고, 도쿄 시내의 작은 건물에서 '호빗토 빌딩 공동체'를 꾸렸다.

그리고 1977년에 식구들과 함께 규슈 남쪽 야쿠섬으로 삶터를 옮겼다. 오래되고 버려진 마을에서 그는 다시 마을을 살리는 데에 힘을 쏟고, 농사를 짓고, 집을 돌보고, 사람들과 어울렸다. 밤이면 섬에서 살아가는 이야기와 나날이 거둔 생각들을 시와 산문으로 써서 잡지에 싣고, 책을 펴냈다. 2001년 돌아갔다.

그동안 한국에서는 이 책을 비롯해 《여기에 사는 즐거움》, 《더 바랄 게 없는 삶》, 《애니미즘이라는 희망》과 같은 산문집이 나왔고, 야마오 산세이의 시 세계를 91편으로 갈무리한 시선집 《나는 숲으로 물러난다》가 2022년 처음으로 출판되었다.

어제를
향해
걷다

어제를
향해
걷다

야마오 산세이 글

**최성현** 가려 뽑고 옮김

상추쌈

# 새롭게 펴내는 《어제를 향해 걷다》에 부쳐

야쿠섬은 비의 계절을 맞고 있다. 산에는 산치자나무나 야쿠시마산수국이나 곤륜화와 같은 나무들이 차례로 흰 꽃을 피우고 있고, 집 앞에는 산세이가 좋아했던 산수국이 자잘한 보라색 꽃을 피우고 있다. 그 옆에는 역시 산세이가 심은 밤나무가 40년에 가까운 세월 동안 굵고 튼튼하게 자라 흰 꽃송이를 탐스럽게 늘어뜨리고 있다. 비의 계절은 누구나 피할 수 없기에 그런 꽃들에서 기쁨과 위로를 받으며, 오랜만에 이 책의 원전인《조몬 삼나무 그늘 아래서》와《회귀하는 사계절의 기록》을 다시 읽었다.

산세이는 1977년에 가족과 함께 도쿄를 떠나 야쿠섬으로 이주했는데, 위에 소개한 두 권의 책은 1982년부터 대략 여덟 해에 걸친 산세이의 나날살이 모습을 기록하고 있다. 그 글에는 산세이가 새로운 터에서 농부이자 시인이자 수행자로서 새로운 삶을 엮어 가고

자 하는 각오와 동시에 자연 속에서 자신이 하고 싶은 일을 시작한 사람이 누리는 기쁨으로 가득하다. 땅에 굳건히 발을 딛고, 이마에 땀을 흘리며 일하는 자만이 얻을 수 있는 즐거움도 읽는 즐거움을 준다. 나아가 뒤에 산세이 사상으로 발전해 가는 핵심 개념의 실마리가 글 속에서 보이는 것도 흥미로웠다. 예를 들면 '고향성 존재故鄕性存在'라든가 '원향源鄕'과 같은 말이 그것이다. 그것들은 그 시점에서는 아직 뚜렷하지 않았지만 뒤에 애니미즘(자연신앙)으로, '님a god'으로 발전해 간다.

책 읽기를 마치고 한숨 돌린 뒤 밖에 나가 보니 책 속에 있던 풍경과 바깥 풍경이 크게 다르지 않았다. 벌써 40년 넘는 시간이 흘렀는데도 거의 바뀌지 않았구나 싶었다. 산세이가 말하는 회귀하는 시간이 흐르고 있을 뿐이었다. 마치 시간이 멈춰 있었던 것처럼 느껴지기까지 했다. 신록의 계절이 지나고, 짙푸르게 우거진 늘 푸른넓은잎나무 숲에 비의 계절이 다시 돌아와 있을 뿐이었다. 하지만 밤나무는 내가 이곳으로 온 30년 전과 비교하면 눈에 띄게 크게 자랐다. 그것은 자연은 회귀하면서 동시에 천천히 '자란다'는 뜻이기도 하다. 그것이 자연이 나아가는 방식이리라. 회귀하는, 다시 말해 바뀌지 않는다고 하는 데서 오는 안도감은 현대를 사는 우리가 잃어버린 중요한 것 가운데 하나일지도 모른다.

이 책《어제를 향해 걷다》를 한국의 많은 분이 읽어 주신다면 정말 기쁘겠다. 이 책을 내는 상추쌈출판사 식구들이 자연을 주인으로 하고, 자신들은 종으로 여기는 자연생활을 실천하고 있는 것이 무엇보다도 믿음직스럽다. 산세이가 야쿠섬의 자연 속에서 길러 낸 사상이 국경을 넘어 한국에서도 깊고 넓게 퍼져 가기를 진심으로 바라고, 출판의 수고를 떠맡아 주신 상추쌈출판사 분들께도 마음 깊이 감사를 드리고 싶다.

2022년 6월 12일

비의 계절에

야마오 하루미山尾春美 (야마오 산세이의 아내)

## 2. 어제를 향해 걷다

## 3. 야자잎 모자를 쓰고

## 4. 지구, 우주의 한 마을

## 5. 아내가 떠나다

# 1

## 본래 고향으로 가니
## 희망이 있었다

# 우리의 다섯 가지 뿌리

　내가 살고 있는 섬은 규슈 남쪽 가고시마에서도 100킬로미터쯤 남쪽으로 더 가야 하는 작은 섬이다. 남쪽 아래 섬이니 겨울에도 꽤 따뜻하겠다고 생각하는 사람이 많을지 모르지만 겨울에는 역시 우리 섬도 춥다. 11월 말께면 해마다 한파가 닥쳐와 섬사람들은 "어, 춥다, 추워."라며 어깨를 옹송그리고 지낸다. 12월은 대체로 따뜻하다. 추위에 몸이 익숙해진 탓인지 모르지만, 1월도 그런대로 따뜻하다. 겨울철에는 대체로 날씨가 좋지 않아 해를 볼 수 있는 날이 적다. 사흘에 하루라도 해가 얼굴을 내밀며 푸른 하늘이 조금이라도 펼쳐지면 바다나 산이 엷은 녹색으로 빛나며 아아, 남쪽 섬이구나 싶어 기쁨에 젖게 된다. 그러다가 대한에 접어들면(올해는 22일이었다.) 갑자기 기온이 떨어진다.

올해는 대한에 접어든 바로 그날, 종일 심한 싸라기눈이 내리다가 그쳤다가 했다. 밤에도 계속 내려서 아침이 되니 등 뒤에 있는 산들이 모두 눈 화장을 하고 있었다. 마을에는 눈이 쌓이지 않았지만 두꺼운 얼음이 얼어서 놀랐다. 마을 뒷산들에는 멀리서 보기에 나무에 얼음이 언 듯했다. 7천2백 년을 살아왔다는 조몬 삼나무를 비롯해 수령이 천 년, 2천 년에 이르는 야쿠삼나무가 자생하는 오쿠산에는, 아마도 일이 미터 남짓 눈이 쌓였을 것이 틀림없는 2천 미터 가까운 봉우리들이 여럿 늘어서 있다. 이런 연유로 우리 섬은 숲이 깊고, 겨울에는 눈도 내린다.

여섯 해 전에 우리 식구 다섯(그 사이에 두 아이가 늘어 지금은 일곱 명이다.)은 이 섬으로 이사를 왔다. 고향인 도쿄가 싫어서도 아니었고, 살기가 어려워서도 아니었다. 나이가 드시기는 했지만 아직 건강하시던 부모님을 비롯해 수많은 친구들이 그렇게 멀리 갈 필요는 없지 않느냐며 붙잡아 앉히려고도 했다. 하지만 '하늘의 뜻天命'은 이미 정해져 있어 우리는 이 섬에 오지 않을 수 없었다. 천명이란 조몬 삼나무라 불리는 7천2백 년 된 할아버지 삼나무의 부름이었다. 그것이 가장 큰 힘이었다. 섬에서 두세 해 사는 사이 나는 그 삼나무를 어느새 '성스러운 노인'이라고 부르며, 영혼 깊은 곳을 다독이는 스승으로 받아들이게 됐다. 스승이 인간이 아니라 한 그루의 할아버지 나무라는 것에서 나는 지금도 천명을 경험한다.

지금 나는 야쿠섬의 산들을 여성 신격의 산, 그러니까 여신이라고 느낀다. 산에 무성하게 자라고 있는 나무는 조몬 삼나무가 그러하듯 남성 신격으로, 여신인 산을 찬미하는 존재다. 천 년이 넘은 야쿠삼나무, 커다란 전나무나 솔송나무들, 엄나무나 노각나무 같은 넓은잎나무 거목, 그런 나무들로 이루어진 원시의 숲을 걷다 보면 어느새 이 세상에는 생활이라는 것이 있다는 것도 잊고 숲으로 녹아든다.

지난해 말부터 나는 인간에게 기본적으로 필요한 것이자 소중한 것은 무엇인가에 관해 생각해 왔다. 40대 중반에 이른 나이 탓도 있으리라. 한편으로는 '생활'에 쫓겨 내 마음 밭을 살피는 일을 게을리하면 아무리 천명이라 하더라도 이 섬에서 살며 그 천명을 온전히 따르는 것이 어렵지 않겠느냐는 내면의 소리가 들려왔기 때문인지도 모르겠다.

나에게 가장 중요한 것은 무엇인가? 대답은 곧 돌아왔다. 그것은 흙이었다. 습기를 머금은 따뜻한 땅, 그것이 내게는 가장 중요한 것이자 필요한 것이었고, 나는 땅에서 왔고 땅으로 돌아갈 존재였다. 그러자 다음에는 물도 꼭 필요하고 소중하다는 소리가 들려왔다. 우리 집 바로 곁을 조심스럽게 흘러내리는 골짜기의 물, 바닥까지 맑고 찬, 물결을 이루며 아래로 흘러가는 물. 그 물도 내게는 중요한 것이자 나는 물로부터 와서 거기로 돌아갈 존재였다. 다음에는 바람이었다. 맑고 풍요로운 바람, 숲을 지나오며 좋은 냄새를 가득 머금은 바람. 나는 바람에서 와서 바람으로 돌아갈 존재였다. 다음은 나무였고, 그 다음은 불이었다.

이 다섯 가지가 내게는 가장 중요한 것이자, 이 다섯 가지를 소중히 여기며 함께 사는 것이 내 천명이었다. 이 다섯으로 충분하냐고 다시 한 번 내게 물어보았다. 그랬더니 하나가 더 나왔다. 그것은 다른 것이 아니다. 나라고 하는, 나를 버티고 있는 내 안의 '의식'이었다. 이 의식 또한 소중했고, 나는 거기에서 태어났고, 그곳이 내가 돌아갈 곳이었다.


물기를 머금은 따뜻한 흙, 그것은 그것 없이는 우리가 살아갈 수 없는, 이 세상 최상의 것이다.

맑고 찬 물, 그것은 그것 없이는 그 어떤 생물도 살아갈 수 없는, 이 세상의 최상의 것이다.

숲을 건너는 풍요로운 바람, 그것은 그것 없이는 우리가 살아갈 수 없는, 이 세상 최고의 것이다.

깊은 숲, 갈잎나무나 바늘잎나무가 뒤섞인 원시의 내음이 밴 정적, 그것이 없이는 우리는 살아갈 수가 없다. 그것은 이 세상 최상의 것이다.

황금색 궁전인 불, 태양으로부터 나와 빛과 열을 우리에게 주는 불, 그것은 그것 없이는 우리가 살아갈 수 없는, 이 세상 최고의 것이다.

그리고 이 의식, '나'라는 존재를 낳고 '나'라는 존재가 마침내 거기로 돌아갈 영원히 죽지 않는 존재, 그것은 그것 없이는 우리가 살아갈 수 없는, 이 세상 최상의 것이다.

 # 내가 바라는 자식들의 삶

3월 25일은 이 섬에 있는 초·중·고등 학교의 종업식 날로, 아이들이 저마다 성적표를 받아 가지고 돌아왔다.

두 해 전에 고등학교를 마치고 도쿄에 있는 대학으로 공부를 하러 가는가 했더니 반 년도 채 지나지 않아 퇴학계를 내고 만 장남을 빼고, 집에는 고1을 시작으로 중2, 중1, 초등학교 5학년까지 학교를 다니는 아이들이 넷이다. 학생 수가 얼마 안 되는 섬의 학교이기는 하지만, 넷 다 자기 학년에서 다섯 번째 안에 드는 성적표를 받아 왔다. 이 작은 섬에서도 최근에는 영어 학원이다, 피아노 학원이다, 종합 학원이다며 아이들을 그런 곳에 보내느라 야단이지만 우리 집에서는 물론 그렇게 하지 않는다. 고1과 중1 두 아이는 수업보다 야구에 더 열정을 쏟고 있고, 중2와 초등학교 5학년인 두 아이는 어느 쪽인가 하면 독서에 빠져 있다. 초등학교 5학년은 여자아이로 책 읽는 것을 무척 좋아하지만 스포츠 소년단 농구부에 들어가 몸을 움직이는 데서 얻는 즐거움도 조금씩 알아 가는 중이다.

아이들이 한 학년을 무사히 마친 셈이었으므로 그날 저녁 밥상은 좀 특별했다. 아내가 초밥을 만들어 조촐한 잔칫상을 차렸다.

이맘때는 이른 봄이라 고등어가 잡히지 않고, 그래서 초밥에 올릴 물고기를 좀처럼 구할 수가 없지만, 때로 먼바다로 나가 고기를 잡는 이웃집에서 마쓰오(날개줄고기)라 불리는 물고기를 가져온 것이 때마침 있었던 모양이다. 나는 실물을 보지 못했지만 우리 집 일곱 식구가 한 마리로 초밥을 만들어 배부르게 먹었던 것을 보면 상당히 알이 굵은(섬에서는 큰 물고기를 이렇게 부른다.) 물고기였던 게 분명하다. 게다가 아내 말로는 먼바다에 나가 잡은 물고기치고는 드물게 그때까지 살아 있었다고 했다. 칼로 자른 상태에서도 내장이 움직일 만큼 물고기가 싱싱했다고 한다. 이웃에 어부가 산다는 것은 고마운 일이다. 그렇게 큰 물고기를 아무렇지 않게 우리 집에 던져 주는 것이다.

초밥에 따라붙는 국물은 이삼일 전에 다른 집에서 받은 벵에돔 뼈와 머리를 넣고 끓였다. 이곳에서는 구로이보라고 하지만 간토 지방(수도가 있는 도쿄 주변 지역)에서는 메지나라고 부르는 굉장히 맛이 좋은 물고기다. 날개줄고기 초밥과 벵에돔 국, 그것만으로 차려진 상이었지만 아이나 어른이나 대만족이었다. 그다지 밝다고는 할 수 없는 60와트 알전구 아래에서 접시 위에 놓인 초밥은 금세 사라져 갔다.

"지로(고1), 너는 국어와 영어에 힘을 쏟아야 한다. 영어도 물론 중요하지만 국어, 특히 논문을 이해하고, 쓸 수 있는 힘, 그 두 가지를 다 익혀야 한다."

밥을 다 먹은 뒤에, 받아 온 성적표를 보며 나는 말했다.

"다음은 요가(중2), 너는 대체로 이번 학기에 학업을 소홀히 했구나. 왜 성적이 떨어졌는지, 그 까닭은 네가 가장 잘 알겠지.

다음은 라마(중1), 너는 수학을 내팽개치고 있구나. 중학교에서 미밖에 못 받아서는 앞으로 고생이 클 거다.

다음은 라가(초등 5), 너는 모든 과목이 뛰어나지만 '글씨를 바르고 깨끗하게 쓸 수 있다.'란에 세모 표시가 돼 있구나. 글씨를 난폭하게 쓰는 것은 마음이 거칠고 사납다는 뜻이다."

학기 말마다, 혹은 학년 말마다 반복되는 뻔한 평가다. 하지만 정리를 하는 셈도 되는지라 세상에서 흔히 하듯 하고 있다.

아이들 교육을 두고 내가 자신을 갖고 말할 수 있는 것은 하나밖에 없다. 그것은 이 섬에서 초등학교, 중학교, 고등학교를 마치게 한다는 것이다. 섬에는 고등학교까지밖에 없다. 그 다음 과정은 우리 섬에 없기 때문에 공부를 더 하고 싶으면 섬을 나가야 한다. 섬에 있는 동안이 나의 영역으로, 아이들이 여기에 있을 때 다만 섬의 초등학교, 중학교, 고등학교에 보내는 것으로, 내가 할 수 있는 일의 99퍼센트를 다하고 있다. 나머지 1퍼센트는 위에 썼던 것처럼 저녁밥을 먹은 뒤에 아이들을 타이른다든가 하는 식으로 채운다. 물론 나태함은 학교 공부에서든 무엇에서든 결코 바람직한 자세라고 할 수 없다. 하지만, 중요한 것은 그런 것도 포함해 자식들이 이 섬에 있는 학교에 가서 섬 아이들과 사귀면서 섬의 문화와 전통을 자신의 뼈와 살 깊숙이 새기도록 하는 것이라고 생각한다.

섬의 문화와 전통을 이루어 온 것은 말할 것도 없이 섬의 자연이다. 인간 존재의 본질인 자연, 그것을 하루라도 제대로 배우도록 하는 것이 아이들에 대한 내 책임이다.


초밥과 생선국으로 차린 축하 밥상에 앉아 조용히 생각한 것은 여기에 있는 아이들 가운데 하나나 둘이라도 좋으니까 태만이나 패배감 때문이 아니라 진정한 자기 선택에 따라 대학 진학을 포기하고 머리가 아니라 손을 써서 하는 일을 하며 살아가고 싶어 하는 아이가 나왔으면 좋겠다는 것이었다. 내가 스스로 그렇다고 여기고 있는, 이 시인이라는 일도 물론 손, 혹은 몸을 써서 하는 일에 속하지만(몸을 움직이지 않는 책상 시인이란 타락한 시인이다.), 그것도 포함하여 손, 혹은 몸으로 하는 일에 다음 세대의 꿈을 맡기고 싶은 것이다.

예를 들어 그것은 지로, 너는 배를 타는 사람이 될 수는 없을까. 바다를 바라보며 바다와 이야기하고 바다가 곧 신인 것을 깊이 아는 사람이 될 수 없을까.

예를 들어 그것은 요가, 너는 빵을 굽는 사람이 될 수 없을까. 빵을 굽고 빵을 팔며 사람들에게 빵이라는 행복을 선물하는 사람이 될 수는 없을까. 왜냐하면 네가 가장 바라는 것은 행복이라 불리는 빛, 그것을 얻는 것이라고 내게는 느껴지기 때문이다.

라마, 너는 도공이 되면 안 될까. 오키나와에 가서 훌륭한 류큐 자기의 전통을 몸에 익히고 흙과 불이 자慈이자 비悲이기도 한 세계를 온몸으로 탐구해 보지 않겠니.

그리고 또 라가, 너는 내 뒤를 이어 농부이자 시인이기도 한 삶의 여행을 여성으로서 해 볼 생각은 없을까. 산다는 것은 곧 자연으로 영원히 돌아가는 것이라는 메시지를 나와는 다른 언어로 이야기해 줄 수는 없겠니?

# 생명을 아는 자는 모두 약자다

해마다 11월 말이 되면 이 남쪽 섬에서도 북서풍이 강하게 불기 시작해 아름답던 흰 억새 이삭이 망령의 무리처럼 을씨년스러운 풍경으로 바뀐다. 억새 이삭이 심하게 바람에 흔들리는 들에 서면 현동玄冬, 곧 검은 겨울이 다가오리라는 것이 느껴진다. 젊은이들은 잘 모르는 말이지만 옛 어른들은 계절과 인생의 변화를 청춘靑春, 주하朱夏, 백추白秋, 현동玄冬이라는 말로 갈라 불렀다.

추위가 매섭던 어느 날 밤이었다. 베짱이 한 마리가 내 책상 위로 날아와 웅크리고 앉아 움직일 줄을 몰랐다. 손으로 건드려 보면 아직 살아 있는 것이 분명한데, 이미 몸을 움직일 힘조차도 없어 보였다. 기력을 잃어 가는 듯했는데, 빛깔이 고운 베짱이였다. 그처럼 고운 베짱이가 거기서 그대로 숨이 끊어진다는 것은 안타까운 일이지만 달리 어찌할 방법이 없었다. 옆에 있는 장식장 선반 위에 가만히 놓아두는 길밖에 그때 내가 할 수 있는 일이 없었다. 다음 날 아침에 보니 베짱이는 그 자리에서 그 모습 그대로 숨이 끊겨 있었다. 참으로 조용하고 아름다운 죽음이었다. 내 죽음도 저처럼 되었으면 하고 바라고 싶은 심정이었다.

억새 이삭을 흰 망령의 무리로 바꾸는 북서풍은 동시에 노란 털머위꽃을 피우는 바람이기도 하다. 밝은 빛깔의 털머위꽃을 바라보고 있으면 사람은 희망이 있어야 살아갈 수 있는 생물이라는 것을 알게 된다. 돈이나 핵무기가 지배하는 시대에 나는 올해도 털머위꽃이 어김없이 피는 것에서나 참다운 희망을 볼 수 있을 뿐이다. 그 희망에 기대어 일어나 괭이를 드는 것과 같은 사소하지만 필사적인 일상의 일들로 돌아갈 수 있는 것이다.

야소샤라고 하는 작은 출판사에서 최근에 《또 하나의 일본 지도》라는 소박하지만 대단히 훌륭한 책이 한 권 나왔다. 그 책은 용기나 필연에 따라 새롭게 지구 및 자연과 조화로운 삶을 개척해 나가고 있는 개인, 혹은 집단 156곳의 메시지를 통째로 편집한 책이다. 이 사회의 삶의 방식에 의문을 가지고 새로운 삶을 찾고 있는 이라면 부디 한번 읽어 보기를 권하고 싶은 책이다.

그 책 속에는 아직 한 번도 만난 적이 없지만 나가노현에서 〈일월 주신문〉이라는 계간 신문을 발행하며 나와는 편지만으로 마음을 나눠 온 한 친구의 짧은 글도 실려 있다. 그 글에서 나는 특히 "생명을 아는 자는 모두 약자다."라고 하는 말이 가슴에 와 닿았다. 〈일월주신문〉에는 아래와 같은 슬프도록 아름다운 부제가 붙어 있다.

우주의 오아시스 '지구'
지구의 심장 '인도'
일본의 헛수고 '일월주'

생명을 아는 자는 모두 약자라고 하는 지나치게 깊지 않나 싶은 그 친구의 감수성이 부제 아래에 흐르고 있다.

일본 사회는 미국에 이어 세계 제2의 경제 대국으로서 강함이야말로 찬미해 마땅한 것으로 여기는 사회다. "빨간 불일 때도 보행자가 모두 함께 건너면 겁낼 것 없다."고 하는 우스갯소리가 한때 유행했다. 그것은 약자가 함께 손을 잡고 관리 사회의 상징인 신호 규제를 무시하는 광경처럼 보였다. 하지만 지금 그것은 강자인 일본인이 지구 생명체에 켜진 빨간불을 무시하고 '다 함께 건너면 괜찮다.'며 걷고 있는 것과 같다. 생명을 아는 자는 모두 약자라고 하는 그 친구의 말에 덧붙여 강자는 모두 생명을 알지 못할 뿐만 아니라, 과거에는 알고 있던 것을 지금은 잊어버리고 살고 있다고 감히 말하고 싶다.

털머위꽃을 바라보면서 아내와 함께 곧 새해가 오겠네, 같은 이야기를 하고 있자니 곁에서 그 말을 듣던 이제 막 네 살이 된 미치토가 물었다.

"새해는 누구네로 와?"

"미치토랑 아버지랑 어머니랑 모두의 집으로 오지."

아내가 대답했다.

"마도카네 집으로도 와?"

마도카는 이웃집에 사는 세 살짜리 여자애다.

"그럼, 마도카 집에도 오고, 도쿄의 할머니네에도 오고, 전부 다 온단다."

미치토는 잠시 생각을 하는 눈치더니 조금 장난스러운 눈빛으로,

"그럼 산에도 와?"

라고 물으며 엄마의 눈을 들여다보았다. 하지만 아내는 미치토의 기대를 꺾고,

"그럼. 새해는 산에도 오고, 바다에도 오고, 세상 어디나 전부 온단다."

라고 대답했다. 미치토는 그제서야 이해를 하고 입을 다물었다.

산이나 바다에나 강에나 어머니에게나 아버지에게나 미치토 자신에게나 마도카에게나 도쿄의 할머니에게나 똑같이 오는 새해라

고 하는 불가사의! 미치토의 이해가 그대로 내게도 전해져 와서 나도 곧 다가올 새해가 불가사의하게 느껴졌다.

며칠 뒤에 지구로 다가온다는 핼리혜성도 그렇지만 무엇보다도 불가사의한 것은 곧 새해가, 아내의 말에 따르면 온 세상 어디에나 온다는 것이다. 그것은 우리가 끊임없는 변화 속에 있다는 뜻이다. 그 불가사의한 힘에 따라 털머위는 노란 꽃을 피우는 것이다. 그리고 그 노란색 꽃을 보며 사람들은 희망이라는 이름의 힘없는 자들의 빛과 만나는 것이다.

# 마음의 형제

나는 이로리(방바닥 일부를 네모나게 잘라 내고 그곳에 재를 깔아 불을 피우는 장치)에 불 피우기를 좋아한다. 물론 연기가 피어올라 집 안을 가득 채운다는 문제가 있지만 집 안에 살아 있는 불이 있는 기쁨은 무척 크다.

이로리에 불을 피우는 방법은 여러 가지다. 나는 먼저 굵은 나무 두 개를 이로리 중앙에 20센티미터 정도 벌려서 나란히 놓는다. 그 한가운데 작은 가지를 쌓아 놓고 불을 붙인다. 시간이 지나면서 불은 좌우의 굵은 나무로 옮겨붙으며 이윽고 활활 타오르기 시작한다. 좌우의 굵은 나무가 타오르기 시작하면 불 지피는 단계는 끝난 셈이다. 그 뒤에는 중간 굵기의 나무를 적당히 넣으면 된다. 이때부터는 아래에서 이미 타오르는 불길과 양옆에 놓은 굵은 나무의 열기에 힘입어 쉽게 나무에 불이 붙고, 거기서 이는 불길에 따라 좌우의 굵은 나무도 조금씩 타들어 간다. 좌우의 굵은 나무 두 개와 한가운데 넣은 중간치 나무 두세 개로 불길은 너무 크지도 않고 작지도 않게 안정된다. 그 뒤로는 가끔 땔감 자리를 바로잡아 주기만 하면 된다.

밤마다 불을 바라보고 있으면 불꽃이 너울대는 아름다움에 넋을 잃고 시간 가는 것을 잊어버릴 때가 많다. 불은 이 세상을 사는 모든 사람에게 가름 없이 평등하게 주어진, 금보다 더 귀한 진짜 금이다. 이 금빛 찬란함 앞에 앉으면 절로 마음의 뜰이 고요해진다.

밤이 깊어 가면 양옆에 놓은 굵은 나무토막도 재로 사라지며 점점 가늘어진다. 때를 보아 더 이상 가운데 나뭇가지를 넣지 않고 좌우의 두 나무를 바투 놓아 둘만 타오르게 한다. 그러면 불꽃은 더욱 작고 조용해지며 옛사람이 뭉근히 탄다고 표현했던 그대로 정말 불이 녹아내리는 듯한 때가 찾아든다. 이미 불꽃은 거의 보이지 않고, 작지만 강한 온기만이 그곳에서 피어난다. 연기로 찡그렸던 얼굴도 이 무렵이 되면 긴장이 풀린다. 그리고 이로리의 지복, 곧 지극히 행복한 순간이라고 불러도 부족함이 없는 그런 시간이 조용히 흐르기 시작한다.

지자이카기(이로리 위에 매달아 놓고 자유롭게 올리고 내릴 수 있는 냄비·주전자 걸이)에 건 물통에서는 소리 없이 김이 피어오르고 기둥에 건 시계가 11시나 12시를 천천히 알린다. 더 이상 차는 필요 없다. 물통에서 끓고 있는 물을 바로 잔에 따라 그대로 마신다.

1월 2일 밤, 11시를 넘긴 시간에 모우 청년이 전통 의상 차림으로 찾아왔다. 올봄에 결혼식을 올릴 구미코 씨도 함께였다. 우리 섬에서는 특히 1월 1일부터 3일까지는 위아래를 가리지 않고 술자리를 함께한다. 슬슬 끄려 했던 이로리에 나무를 더 넣어 불꽃을 피워 올리는 것으로 환영의 뜻을 표하며 두 사람을 맞았다.

이런 일도 있지 않을까 하여 준비해 둔 40센티미터 정도의 대나무 통에 술을 따라 놓고, 이로리에 둘러앉아 우리는 이야기꽃을 피우기 시작했다. 모우 청년은 우리 섬과 다네가섬을 합쳐 구마게 군이라 부르는 이 지역 청년단 부단장을 맡고 있다. 자연을 소중히 여기며 힘껏 자연과 함께 살아가는 길을 찾고 있는 이로, 이 시대의 미래를 생각할 때 빼놓을 수 없는 사상이랄까 생각을 굳게 가진 젊은이다. 앞으로 이 섬을 더욱 살기 좋게 만들어 가는 데도 매우 중요한 역할을 짊어질 사람이었다. 그의 아내가 될 구미코 씨도 청년단의 일원인데, 무척 조용하고 심성이 고운 이였다.

대나무에 넣어 데운 약주를 주고받으며 이런저런 이야기를 하는 사이에 모우 청년의 입에서 우리 부부와 의형제를 맺고 싶다는 말이 나왔다.

섬에서는 예로부터 섬 의형제라고 하는 특유의 관습이 있다. 피로 이어지지 않은, 곧 남남인 두 가족이 의형제를 맺고 한 가족처럼 지내는 것이다. 옛날에는 교통이 불편해서 한 섬 안에 살면서도 삼사십 킬로미터 넘게 떨어진 이웃 마을에는 쉽게 다닐 수가 없었다. 그럴 때는 거기 있는 섬 의형제 집에서 묵으며 서로 도움을 주고받던 데서 비롯된 관습인 것 같다.

지금은 차로 세 시간쯤이면 섬을 한 바퀴 돌 수 있으니 그럴 필요가 없다. 게다가 모우 청년은 거리야 좀 떨어져 있지만 같은 마을에 산다. 그러므로 그의 제안은 편의를 꾀하자는 게 아니라 서로 마음을 나누는 형제가 되자는 뜻이었다. 그 마음이 고마워서 우리는 새로 술을 데우고, 대로 만든 술잔에 가득 술을 따랐다. 네 사람이 모두 자세를 고쳐서 정좌한 채 건배하고 형제의 의를 맺었다.

'고등어잡이 노래'라는 이곳 사람들이 즐겨 부르는 노래가 있는데, 3절에 이런 노랫말이 나온다.

> 잇소는 좋은 곳 또 나왔네
> 의형제를 맺으면 그 의리는 영원히 끊어지지 않네
> 오늘 아침도 풍어다 이웃집이라면
> 드릴게요 이 싱싱한 고등어를

그런 뜻이 담긴 의형제를 그날 우리가 맺은 것이다. 덧붙이면 싱싱한 고등어란 아직 소금 간을 하지 않은, 그래서 그대로 회로 떠서 먹을 수 있는 것으로서, 잇소는 우리 섬 안에서도 특히 어업이 발달한 마을이다. 섬에서는 모든 것이 이렇게 저렇게 이어져 있지만 옛날에는 길이 워낙 나빠서 이웃 마을에 가는 동안에도 신선한 물고기가 한물이 가 버릴 정도였다.

이미 시간은 12시를 넘기고 있었지만 술기운으로 기분도 좋고, 또 이로리의 불길도 잘 타오르고 있어 '야쿠섬을 지키는 모임' 대표인 나가이 사부로 씨 집에 전화를 걸었다. 그쪽에서도 새해맞이 잔치를 하는지 떠들썩한 소리가 수화기를 통해 들려왔다. 지금 모우 부부와 의형제를 맺었다고 전하니 나가이 씨는 "모우하고 의형제라면 나하고는 형제다."라며 곧바로 되받아 왔다. 와세다 대학을 나오고도 도시에는 눈길 한 번 주지 않고 섬으로 돌아온 그는 참으로 좋은 남자였다.

섬은 하나밖에 없는 우리 삶의 터전이고, 그 터전이야말로 우리의 전부지만 그 터전에서 가장 중요한 것은 물론 사람이다. 사람이야말로 터전의 불꽃이고, 그 불꽃을 따라 우리는 살아가는 것임이 뼈저리게 느껴졌다. 1시를 넘기고 모우 청년과 구미코 씨가 돌아갔지만, 우리 부부는 잠시 이로리의 불을 끄는 것도 잊고 그 밝은 불꽃을 바라보면서 섬 생활 10년째의 밤을 그 불꽃을 통해 맛보았다.

# 저절로 자라는 것들

3년 전에 뒤란에서 절로 난 패션프루트가 해마다 무성하게 자라 올해는 뜰 한쪽을 혼자 차지할 만큼 덩치가 커졌다. 이 섬에서는 패션프루트를 시계풀이라 한다. 덩굴식물로 호박처럼 사방팔방으로 기세 좋게 뻗어 간다. 어찌나 잘 자라는지 어떤 식물을 만나든 다 덮어 누른다. 기후와 흙이 맞는 덕분인지 우리 섬에서는 일부러 기르지 않아도 들풀처럼 절로 번져 간다. 시계풀이라고 하는 것은 흰 하늘타리꽃처럼 꽃에 시계 문자판 같은 문양이 있기 때문이다.

패션프루트라는 이름은 열대지방에서 나는 정열적인 과일을 떠올리게 하지만 실은 이 이름도 꽃 모양을 딴 것이다. 꽃 안에 보이는 십자가 문양 때문에 그런 이름이 붙게 된 것이라 한다. 패션 passion이라는 영어에는 정열이라는 의미와 함께 수난이라는 뜻도 있다. 꽃 속에 있는 십자가 문양이 예수 그리스도의 수난을 떠올리게 한다며, 패션프루트라 부른다는 것이다. 정열과 수난은 뜻이 꽤 다른데 여하튼, 과일 그 자체는 붉은 보랏빛으로, 크기는 탁구공만 하다. 날것으로도 먹을 수 있지만, 속에 씨가 많아 즙을 내어 먹는 쪽이 낫다. 강한 향기는 남쪽 과실 특유의 것이다. 최근 들어 시장성이 보여 이 섬에서도 재배를 하는 사람이 늘고 있다.

우리 집 뒷마당에 절로 나서 자라고 있는 패션프루트는 너무 우거져서 여름이 끝나 갈 즈음 절반 가깝게 베어 버렸다. 그 패션프루트가 뜰 쪽으로는 자라지 않았으면 하는 것이 내 바람이었다. 뜰 쪽이 아니라 뜰 너머로 자라서 그쪽에 있는 시냇가로 뻗어 가기를 바랐다. 그래서 열매를 딸 때도 시냇물 속에 들어가 딸 수 있었으면 했다. 하지만 패션프루트는 내 뜻을 저버린 채 뜰에 있는 다른 식물을 휘감으며 자라고 있다. 나는 그 패션프루트를 무척 사랑하지만 다른 식물, 곧 문주란이라든가 공조팝나무, 치자나무, 블루베리, 복숭아나무나 귤나무처럼 큰 나무조차도 감고 올라가 뒤덮어 버리는 데는 난처하지 않을 수 없다. 뜰이 아니라 시냇물 쪽으로 가 줘, 하고 부탁을 하면서 무성해진 패션프루트의 덩굴을 끊었다. 일을 마치자 뜰이 더욱 밝아져 다른 식물들은 한시름 놓는 기색이었지만 나로서는 거꾸로 왠지 씁쓸한 느낌이었다.

여름 내내 아이들은 패션프루트 열매를 자주 먹었다. 열매를 아주 많이 맺기 때문에 생각이 나면 비틀어 따서 먹고, 씨앗을 여기저기 퉤퉤 뱉어 버린다. 이제 겨우 세 살인 미치토조차 맛을 들여 어디선가 따다가 먹는다. 먹고 뱉어 버린 씨앗 가운데 운이 좋은 것은 싹을 틔우고 새로운 한 그루로 자라기 시작할 것이다.

이 여름, 땅의 선물이 패션프루트라고 한다면 바다에서 온 선물은 거거라는 조개다. 나는 이미 15년도 더 전부터 거거를 따기 시작해 그것으로 여름을 즐기고 있다. 거거는 그리스신화에 나오는, 비너스가 태어난 조개와 같은 모양이지만 우리 섬에서 딸 수 있는 것은 물론 그렇게 크지는 않다. 기껏해야 길이 30센티미터 정도로 보통은 20센티미터짜리면 큰 편이다. 물안경에 '숨대롱'을 물고 바다 밑을 살피면서 헤엄을 쳐 가면 거거가 자주색이나 갈색 입을 꽃처럼 벌리고 있는 것을 볼 수 있다. 깊은 곳이라면 삼사 미터 잠수해 바다 칼로 비틀어 따거나 뿌리 부분을 잘라서 딴다.

거거는 결코 보기 어려운 조개는 아니다. 그렇다고 흔한 것도 아니다. 역시 나름의 눈과 노력이 없으면 딸 수 없다. 올해 고등학교 1학년이 되는 지로는 거거 따는 일을 제대로 익혀 어느새 나보다 솜씨가 나아졌다. 오키나와 사람들과는 달리 우리 섬 사람들은 거거를 그다지 즐겨 먹지 않는다.

거거는 껍질이 아주 곱다. 그래서 조갯살은 먹고 껍질은 조심스레 남겨 둔다. 길이가 이삼십 센티미터나 되는 거거 껍질은 내게는 바다의 여러 신비 가운데 하나로, 언제 보아도 마음이 끌린다. 티베트 사람들은 조개껍질을 불교 용구의 하나로 소중히 여긴다는데 거거를 보면 그 마음을 알 것 같다. 지금 내 방에는 크고 작은 거거 껍질 여섯 개가 놓여 있다. 그 가운데 내가 딴 것은 하나밖에 없다. 나머지는 모두 지로가 딴 것이다.

지로는 아직 고등학교 1학년이지만 고등학교를 졸업해도 도쿄에는 가지 않겠다고 말한다. 가고시마에 가겠다고 한다.

'본래 고향'이라는 말이 어느 날 나를 찾아왔다. 산이 있고 강이 있고 바다가 있다. 그리고 그것과 인간이 조화롭게 사는 세상. 그것을 나는 '본래 고향'이라 부른다. 사람은 고향을 버리고 도시의 주민이 될 수는 있어도 이 지구라는 '본래 고향'을 버리고 살 수는 없다. 과학과 공업은 인류의 행복에 얼마쯤 보탬이 될 수 있겠지만 아무래도 마지막 목적은 될 수 없다. '본래 고향'이란 말은 패션프루트의 씨앗, 거거의 껍질과 함께 이 여름, 대자연이 내게 준 선물이다. 그것이 지금 내 마음 안에 자리를 잡고 있다.

# 울며 부른 노래

물은 위가 아니라 아래를 향해서 흐른다. 당연한 일이지만 물은 아래로 흐르는 것이 물의 진실이다.

나는 학생 때 서양철학을 전공했다. 그 무렵의 수많은 학생들이 매료됐던 사르트르나 카뮈의 실존철학말고도 키르케고르의 철학도 조금 배웠다. 그런데 과에서 가장 사이가 좋았던 친구가 소크라테스 이전의 고대 그리스철학에 관심을 갖고 공부를 하는 바람에 나 또한 소크라테스 이전의 자연철학자들에 관심을 갖게 됐다. 그 덕분일까, 그 뒤로 30년 가까운 세월이 흘렀지만 놀랍게도 만물의 근원은 물이라고 보았던 밀레투스의 탈레스(철학의 문을 연 이로 불린다. 기원전 6에서 7세기를 살았던 사람이다.)가 생각난다.

탈레스는 왜 만물의 근원, 즉 자연을 이루는 근본 요소를 물이라고 보았던 것일까? 일본 역사로 치자면 조몬 시대 전기에 걸친 시기를 살았던 사람이 너무나 소박하게, 그리스의 섬들은 모두 바다에 있으니 모든 존재는 바다의 지지를 받고 있다며 물이야말로 만물의 근원이라 보았던 것일까? 알려지기로는, 탈레스는 어느 해 그리스 지방에서 일어난 일식을 예언하여 맞춘 이로, 몇 개인가 기하학 정리도 발견한 인물이기도 하다. 물을 만물의 근원으로 보았던 탈레스의 이 소박한 철학은 2천5백 년이라는 시간을 뛰어넘어 현대를 사는 우리 가슴에도 빛으로 전해지고 있다. 그 까닭은 그것이 자연에 관한 깊은 통찰에 뿌리를 두고 있기 때문이라고 보는 게 옳을 것이다.

탈레스는 무엇보다 바다의 노래에 깊이 귀 기울이고, 강의 흐름을 지켜보고, 오랫동안 물이 흐르는 모습을 바라보는 한편 그 소리를 들으면서, 그것이 하늘에서 내려오는 것임에도 만물의 밑바닥을 이루며 만물의 모태가 되고 있는 것을 알고 물을 만물의 근원이라고 보았으리라.

물은 물론 하늘에서 내려오는 것이자, 하늘로 올라가는 것이기도 하다. 하지만 물의 본질은 밑바닥에 있고, 밑바닥으로 흐르는 데 있다. 밑바닥에 있는 것, 밑바닥으로 흐르는 존재인 물의 진실은 그것을 지켜보면 지켜볼수록, 그 소리를 들으면 들을수록 깊다. 그것은 역시 만물의 근원이라 부를 수 있고, 근원의 원源이라는 글자가 물을 뜻하는 물수 변으로 이루어져 있는 것 또한 이치에 맞다고 할 수 있다.

이 섬에 살며 무엇이 가장 좋으냐고 물으면 나는 망설임 없이 맑은 시냇물이 흐르고 있는 것이라고 대답한다.

10년 전에 처음으로 이 시냇가로 이사를 왔을 때였다. 그때 이 냇물은 전부 마실 수 있다는 마을 사람의 말을 듣고 얼마나 기뻤는지 모른다. 시냇물 전체가 마실 수 있는 물이라니 얼마나 큰 풍요인가! 그 뒤로 그 시냇가에 사는 기쁨은 끊어지는 일 없이 내 안을 흐르게 됐다.

3월 30일은 해마다 초·중·고등 학교 교직원의 인사이동이 발표되는 날인데, 그날 밤에는 어김없이 잇소의 마을회관에서 전출, 혹은 정년 퇴임을 하는 선생님들을 위한 송별회가 열린다. 올해는 초·중학교를 합쳐서 모두 여덟 명의 선생님을 보내는 자리였다. 송별회에는 100명 가까운 사람들이 모였다. 10년을 산 덕분에 이윽고 모르는 얼굴은 없었다. 그중에는 특히 가깝게 지내는 이도 몇 사람 보였다.

송별회는 섬을 떠나는 선생님들의 감개 섞인 인사로 시작되었고, 끝나자 다 같이 건배, 그 뒤로는 한 사람씩 선생님들이 앉아 있는 곳까지 가서 술잔에 술을 따르며 감사의 인사를 하는 순서가 이어졌다. 술을 따르는 사람은 100명에 가까웠고, 술잔을 받는 사람은 한 사람이어서 받는 대로 마신다면 큰 사달이 날 것이 뻔했다. 그래서 서로 알아서, 예를 들면 따르는 사람도 시늉만 하는 이가 많았고, 받는 사람 또한 취해 쓰러질 만큼 마시지는 않았다. 신세 진일이 있거나 친한 선생님과는 조금 길게 이야기를 나누기도 했지만 100명에 가까운 사람이 뒤에 줄을 지어 서 있어 긴 이야기는 허락되지 않았다. 물론 참가자끼리도 저마다 어울려 마시느라 한 시간쯤 지났을 때는 얼굴이 붉어진 사람이 많았다. 예의 반, 친애 반의 송별회였는데, 차츰 예의는 사라지고 친애가 중심이 되어 갔다. 때를 보아 사회자가 마이크를 잡고 기분 좋은 목소리로 외쳤다.

"그러면 여러분, 우리 다 함께 초등학교와 중학교의 교가로 성대하게 선생님들을 보냅시다. 전원 기립해 주시기 바랍니다."

그 자리에 참석한 선생님과 학부모들이 모두 일어섰고, 먼저 잇소 초등학교의 교가를 1절부터 3절까지 합창했다. 이 섬에서 태어나고 자란 사람들이(그중에는 나처럼 그렇지 않은 이도 있었지만) 지금은 아이의 부모가 되어 아이들의 것이기도 하고 자신의 것이기도 한 교가를 아이들의 마음으로 돌아가 큰 소리로 함께 불렀다. 석별의 정에 취기까지 더해져 노래는 자꾸 드높아 가는 한편 가슴을 저미며, 손을 들어 눈가를 누르고 있는 부인들도 보였다.

초등학교 교가가 끝나자 다음은 잇소 중학교 교가였다.

하늘 높이 솟은 야에산의

웅장한 모습을 아침 저녁

배움의 정원에서 우러러본다

희망에 불타는 친구야

아아 젊은 눈동자 빛나리

긍지 높은 잇소 중학교


맑게 흐르는 시라강의

끝없는 가르침 깊이 헤아려

마음을 닦고 몸을 단련하자

문화의 꽃을 피우자

아아 젊은 목숨 한길로

어깨가 무겁다 잇소 중학교


파도로 떠들썩한 바닷가

바다 물결이 거칠더라도

정해진 길을 굳세게 밟아 나가며

밝은 평화 지켜 가자

아아 젊은 힘 여기 모였네

함께 나가자 잇소 중학교

노래를 부르며 차츰 내 가슴도 뜨거워져서 노래가 끝날 무렵에는 내 볼에도 눈물이 흘러내렸다. 노래가 끝나고 잠시 조용해졌을 때 누군가가 혼잣말을 하듯 중얼거렸다.

"뭐야, 이거? 눈물 아니야!"

그 소리에 다 같이 박수. 그리고 만세 삼창.

섬의 소박하고도 감상적인 송별회 풍경일 뿐이라고 하면 그뿐일지도 모르지만 거기서 우리가 흘린 눈물은 존재의 근원에서 흘러나온 눈물이었다고 나는 생각한다. 그 눈물은 지역 공동체가 지닌 깊은 유대 관계에서 나온다. 혹은 '본래 고향'에서 나온다. '본래 고향'이란 산이 있고, 강이 있고, 평지가 있고, 바다가 있고, 거기에 사람이 끝없이 이어서 사는 것을 이르는 말과 다름없기 때문이다. 어느 곳에서든 깊게 산다는 것은 힘든 일이 없다는 뜻이 아니다. 고통스러운 일 또한 물처럼 흘러간다. 흘러가며 그치지 않는다. 하지만 그 밑바닥에 또 하나 물의 진실이 있다. 물은 흐르고 있다는 것이다. 그 진실은 영원히 멈추지 않는다.

맑게 흐르는 시라강의
끝없는 가르침 깊이 헤아려
마음을 닦고 몸을 단련하자
문화의 꽃을 피우자

아아 젊은 목숨 한길로

어깨가 무겁다 잇소 중학교


이 노래는 한 시골 중학교 교가다. 동시에 만물의 근원은 물이라고 관조했던 밀레투스의 학자 탈레스의 자연철학과도 곧바로 이어진다.

나는 이 시냇물 소리를 앞으로도 계속해서 들으며 살아가려고 한다. 잇소 중학교의 학생이 아니더라도 산다는 것은 어깨가 무거운 일이다. 그런 자세를 놓아서는 안 된다.

# 숲은 우리 모두의 고향

내가 살고 있는 시라코야마라는 마을은 예전에 사람이 살다가 한때 폐촌이 되었고, 우리가 와서 살기 시작하며 다시 살아나고 있다. 앞서 살던 이들이 남기고 간 것 가운데 몇 가지 고마운 것이 있는데, 그 가운데 하나가 매실나무다. 매실나무는 그냥 내버려 두어도 그런대로 잘 자라는 나무여서, 아무도 돌보지 않는 덤불 속에서도 해마다 꽃을 피우고 열매를 맺는다.

나는 날마다 산양 먹일 풀을 베느라 산에 올라야 해서 이 둘레 산 어디에 매실나무가 버려져 있는지 누구보다 잘 알고 있다. 5월 말인 요즘에는 아내와 함께 매실을 따러 간다. 억새나 청미래덩굴, 산딸기나무 따위가 우거진 길을 낫으로 헤치며 천천히 나아간다. 도중에 익은 산딸기 열매를 만나면 물론 따서 먹는다. 하지만 매실을 따러 갈 때는 산딸기나무에는 거의 마음을 쓰지 않는다.

애를 써 가며 야생으로 돌아간 매실나무 아래에 도착하면 먼저 나무 주변의 풀을 깨끗하게 벤다. 매실나무를 타고 자라는 덩굴식물 따위도 이때 친다. 그 뒤에는 나무에 올라가 될 수 있는 대로 가지 끝까지 가서 손과 몸을 써서 가지를 흔든다. 그러면 매실이 투투둑투투둑 하는 소리를 내며 땅 위로 쏟아지듯 떨어진다. 땅바닥에는 베어 놓은 풀이 덮여 있어, 떨어져도 열매가 멀쩡하거나 덜 상한다. 풀을 베어 놓으면 떨어진 열매를 줍는 데도 시간이 덜 걸린다. 열매 주워 모으는 건 아내 몫이고, 나는 이 가지에서 저 가지로 옮겨 가며 흔들흔들 가지를 흔들 뿐이다. 매실나무에는 가시가 있어서 조심하지 않으면 찔리지만 익숙해지면 원숭이처럼 아무런 어려움 없이 이 가지에서 저 가지로 옮겨 다닐 수 있다.

매실나무에 올라가 가지를 흔들어 열매를 따는 일은 무척 즐거운 일이다. 인간인 내 피 속에 아직까지 원숭이 피가 남아 있는 것일까? 나무에 올라가면 마치 원숭이의 피가 드러나지 않는 목소리로 쾌재를 부르는 듯하다. 아래에서는 아내가 머리고 등이고 마구 떨어지는 매화나무 열매에 "아파요."라거나 "아야."라며 작게 외마디소리를 지르는데, 그러면서도 역시 본능적인 기쁨에 이끌려 열매 줍기에 여념이 없다.

매실나무는 본래 중국에서 온 장미과 식물이다. 나라 시대(710년

~784년)에 약용으로 일본에 들여왔다고 한다. 〈만엽집〉 속에는 이미 꽃만 보는 매화가 아니라 약으로 쓰이는 오매烏梅가 나온다. 오매는 매실을 검댕이 되도록 태운 생약으로 그렇게 오랜 옛날부터 약으로 귀하게 여겨져 왔다. 현대 과학이 밝힌 바로는 매실에는 구연산과 호박산, 사과산, 주석산 같은 유기물을 비롯해 다양한 성분이 들어 있다고 한다. 하지만 그런 일과 상관없이 경험에 따라 천년이 넘는 세월 동안 우메보시(매실을 소금에 절인 뒤 차조기로 색을 낸 장아찌와 같은 것)를 담가 먹은 조상들의 지혜가 나는 무엇보다도 그립고 고맙게 느껴진다.

우리 집에서는 아침을 먹기 전에 먼저 버릇처럼 차를 한 잔 마신다. 그때 우메보시도 하나 먹는다. 그러면 그 신맛 덕분에 기분과 몸이 산뜻해진다. 우메보시는 감기나 피로 회복에 좋다고들 하는데, 내 직감으로는 '기'에 영향을 미치기 때문인 것 같다. '기'라는 눈에는 보이지 않는 존재를 실재 개념으로 찾아내고 붙잡은 것은 동양의 지혜에서 가장 뛰어난 것 가운데 하나다. '기'가 들어간 낱말은 '기분' '기질' '근기根氣' '기력' '기백' '기색' '기운' '기세' '기절氣絶' '기품'처럼 아주 많다. '기'란 생명의 핵심에 진짜로 존재하는, 눈에는 보이지 않는 어떤 것이다. 피와 살이 되고, 뼈가 되는 먹을거리는 수없이 많지만, '기'에 직접 작용하는 먹을거리는 적다.

망태에 담아 등에 지고 집으로 가져온 매실은 크게 세 가지로 나눈다. 때깔이 곱고 상처가 없는 최상품은 우메보시용으로 쓴다. 빛깔이 곱지만 상처가 났다거나 검은 반점이 있다거나 조금 익기 시작한 것은 과실주용으로 쓴다. 누렇게 익은 것은 졸여서 잼을 만든다.

매실나무란 이처럼 얼마나 고마운 나무인지 모른다. 겨울에는 꽃을 보며 그 향기를 즐길 수 있고, 나중에는 열매를 따는 기쁨에 이어, 손질해서 먹을거리로 삼는 기쁨을 준다. 그리고 마침내는 약이나 찬거리로 먹는 즐거움을 누리게 해 준다.

앞서 살던 사람들이 남겨 놓은 나무만을 바라고 있어서는 안 되겠다 싶어서 네 해 전부터는 나도 매실나무를 심었다. 그동안 제법 크게 자라 올해는 꽃을 꽤 여러 송이 피웠지만 아직 열매는 맺지 않는다. 그렇지만 내 가슴속에서는 해마다 숲의 문화라고 해도 좋은 풍경이 조금씩 익어 가고 있다. 그것을 한마디로 표현하기는 어렵지만 간단히 말하면 숲과 더불어 사는 생활이다.

청매실은 원숭이가 먹지 않는다. 원숭이가 먹지 않는다는 것은 여기서는 정말 고마운 일이다. 안심하고 기를 수 있기 때문이다. 그러므로 매실나무나 차나무 같은 작물을 중심으로 삼으면 숲이면서 농장이기도 한, 다시 말하면 야생동물과 조화롭게 사는 바람직한 방향으로 삶을 가꿔 갈 수 있다. 그렇게 하면 원숭이와도 사이좋게 지낼 수 있다. 이때 중요한 것은 과수원이라고 하는 생각을 미련 없이 버리는 일이다. 과수원은 물론 나쁜 것이 아니다. 좋다. 하지만 내가 사는 곳의 숲을 과수원으로 만들어 가려고 하면 실패가 정해져 있다. 동물로 인한 피해가 만만치 않기 때문이다. 원숭이나 사슴, 태풍과 공존할 수 있는 숲의 문화, 그런 공생의 삶을 찾아야 하는데, 그 풍경이 비로소 조금씩 보이기 시작하는 셈이다. 숲은 우리들의 원향原鄕, 곧 '본래 고향'이다. 생명의 '본래 고향'이자 우리가 목표로 해 마땅한 궁극적인 삶의 터전이기도 하다. 그러므로 나는 숲에 살며 숲과 함께하는 길을 더욱 깊이 사색하고, 실천하는 삶을 살고 싶은 것이다.

# 한 나무의 가르침

열흘쯤 섬을 떠나 있었다.

섬을 떠날 때는 어쩔 수 없이 몹시 싫어하는 비행기를 이용했지만 돌아올 때는 좋아하는 배를 탔다. '야쿠마루'라고 하는 대형 여객선이다. 가고시마항에서 우리 섬까지는 네 시간쯤 걸리는데, 그 시간 동안 나는 선실에서 책을 읽거나 잠을 잔다거나 하며 지냈다. 입항 30분 전쯤에 갑판에 올라가 보니 하늘에는 이 계절에는 드물게 솜털구름이 떠 있고, 거기에 저녁 햇살이 비치며 노을이 지고 있었다. 하늘 한쪽으로는 그렇게 저녁 햇살이 물들고 오른쪽으로는 구치노에라부라는 이름의 섬이 거대한 고래처럼 말없이 누워 있었다. 왼쪽에 보이는 다네가섬은 길고 가늘게 수평선과 바짝 달라붙은 모습이었다. 앞쪽에는 물론 우리 섬이 있었다. 우리 섬은 산이 높다. 산이 워낙 높아서 날씨가 좋은 날에도 정상 부분은 늘 구름에 가려 있다. 그런 까닭에 산 전체 모습을 볼 수 있는 날이 한 해에 며칠 안 된다고 한다. 그런데 그날은 고맙게도 산들이 모습을 고스란히 드러내고 있었다.

갑판에는 나 말고는 아무도 없었다. 나는 산 쪽으로 서서 두 손을 모으고 고개를 숙였다. 그리고 속으로〈반야심경〉을 천천히 읊조렸다. 〈반야심경〉을 외는 것은 무척 기분 좋은 일이다. 배로 올 때면 나는 늘 배가 섬에 닿기 30분쯤 전에 갑판에 올라 섬의 산이 보이든 보이지 않든 그와 같은 인사를 산에 건넨다. 우리 섬의 산은 그 전체가 하나의 신이고, 그 신은 동시에〈반야심경〉에서 말하는 '공空'이기도 하기 때문이다.

〈반야심경〉외기를 마칠 무렵에는 노을이 많이 사라지더니, 하늘도 바다도 파르스름해지고 산들만이 묵묵히 거기에 우뚝 솟아 있었다. 항구에는 벌써 가로등이 켜지고, 그 아래로 사람들 모습이 보이기 시작했다. 가까운 사람들도 몇 보였다.

집으로 돌아와 오랜만에 나무 연기 냄새가 나는 고에몬 목욕탕 (나무를 때서 물을 데우는 옛날 방식의 목욕탕)에 들어가 몸을 씻고 나서 차를 마셨다. 손수 덖어 가마솥 냄새와 나무 연기 냄새가 희미하게 섞여 있는 덖음차였다. 그 차는 그날따라 굉장히 맛이 좋아 한순간이나마 내가 만든 차라는 것이 믿어지지 않을 정도였다. 그것이 수제차, 곧 제 손으로 만든 차의 맛이었다. 소금에 절인 차요테 또한 다른 어디에서도 맛보기 어려운 우리 집의 맛이었다.

차요테는 번식력이 맹렬한 덩굴성 들풀이다. 한 포기가 한 철 만에 큰 마당을 뒤덮을 만큼 잎과 덩굴을 넓게 뻗어 간다. 한가을부터 12월까지 열매를 이삼백 개나 맺는다. 모양이나 크기를 보면 서양 배와 비슷하다. 색깔은 희어서 비쳐 보일 듯하다. 섬에서는 흔한 채소다. 특별한 맛이 있는 것은 아니지만 다년생이고, 내버려 둬도 해마다 엄청난 열매를 맺는지라 우리 집에서는 국거리로 나물로 절임거리로 쓰는, 가을부터 겨울을 나기까지 무척 귀한 채소다. 일부러 기르는 곳도 있지만 반쯤은 야생이라고 봐도 되는데, 그 반쯤 야생인 것이 내게는 더할 나위 없이 좋다.

아내는 이 차요테를 술지게미에 넣어 발효시키는 실험을 3년째 하고 있다. 차요테 한 개를 네 조각으로 가르고, 이삼일 햇빛에 말려 물기를 빼면 조금 야들야들해지는데, 그것을 그대로 술지게미에 박아 두는 것이다. 며칠 동안 넣어 둬야 하는지는 정해져 있지 않지만 다 된 것에서는 희미하게나마 술지게미의 단맛이 나고, 아작아작 씹히는 맛도 일품이다. 술지게미 절임만이 아니라 된장 절임으로도 하고, 쌀겨에 소금을 넣고 반죽해 띄우기도 한다. 그래서 우리 집에서는 하루 세 끼 밥상에 반드시 이 차요테 절임이 나온다.

평소에는 몰랐다. 열흘 만에 먹어 보고서야 아, 이것이야말로 우리 집의 맛이었다는 걸 알았다. 아울러 고마운 우리 섬의 맛이었다.

    잠깐 못 본 사이에 산의 경치가 완전히 겨울 느낌으로 변했다. 억새는 흰 이삭을 늘어뜨린 채 시들었고, 푸르던 산도 거무스름해진 듯하다. 시냇물 소리만은 변함이 없지만 그 소리 밑에는 역시 겨울의 쓸쓸함이 얼마쯤은 짙어진 듯하다.

    이 겨울, 우리 섬의 나지막한 산에는 동백꽃이 피어 있고 가을 쉬나무가 새빨간 열매를 빛내고 있다. 그 가운데서도 가장 마음을 끄는 것은 작살나무의 자줏빛 열매다. 12월 북서풍이 차갑게 불 때쯤이면 그때까지 파랗던 작살나무 열매가 한꺼번에 아름다운 자줏빛으로 익는다. 작살나무는 야생식물로서 봄부터 여름까지 잎을 베어다가 산양에게 먹인다. 산양은 작살나무를 좋아하지만 그 이름에 '자줏빛 구슬'이라는 뜻이 담긴 것은 전혀 모르는 채 맛에 끌려 아구아구 먹는다. 하지만 겨울이 되고 작살나무가 그 본성을 발휘하여 자줏빛 윤이 나는, 품위 있는 열매를 맺으면 한여름 내내 마구 베어다 양에게 먹인 것이 조금 후회가 되기도 한다. 그러나 야생이란 강한 것이다. 베고 남긴 작살나무 여기저기에 보랏빛 열매를 맺으며 이 땅이 내게 '본래 고향'이라는 것을 새삼스럽게 깨닫게 해준다. '본래 고향'이란 풀꽃 한 포기 속에 깃든 우주를 이르는 또 다른 말이기도 하다.

# 작은 집이 좋다

　요즘 들어 해마다 겨울이 따뜻해지고 있다. 올해도 겨울이 따뜻하다. 한겨울인데도 여기서는 벌써 매화가 한창때를 넘겼고, 복숭아꽃이 피기 시작했고, 철쭉까지 꽃망울을 부풀리고 있다.

　따뜻한 것은 고맙다. 하지만 이것이 대기권에 이산화탄소가 늘어나며 지구가 뜨거워지는 바람에 일어난 현상이고 보면 반길 일만이 아니다. 이대로 더 가면 마침내 북극의 얼음이 녹아내리며 해수면이 올라가고, 그러면 인도양 위 여러 섬들로 이루어진 몰디브공화국 같은 나라는 대부분이 해수면 아래로 잠기게 된다고 한다. 이런 이야기를 들어 알게 된 탓에 마음 편히 따뜻한 겨울을 반기기 어려운 것이다.

　문명사회의 욕망이 이산화탄소를 끝없이 내어놓으면서 벌어지는 일들이다. 그로 말미암아 적어도 2천 년이라는 세월 동안 평화롭게 살아온 그 섬 사람들의 생활이 통째로 바다 밑으로 잠기리라는 슬픈 이야기였다.

아프리카 사람이든 남아메리카 사람이든 오세아니아 사람이든 아시아 사람이든 다 같다. 나는 자연과 더불어 살아가는 전통적인 문화의 풍요로움을 지키며, 한곳에서 조심스럽게 살아가고자 애쓰는 것이야말로 무엇보다도 중요하고 고귀한 일이라고 여긴다.

'포크스'라는, 아는 사람은 아는 눈여겨볼 만한 그룹이 있다. 이들은 1960대 말에 연주 활동을 시작하여 이미 20년 넘게 활동을 계속해 왔다. 이름처럼 1960년대 이후 변함없이 기존 문명에 대한 저항을 노래하는 포크송을 주로 발표해 온 그룹으로, 이미 50대에 접어든 아저씨 가사키 도오루라는 이가 이끈다. 나도 50대 아저씨가 되었는데, 그 포크스가 작년에 우리 섬에 와서 하룻밤 연주회를 열었다. 그 연주회를 우리 섬에 끌어온 것이 요즘 더욱 사귐이 깊어지고 있는 친구 나가이 사부로 씨다. 그는 가사와 곡을 직접 써서 노래를 부르는 싱어송라이터이기도 해서 연주회에서 만난 포크스의 부탁으로 '산이여 강이여 바다여'라는 제목의 시를 쓰기도 했다.

이 시에 포크스 멤버 가운데 한 사람이 곡을 붙여 올해부터 이들이 부르는 노래 가운데 하나로 전국 이곳저곳에서 열리는 연주회에서 들을 수 있게 됐다. 아주 좋은 시라 다 소개하고 싶지만 3절까지 있는 긴 시여서 그러기가 어렵다. 일부만 옮겨 적기로 한다.


올려다보면 거기에 산이 있다

나무들로 가득한 산기슭에

우리는 작은 집을 짓는다

(중략)

산이여 강이여 바다여

우리 생명의 무대


귀를 기울이면 거기 강이 있다

끊임없이 흘러가는 강가에

우리는 작은 집을 짓는다

(중략)

산이여 강이여 바다여

우리 생명의 무대


멀리 눈길을 두면 거기 바다가 있다

파랗게 빛나는 바다 가까이

우리는 작은 집을 짓는다

(중략)

산이여 강이여 바다여

우리 생명의 무대

내가 마음 깊이 좋다고 여기는 부분은 "우리는 작은 집을 짓는다"라고 하는 문장과 "산이여 강이여 바다여 / 우리 생명의 무대"라는 대단히 소박한 문장이 되풀이되는 것이다. 큰 집을 지을 필요는 조금도 없다. 사실 그런 집은 지어서는 안 된다. 집이란 어쩌면 사소한 일일지 모른다. 하지만 이런 작은 일을 삶 속에서 실천하며 사는 것이 중요하다. 이 세기말 문명사회에서는 그것이 적극적인 가치를 지닌다. 참다운 세계 평화로 나아가는 길로 이어지기 때문이다.

동지가 지난 지 한 달이 다 돼 가는 요즘, 해가 조금씩 길어지고 있다. 해가 길어진 덕분인지 닭들이 알을 더 낳기 시작했다. 스물다섯 마리가 한때 하루 대여섯 개밖에 낳지 않는 날들이 이어졌는데, 요즘에는 열 개 넘게 낳고 있다. 식구들이 하루에 먹는 양은 평균 잡아 두세 개라 나머지는 마을 상점에 가져다 팔 수 있다. 그러면 2천 원에서 2천5백 원쯤 되는 수입이 들어오고, 그걸 닭 모잇값으로 모아 둔다. 사료를 사서 닭을 기르는 것은 본래 바른 양계의 길이 아니지만 이 문명사회에서 살아가기 위해서는 그 정도쯤은 어쩔 수가 없다고 스스로 허락하고 있다.

옆으로 이야기가 샜지만 동지를 지난 지 한 달이 다 돼 가는 요즘 기쁘게도 해가 조금씩 길어지며 닭들이 알을 더 낳고 있다. 성질이 급한 암탉 한 마리는 친구들이 낳은 알 위에 앉아 그것을 품고 있다. 잘되면 스무날 정도 뒤에는 그 닭은 열 마리쯤 병아리를 깔지도 모른다.

저녁에 모이를 주러 가면 다른 닭들은 수탉까지도 크게 반기며 내 주위로 모여드는데 그 암탉만은 앉은 채로 꼼작도 하지 않는다. 본능이라고 하면 그만이기도 하지만, 태어나고 자라고 낳고 죽어 가는 본능이란 이 습성은 산이 산으로서 있는 것처럼, 강이 강으로서 있는 것처럼, 바다가 바다로서 있는 것처럼 더없이 고귀한 것이다.

아직 봄은 멀지만, 이제까지 그래 왔던 것처럼 앞으로도 나는 글을 쓰는 일과 농사를 짓는 일, 그리고 기도하는 일을 계속해 가고 싶다.

# 힘들 때는 민들레를 보라

어느 날 밤이었다. 일이 있어 잇소 마을에 사는 효도 씨의 집에 들렀더니 집 앞에 민들레가 하얗게 꽃씨를 달고 있는 게 보였다. 전 깃불 힘을 빌려 둘레를 살펴보니 몇 포기 됐다. 이 섬 사람들은 아무도 민들레를 기르지 않는다고 굳게 믿고 있던 터라 뜻밖이었다. 효도 씨의 집에는 최근 몇 년 사이 밤만이 아니라 낮에도 자주 왔었는데, 거기에 민들레가 있다는 것을 그때까지 내가 몰랐다는 것 또한 이상했다.

효도 씨한테 저 민들레는 어디선가 씨앗을 받아다 뿌린 것이냐 물어보니 그런 것이 아니고 어디선가 저절로 씨앗이 날아와 자라고 있는 것이라 했다. 우리 섬의 들이나 산에서는 민들레를 볼 수 없다. 어쩌면 훨씬 화려하거나 큰 다른 꽃들에 가려 눈에 띄지 않았

던 것인지 모르지만 적어도 나는 이 섬에서 민들레를 보았던 기억
이 없다. 그곳이 어디든 민들레를 볼 수 없다는 것은 쓸쓸한 일이었
던지라 그 자리에서 민들레 씨를 하나 통째로 받아 들고 왔다.

그로부터 1주일쯤 뒤였다. 효도 씨가 두터운 천으로 표지를 두른
〈사카무라 신민 전집〉 가운데 한 권을 들고 왔다. 그때까지 사카무
라 신민의 시를 몇 편인가 본 적이 있고, 또 풍문으로도 그 시인의
됨됨이에 대해 들은 적이 있어 알고는 있었다. '시의 나라'라는 제
목의 시집 제1권과 제2권이 들어 있는 책을 펴 보며 그가 나와도 인
연이 깊다는 것을 알고 놀랐다.

사카무라 신민은, 임종할 때까지 16년간을 '한 곳에 하루 이상 머
물면 안 되는 것처럼' 전국을 떠돌았던 잇펜 큰스님의 "버리고 버
리고 다 버리고 오직 염불만을 하라."는 가르침에 반해 그 세계를
널리 알리기 위해 자신의 시를 그 도구로 삼고자 했다. 아울러 민들
레꽃을 무엇보다 좋아해서 '민들레의 집'이라는 이름의 불당을 짓
고, 모든 부처와 보살을 섬겼던 분이기도 하다. 신민의 시에는 그래
서 당연히 민들레에 관한 시가 많은데, 그 가운데 이런 것이 있다.

아아, 서민의 꽃 민들레

힘들 때는 민들레를 보라

슬플 때는 민들레를 보라

갈 길이 막혔을 때는 민들레를 보라

절망으로 죽을 것 같을 때는 민들레를 보라

민들레 씨앗이 각기 신탁을 받고 팔방으로 날아가는

저 기쁜 모습을 보라

무엇으로 저 아름다움을 나타낼 수 있으랴


　신민의 시를 즐겨 읽는 효도 씨의 집에 민들레 씨가 어디에선가 날아와 해마다 포기 수가 늘어난 것도 신비하지만 어느 날 밤 그 씨앗을 받아 가지고 온 나를 뒤쫓아오듯 신민의 시집이 온 것도 신기했다. 이 일들이야말로 말 그대로 신탁인지도 몰랐다.


　검은 빛깔의 줄무늬가 있는 새끼 고양이를 기르게 됐다. 태어난 지 2개월쯤 된 한창 귀여운 새끼 고양이다. 집에 고양이를 들인 것은 이번이 두 번째로, 앞서 기른 것은 '퓨마'라는 이름의 털이 하얀 고양이였다. 누군가 새끼 고양이를 데려온 날, 또 퓨마라고 부를까, 이번에는 나우시카로 할까, 여러 이야기가 아이들 입에서 나왔지만 결국 '다마'라고 부르기로 했다. 다마는 금방 우리 가족과 하나가 되었다.

　어느 날의 일이었다고 했다. 아내가 다마를 지켜보고 있는데, 앉아서 파리가 나는 것을 가만히 바라보다가 잠깐 사이 눈이 툭 감기는가 싶더니 그대로 소리도 없이 몸을 둥글게 감고는 잠이 들어 버리더라는 것이었다. 꼭 갓난아이처럼 새끼 고양이도 자꾸 자는데, 다마의 그 한없이 천진한 모습에 아내는 자신도 모르게 혼자서 웃게 되더라고 했다.

다마가 잠든 모습을 바라보고 있으면 이것이 또한 뭐라고 할 수 없을 만큼 마음을 끈다. 한쪽 손을 머리 아래 괴고 다른 한 손을 머리 뒤로 돌린 채 둥근 원처럼 몸을 말고 잔다. 가까이 인간이라는 큰 적이 있는데도 두려워하는 기색 하나 없이 천진하게 온몸을 둥글게 말고 거기에서 잔다.

세이치 국사(1202~1280)는 "한 시간 좌선을 하면 한 시간 부처가 되고, 하루 좌선을 하면 하루 부처가 되고, 일생 좌선을 하면 일생 부처가 된다."고 하셨는데, 민들레 꽃씨처럼 그 말이 하나의 신탁으로 내 마음에도 전해졌다. 세이치 국사의 좌선은 도겐 선사의 지관타좌(只管打坐, 오로지 좌선. 풀어 말하면 모든 걸 버리고 오로지 고요히 앉아 참선에만 몰두하는 것)로 이어지는데, 그 세계에서 보자면 새끼 고양이가 자고 있는 모습을 바라보는 일 또한 한순간이나마 부처가 되는 일임에 틀림없다. 둥글게 몸을 말고, 혹은 발을 뻗고 무심히 잠든 새끼 고양이의 모습을 지켜보다 보면 이유 없이 큰 사랑의 마음이 일어난다. 마음 밑바닥에서부터 그 고양이가 참 천진하다고, 귀엽다고 느껴진다. 인간의 마음에 한때나마 그처럼 자비심이 일어나면 그때 그는 부처다. 인간의 마음에 한순간이나마 그처럼 자애로운 기분이 자리를 잡으면 그 순간 그는 부처다. 바라보는 인간도 부처고, 잠을 자고 있는 다마도 부처다.

다마가 자는 모습을 보면 하타 요가(호흡이나 명상보다 몸동작을 중요시하는 요가)의 아사나(자세)에 '고양이 자세'라는 것이 있는 까닭을 알 수 있겠다는 기분이 든다. 다마는 둥근 원처럼 한쪽 손에 턱을 올려놓고 비단처럼 유연하게 잠들어 있다.

다마가 자는 모습을 지켜보면서 나도 시험 삼아 자세를 흉내 내어 보았다. 허리나 손발이 굳어 있어 도저히 다마처럼은 되지 않았다. 하지만 다마를 따라 몸을 둥글게 말고 있던 그때는 한때나마 흰 털처럼 내 마음이 평화로웠다.

잇펜 큰스님의 버리고 버리고 버린 끝의 나무아미타불, 그날 밤 효도 씨 집에서 받아 온 민들레 씨앗, 그리고 새끼 고양이의 잠은 서로 다른 이야기다. 그것을 나도 잘 안다. 하지만 이 세 이야기 아래를 흐르는 것, 그 세 세계를 받치고 있는 것은 하늘과 땅이다. 대자연이다. 그 대자연을 나는 신민이 그랬던 것처럼 '나무불가사의광불南無不可思議光佛'이라고 부르고 있다.

# 우리 마을로 온 여행자들

1

입춘을 사흘 남겨 놓은 지금, 우리 섬에는 야생 동백꽃이 한창이다. 남쪽에 있는 섬이라지만 겨울에는 역시 꽃이 적다. 그런 만큼 들길을 걸으며 만나는, 절로 나 자라는 동백꽃에서는 단순한 위로 이상의 것을 받는다. 웬일인지 올해는 특히 동백꽃이 눈에 자주 띄어 볼 때마다 나도 몰래 아아, 깊게 감탄을 하게 된다.

15년 전쯤 어느 한때, 동백꽃을 싫어했던 적이 있다. 너무나 평범한 꽃이었고, 산뜻하게 지지 못하는 탓이었는지 조금 지저분하게 보이기조차 해서, 그 꽃을 보는 것이 괴롭기까지 했다. 그 꽃이 마치 내 모습처럼 여겨져 보는 것이 힘들었다. 그동안 어떤 세월이 흘렀는지 알 수 없지만 올해 보는 동백꽃은, 여전히 평범한 꽃이기는 해도 평범하여 오히려 기품 있는 꽃으로 보인다. 노란 꽃술의 품격 있는 아름다움에서는 손을 모으고 싶을 만큼 개운한 느낌이 전해져 온다. 야생 동백꽃은 예전이나 지금이나 변함없이 수풀 속에서 가만히 소리도 없이 피어 있을 뿐인데, 그것을 바라보는 마음에 따라 그처럼 달리 보인다는 것이 놀라웠다.

요즘 우리 마을에는 오가는 여행객이 그치지 않는다. 우리 마을에는 마을회관이라고 하는, 여행객이 머물거나 마을 사람들이 모이는 데 쓰는 건물이 한 채 있다. 이름과 달리 손으로 지은 거친 오두막에 지나지 않는데, 그 집을 요즘 여행객 서넛이 차지하고 있다. 침구 지참에 끼니는 손수 해 먹어야 하고, 전기 사용료와 마을회관 유지비로 한 사람당 하룻밤에 천 원씩 받는 데다가, 가끔 마을 사람들이 일손을 거들어 달라는 부탁을 하는 일도 있지만 찾는 이가 꾸준하다.

지금은 시즈오카현에서 온 목수의 아들이라는 젊은이, 기타큐슈시에서 접골사 조수로 일한다는 젊은이, 뉴질랜드에서 온 가구 짜는 젊은이, 기후현 다카시에서 소목 일을 배우고 있는 젊은이, 이렇게 넷이 머물고 있다. 넷 다 손으로 하는 일이라고 할까 몸에 기술을 익힌 사람들이거나 그런 세계에서 살고 싶어 하는 사람들이다. 한 사람 한 사람 붙잡고 꼬치꼬치 캐물을 수도 없는 일이어서 자세한 것은 알 수 없지만 그 가운데 두 사람은 대학도 나온 것 같다. 어쩌면 넷 다 대학을 나왔을지도 모를 일이다.

끼리끼리 모이는 것일까, 산업사회의 엄격한 관리 시스템 속에서는 희망을 찾지 못한 사람들이 손일 혹은 손 기술을 익히는 과정에서 나선 여행이라고 보면 될 것이다. 그 여행길에 우리 마을을 찾아 준 것은 우리에게도 기쁜 일이 아닐 수 없다. 외딴 섬인데다 텔레비전이 나오지 않는 곳에 살고 있어 세상이 어떻게 바뀌어 가는지 해가 갈수록 어두워지는 터라 여행객은 유용한 정보원이 되기도 한다. 그들은 그 자체로 정보의 덩어리다. 배우게 되는 것이 적지 않다.

농부도 그렇지만 접골사, 지압사, 침구사처럼 특히 몸에 관한 일이나 목수나 목공에 관계된 일을 하는 사람들이 자주 찾아온다. 그것도 한때는 평범한 월급쟁이로 살다가 그 일을 그만두고 인생을 다시 시작한 30대 전후의 사람들이 많다. 말하자면 그것은 젊은 혈기나 사회에 대한 맹목적인 반항심에서가 아니라 오랫동안 사색을 거듭한 끝에 내린 결정이었던 것이다.

언뜻 보기에는 산업사회의 관리 시스템은 점점 더 융성하고 있는 듯 보인다. 하지만 그것은 거죽만의 일이고 속에서는 의혹과 갈등이 점점 더 깊어지고 있다는 것이 여행객의 호흡과 이야기를 통해 여실하게 느껴진다.

요즘 나는 오른 팔꿈치가 아파 일을 할 수가 없다. 토란을 갈아 만든 가루를 계속 갈아 붙이고 있는데도 기대만큼 회복이 되지 않고 있다.

비파잎으로 뜸을 뜨는 것이 좋다고 하여 하룻밤 우리 마을의 다쓰코 씨 도움을 받았다. 방법은 간단했다. 되도록 오래된 비파잎을 아픈 곳에 펴 놓고, 그 위에 뜸쑥을 올려놓고 불을 붙여 뜸을 뜬다. 그것이 전부다. 그래도 정말 기분이 좋았다. 막대기 모양의 뜸쑥은 만들어 파는 것을 사서 쓸 수밖에 없지만 그것이 싫다면 비파잎을 여러 장 겹쳐 만 뒤 강판에 갈아서 밀가루를 조금 넣어 섞은 다음 연고처럼 만들어 붙여도 효과가 있다고 한다. 그 외에도 비파잎을 소주에 넣어 약주로 만들어 마시면 암에도 효과가 있다고 한다. 비파잎은 목욕물에 넣어도 좋다. 그 물에 계속 몸을 담그면 건강에 좋을 뿐 아니라 무좀 따위는 어느 사이 사라져 버린다고 한다. 비파잎의 쓸모에 대해 들으며 비파 뜸질 치료를 받고 있자니 이제껏 과일나무로밖에 보이지 않던 비파나무가 소중한 약나무로 여겨져 올해는 잎을 얻기 위해서라도 꼭 비파나무를 심어야겠다는 생각이 들었다.

다쓰코 씨 집에도 이로리가 있었다. 그날 밤, 그 집에는 여행객 넷 가운데 세 사람이 와서 불이 타고 있는 이로리에 둘러앉아 술을 마셨다. 나는 뜸을 뜰 때는 물론 전후 30분 동안에는 아무것도 먹어서도 마셔서도 안 된다고 해서 그렇게 했다.

비파 뜸이라 하는 오래되었으면서도 새로운 치료법을 익힌 이가 마을에 있다는 것이 기뻤고, 가구를 만드는 두 사람, 접골사 한 사람, 이렇게 여행객 세 사람이 그 집 여주인과 함께 영어와 일본어를 섞어 가며 다정하게 이야기를 나누는 소리 또한 듣기에 참으로 좋았다. 그 속에서도 특히 뉴질랜드에서 온 윌슨이라는 청년은 이로리가 아주 마음에 들어 자기네 나라로 돌아가면 집에다 이로리를 만들겠다며 지자이카기의 구조를 열심히 들여다보고 있었다. 올리고 내리는 것이 자유로운 이 냄비 걸이는 나도 어렸을 때부터 신기하게 여겼지만 원리를 알고 있는 지금조차도 역시 불가사의하게 느껴지는 데는 변함이 없다. 비파잎이 효과가 있는 것은 아미그달린이라는 특수한 성분이 들어 있기 때문이라지만 비파잎이라고 하는 불가사의에는 변화가 없는 것과 그것은 같다.


2

올해는 전국에서 따뜻한 겨울이 이어지고 있다. 내가 사는 섬 역시 그래서 이변이라고 불러 마땅한 일들이 여럿 일어났다. 이변이라지만 그것은 인간계가 아니라 모두 동식물계의 일이었다.

먼저 12월 말에는 매화가 피기 시작했다. 우리 집에는 일찍 꽃이 피는 올매실나무가 한 그루 있는데, 그 나무는 해마다 연말부터 울

긋불긋 꽃을 피운다. 그동안 나는 해마다 그 올매실나무 가지를 꺾어 설날에 쓰라고 친구들에게 선물을 하고는 했다. 하지만 올해는 희소성이 완전히 사라져 버렸다. 왜냐하면 다른 매실나무도 다 연말에 꽃을 피웠기 때문이다. 아무리 남쪽 섬에 살아도 역시 겨울에 따뜻하다는 것은 고마운 일이고, 매화 또한 일찍 피어서 나쁘다는 것은 아니다. 따뜻한 설 연휴를 꽃과 함께 보낼 수 있어 오히려 좋았다.

문제는 그것으로 끝이 아니었다는 점이다. 설 연휴가 끝날 무렵에 난데없이 철쭉꽃이 피기 시작했다. 때를 모르고 몇 송이가 핀 것이 아닐까 싶어 둘러보니 그렇지 않았다. 벌써 꽃망울이 수도 없이 부풀어 올라 있는 모양이 곧이어 꽃을 피워 낼 기세였다. 보통은 아무리 남쪽에 있는 섬이라고 해도 철쭉은 3월 말에서 4월에 걸쳐 핀다.

매화는 추울 때 꽃을 피우는 나무라 알고 있어 연말에 피었는데도 나 또한 기뻤다. 하지만 대한에 철쭉꽃이 피자 앞뒤가 안 맞는다는 기분을 누를 수 없었다. 삼사월 온화한 봄 날씨 속에서 보던 철쭉꽃을 언제 한파가 밀어닥칠지 모르는 1월에 보니 조금도 기쁘지 않았다. 추위가 곧 밀어닥칠 거야, 아직 봄이 아니야, 하고 말을 걸어 보았지만 내 충고 따위는 아랑곳없이 철쭉은 꽃망울을 부풀려 가며 차례로 꽃을 피우고 말았다.

이변은 여기서 그치지 않았다. 마을 노인회에서 가꾼 꽃밭 '만남의 화원'에는 4월 꽃인 도깨비부채꽃이 피었다. '내 키가 이제 겨우 30센티미터 정도밖에 안 되는데, 벌써 봄이 왔나 봐. 이거 큰일 났어.'라고 여긴 모양이었다. 2월 중순이었는데, 도깨비부채는 차례로 푸른 색깔의 꽃을 피웠다. 도깨비부채꽃은 내가 좋아하는 꽃 가운데 하나다. 제철에 피었다면 당연히 기뻤을 것이다. 하지만 2월에 꽃이 피니 기쁘기는커녕 왠지 낙담이 되는 기분이었다.

예년이라면 한파로 11월 말이면 모습을 감췄을 것이 틀림없을 철써기(덩치가 큰 여치 무리 벌레)가 12월 들어서도 계속해서 울었고, 1월이 되어서도 울기를 그치지 않더니, 2월에도 역시 따뜻한 밤이면 울었다. 일이월에는 새끼손가락만 한 커다란 파리가 무리를 지어 두 차례나 집 안을 붕붕거리며 날아다니기도 했다. 정확한 이름을 몰라서 나는 그 파리를 '괴이한 벌레'라는 이름으로 부르는데, 물리면 굉장히 가려웠다. 파리매보다 조금 작은데 2월 어느 날 밤에 물렸다. 그 괴이한 벌레는 봄이 아니라 여름 벌레다. 실제로 2월 어느 날인가는 최고 기온이 25도까지 올라가서, 그때 마침 우리 섬에 와 있던 유명한 작가 이토 루이 씨가 수영복을 가져오지 않은 것을 후회할 정도였다.

아마도 루이 씨는 나중에 이 섬에 왔던 것이 어느 계절이었던가로 혼란스러울 것이다. 왜냐하면 매화가 피어 있었으니 겨울이었던 것도 같고, 철쭉꽃이 피었던 것을 보면 봄이었던 것 같기도 하고, 수영복을 가져오지 않은 것을 후회하던 기억도 있으니 여름이었던 것도 같고, 또한 벌레 소리를 들었으니 가을이었던 것도 같을지 모른다.

물론 웃자고 하는 이야기지만 그런 것이 우스갯소리만도 아닐만큼 계절이 때를 잊었던 것이 올겨울이었다.

어쩌면 이대로 봄이 돼 버릴지도 모르겠다는 느낌이 들기 시작했던 2월 말, 역시 한파가 돌아왔다.

내가 남몰래 '영혼이 시련을 겪는 계절'이라 부르고 있는 시기로, 겨울 섬 특유의 강한 북서풍이 휭휭 거칠게 불어왔고, 등 뒤에 있는 산에는 하얗게 눈이 쌓였다. 바람은 거의 1주일간 쉬지 않고 불었고, 하늘은 낮부터 잔뜩 흐렸고, 검은 구름이 흘러와서는 비나 싸라기눈을 뿌렸다.

그런 날씨가 3월에도 이어지면 섬 주민들은 입을 모아 어이구 징글맞구먼, 따위의 인사말을 나누는 것이 보통인데, 올해만은 섬다운 날씨야, 라며 한시름 놓는 듯한 인사말을 나누었다. 따뜻한 것은 물론 고마운 일이지만, 역시 그 전에 추위가 있고, 북서풍이 불고 나서 오는 봄이라야 봄다운 것이다. 섬사람들이 그와 같은 말을 주고받는 소리를 들으며, 나 또한 마음속으로 안도의 한숨을 쉬었다.

그 까닭은 무엇일까? 그것은 아직 이 섬에는 따뜻함만을 좋다고 하지 않고 자연의 다양한 변화를 그대로 받아들이는 마음이 온 섬의 상식으로 지켜지고 있다는 증거였다. 그것은 대자연의 자연스러운 순환에서 벗어난 어떤 것을 바라서는 안 된다고 하는, 자연을 따르고 섬기는 사상에 대한 직감적인 동의이기도 했다. 이제 섬다워졌다는 말을 서로 주고받을 때 거기에는 섬에 사는 사람만이 아는, 이 땅에 뿌리를 둔 자들끼리만 아는 안도감과 기쁨이 있었다.

철쭉꽃이나 도깨비부채꽃, 복숭아꽃은 이상 기온에 혹하여 제철이 아닐 때 피었지만 야생식물들은 그 몇을 빼고는 결코 재배식물처럼 이상 반응을 보이지는 않았다. 산딸기나무에 꽃이 피기 시작한 것은 2월 하순이었고, 아오모지나무(난대 지역 숲에서 자라는 생강나무 무리의 작은 나무)의 엷은 노란 색깔 꽃은 북서풍이 끝없이 계속되지는 않으리라는 것을 예고해 주었다. 재배식물을 도시 문화로 비유하면, 도시에 사는 사람들에게 비난을 들을지도 모르겠지만, 야생의 것이 지닌 뿌리의 깊이, 주의 깊음을 내 눈으로 겪고 보면 이 겨울의 이변은 인공 낙원에 지나지 않는 도시 문명에 대한 커다란 충고였던 듯이 느껴진다.

# 2

## 어제를 향해 걷다

# 바다가 지닌 힘

나는 바다가 좋다. 특히 여름 바다가 좋다. 그것이 이 섬에 살게 된 까닭의 하나지만, 막상 여름이 오고 바다가 짙푸르게 바뀌며 나를 부르기 시작해도 그 부름에 제대로 응하기가 어렵다. 언제라도 갈 수 있다는 생각 탓도 있고 또 내 몸 어딘가에 부지런해야 한다는, 바다에 가는 것은 노는 것이니 그렇게 놀아서는 안 된다는 목소리가 둥지를 틀고 바다로 달려가는 마음을 잡아당기기 때문이다.

하지만 올해부터는 쉰을 눈앞에 두고 체력이 눈에 띄게 떨어지는 것이 느껴져 누가 뭐라든 힘껏 시간을 내어 바다에 다니려고 한다.

아이들의 여름방학 첫날인 7월 21일은 썰물이 가장 크게 지는 한사리 날로 점심을 먹고 온 식구가 차를 타고 오완도 바닷가에 갔다.

오완도 해변은 작은 만이라 밀물이 빠지면 부식이 된 산호초가 겹 겹이 드러나는 거친 곳이다. 썰물이 다 지고 다시 물이 차기 시작할 때까지는 두세 시간쯤 여유가 있다. 바다는 그 시간 동안만 우리에 게 열린다. 그 틈을 보아 산호초 지역 끝까지 가서 거기서 물속으로 들어갈 수 있다. 바닷물 아래에는 곳곳에 산호밭이 펼쳐져 있고, 그 곳을 터전으로 작은 물고기와 조개류가 살아간다. 그 작은 물고기 를 잡고, 조개류를 따는 것이 우리가 바다에 가는 목적이다.

반바지 하나만 걸치고 한여름 태양 아래 서면 바다에서 품이 넓 은 바람이 불어와 몸 밑바닥에서부터 잃었던 정기를 되살려 준다. 반바지 하나로 바다에 서면 나는 늘 소년이 된다. 서글프게도 그 소 년은 이미 몽환 같은 동경은 벗어 버렸지만, 그래도 바다라는 현실 을 여전히 깊이 아낀다.

물안경과 숨대롱을 끼고 '나무관세음보살'이라고 읊조린 다음 푸르고 투명한 바닷물 속으로 들어간다. 남쪽 바닷물은 따뜻하다. 바다 속에는 바다 바깥과는 분명하게 다른 세계가 또 하나 존재한 다. 푸르거나 붉은 빛깔의 작은 물고기가 무리를 지어 헤엄을 치고, 산호에 난 무수한 작은 구멍에는 성게와 떡조개가 붙어 있다. 여기 서는 이소몬이라고 부르는 조그만 떡조개를 조새로 떼어 따는 것 이 바다에서 누리는 나의 즐거움이자 일이다. 낙지나 커다란 거저 가 있는지도 살펴 가며 산호밭에서 산호밭으로 떡조개를 찾아 헤엄을 치며 나아간다.

한 시간쯤 그러다 보면 아무리 따뜻한 물이라고는 하지만 역시 몸이 식는다. 그때는 뭍으로 올라와 아내가 준비해 온 따뜻한 보리차를 마신다. 담배도 한 대 피운다. 이렇게 해서 몸이 따뜻해지면 다시 바닷속으로 들어간다. 두 번째는 첫 번째만큼 오래 버티지 못한다. 이삼십 분 잠수를 하다 보면 몸이 식어서 바다에서 기분 좋게 지내기 어렵다. 떡조개를 좀 더 따고 싶더라도 바다와 사이좋게 지낼 수 없다면 일을 마치는 것이 좋다.

아내는 물론 아이들도 저마다 할 수 있는 만큼, 하고 싶은 대로 물고기를 잡고 조개를 딴다. 물속에 담가 둔 망을 들어 보니 식구들이 잡고 딴 것들이 조금씩 늘어나 이미 저녁 반찬으로는 충분했다.

그때쯤 썰물이 다시 밀물로 바뀐다. 물웅덩이가 있던 곳에 다시 물결이 밀려들며 드러나 있던 대지가 차츰 물결 아래로 사라지기 시작한다. 썰물이 지는 시각은 사람이 바닷물 속에 숨어 있던 바다의 풍요와 신비를 마주할 수 있는 시간이지만, 밀물이 들기 시작하면 사람은 미련 없이 그곳에서 물러나야 한다. 고대 사람들, 석기인이라 불리는 수렵·채취자들 또한 썰물을 따라 바다에 들어가고 밀물을 따라 바다에서 뭍으로 물러나는 나날을 살았을 것이다. 우리는 물론 석기인이 아니지만 우리 몸과 마음에는 지금도 석기인의 숨결이 숨 쉬고 있는 것이다. 반바지만 걸치고 바닷가에 서면 자연스럽게 그것을 알게 된다. 석기시대의 피는 철기시대의 피보다 훨씬 진한 것이다.

7월 21일은 화성이 몇 년 만에 지구 가까이 접근하며 달을 가리는 밤이었다. 화성 대접근의 정점은 사흘 전인 18일이었지만 요즘 매일 밤 동남쪽 산 위에서 반짝반짝하고 붉게 빛나는 화성은 화성이라는 이름에 어울리는 불과 같은 별이었다.

화성식이 시작되는 시간은 밤 8시 반쯤, 끝나는 것은 10시를 지나서라고 보도됐지만 바다에서 얻은 것으로 차린 호화로운 저녁밥상을 물리고 아이들과 함께 일찌감치 바깥에 나와 화성식을 기다렸다. 구름이 달을 많이 가렸지만 화성식이 시작될 무렵에는 동남쪽 하늘이 맑게 개어 열사흘 밤의 만월에 가까운 달이 가로등 하나 없는 이 산속 마을을 환하게 비춰 주었다. 산은 이미 태고의 어둠에 휩싸여 깊은 침묵 속에 잠겨 있었다. 반짝반짝 빛나는 화성을 찾았지만 그런 별은 어디에도 없었다. 달의 왼편 아래쪽에 노랗게 빛나는 조그만 별이 있을 뿐이었다. 그것이 화성이었는데, 이미 달과 겹쳐지고 있었다. 화성은 불길할 정도로 크고 붉은 평소 모습을 완전히 잃고 달 빛깔로 변한 채 조금씩 달에 빨려들었다. 붉은 화성과 투명한 달의 이색적인 교류를 기대하던 나로서는 허망했지만 마침내 흡수를 마치고 전처럼 다시 빛나는 달을 보자니 거기에 있을 것이 틀림없는 화성이 전혀 보이지 않는다는 불가사의한 우주 현상에 놀라지 않을 수 없었다.

불교에는 '불매인과不昧因果'라는 말이 있다. 인과에 어둡지 않다고 읽으며, 인과를 인과로서 그대로 받아들인다는 뜻이다. 올해는 핼리혜성도 돌아왔고, 봄에는 보름달의 개기월식도 볼 수 있었다. 그리고 또 이번에 화성식이라고 하는 진기한 일도 일어났다. 천체 현상은 인과의 철칙을 한 발도 벗어나지 않은 채 태곳적부터 이어져 온 풍경을 우리에게 되풀이해서 보여 준다. 하지만 지상에서는 체르노빌 핵발전소의 재가 산하를 더럽히고, 핵발전소라는 이 인공 암은 지구의 멸망을 향해 그 수를 끊임없이 불려 가고 있다. 바다에 있거나 산에 있거나, 혹은 낮이거나 밤이거나 우리는 천체 현상과는 별개인, 핵발전소의 재 속에 서 있지 않으면 안 된다.

# 어제를 향해 걷다

닭을 키우기 시작한 지 곧 10년이 된다. 한때는 100마리 넘게 치면서 거기서 나온 달걀을 마을 상점에 낸 적도 있다. 하지만 지금은 열네다섯 마리로 식구들 먹을 것을 얻는 정도에 머물고 있다. 보통 닭한테는 아침저녁으로 두 번 모이를 준다고 하는데, 한때 야마기시 공동체에 몸담았던 한 친구가 거기서는 해가 지기 두 시간 전에 단 한 차례 모이를 줄 뿐이라는 이야기를 해서 나도 곧바로 그렇게 했다. 야마기시 공동체는 결코 화를 내지 않는다고 하는 '야마기시즘'으로 이름이 높은데, 또한 굉장한 양계업자이기도 해서 질 좋은 자연란을 생산하는 곳으로도 널리 알려져 있다.

해 지기 두 시간 전에 닭 모이를 주며 어느새 내 감각은 그 시간대에 특별한 느낌을 품게 되었다. 동짓날을 앞두고 낮 시간이 점점 줄어들고 있는 요즘은 말 그대로 낮 시간에 쫓기는 기분이다. 간토 지방에 견주면 이곳은 일몰이 30분 이상 늦는데도 오후 3시 반을 넘기면 다른 일을 놓고 닭 모이 만들기에 나서지 않으면 안 된다. 몸은 하지를 시작으로 반 년에 걸쳐 하루하루 낮이 짧아지는 것에 어느새 익숙해져서 다시 낮이 길어지리라는 기대를 잃어버린 채 마침내 동지에 가까워질 때쯤이면 이대로 하염없이 낮이 짧아지는 것은 아닌가 하는 불안감마저 든다.

그러나 고맙게도 동짓날이 되고, 다시 낮이 길어지기 시작한다. 과장된 말이라고 여길지 모르지만 낮에 밖에 나가 일하는 사람에 게는 다시 낮이 길어지는 동지야말로 새 희망이 솟아나는 날이다.

우리 집에서는 올해도 삶은 호박과 팥으로 상을 차리고 조촐하게 동지제를 지냈다.


얼마 전에 나는 라디오에서 윤초閏秒라는 낯선 말을 들었다. 작년에 원자 시계라는 매우 정확한 시계가 만들어졌는데, 이것으로 확인하니 본래 지구의 자전으로 계산하던 시간에 미묘한 오차가 생긴다는 것이 밝혀졌다고 했다. 본래는 지구가 한 번 자전하는 데 24시간이 걸리는데 어떤 이유에서인지 때로 시간이 달라지는 것을 발견하고는 그 차이만큼 윤초를 덧붙이게 됐다는 것이다. 1초라도 그것이 몇천 년, 혹은 몇만 년 이상 쌓이면 엄청난 시간이 되겠지만 그래도 납득이 가지 않는 것이 있었다. 만약 그렇다면 시간이란 원자 시계로 산출해야 하는 것으로, 지구의 시간은 그것에 따라 수정될 수 있는 가짜 시간에 지나지 않느냐는 것이다. 원자 시계에 기초한 윤초라는 발상의 바탕에는 지구 자전이라는 자연의 시간을 인간의 손으로 수정해도 괜찮다고 하는 기술주의가 엿보인다. 극단적으로 말하면 이것은 기술 사회가 시간조차 지배하게 됐다는 것을 증명하는 사례라 할 수 있다.

윤초라는 특수한 시간이 이미 공인되고 있는 것과 같이, 시간은 일방적으로 앞을 향해 나아가는 것이라는 생각 또한 틀림없는 사실로서 공인되고 있다. 오늘은 내일로 이어지고, 1986년은 1987년으로 이어져서 마침내 21세기에 이른다. 이것을 시간의 불가역성이라 하며 아무도 그것을 거스를 수 없다. 오늘은 내일로 이어지고, 올해는 내년으로 이어지는 것은 사실이라 나도 감히 그것에는 이의를 달지 않는다. 하지만 놓쳐서는 안 되는 것이 있다. 시간이 한쪽으로 나아가기만 한다는 생각이야말로 인간의 의식적인 가치 부여, 혹은 왜곡일 수 있다는 것이다.

예를 들어 내가 "Back to Nature." 곧, 다시 자연으로, 라고 한다면 상대방은 "좋다. 하지만 시대를 뒤로 돌릴 수는 없다는 것도 기억해 둬."라고 친절하게 대꾸할 것이다.

지구의 자전에 따라 하루가 정해지고, 공전에 따라 1년이 정해진다는 시간의 자연성에서 보면 시간 그 자체는 다만 돌고 있을 뿐 앞으로 나아가는 것이 아니다. 몇 년이 지나도, 혹은 몇백 년이 지나도 지구는 태양의 주위를 돌고 있을 뿐으로 거기에는 물론 시간의 진보란 없다.

때가 바뀌어 간다고 하는 자연성에 인간의 의식이 덧보태지며 오늘보다 내일은, 이번 세기보다 다음 세기는 더 나아가 있어야 하고, 진보해 있어야 한다고 하는 진보의 가설이 공인되는 것이다. 인간을 만물의 영장으로 보는 진화론은 이 공인된 가설을 학문으로 삼은 것이다. 그뿐 아니라 원숭이를 인간보다 못한 존재로, 아울러 원시사회를 이 합리주의 산업 문명 사회보다 열등한 것으로 줄을 세웠다는 점에서 결점이 많은 학문이다. 우리는 진보 혹은 진화라고 하는 말을 절대 가치로 삼고 핵무기와 핵발전소로 가득 찬 이 사회를 만들어 왔다.

이처럼 시간에 이렇게 두 가지, 지구가 도는 데서 비롯된 자연의 시간과 함께 인간 의식이 낳은 인간의 시간이 있다고 한다면, 우리는 실은 내일을 향해 걸을 수 있는 것처럼 어제를 향해서 걸을 수 있다. 우주 식민지를 향해 걷는 것도 가능하지만 석기 문화를 향해서 걸을 수도 있는 것이다. 시간이 한쪽으로만 흐르고 있다는 것은 이 시대의 큰 착각이자 선전에 지나지 않는다. 우리는 미래와 마찬가지로 과거를 향해서도 흐르고 있는, 항상 지금이라고 하는 이 순간 속에 존재하고 있는 것이다. 5천 년 전까지만 해도 이 지구에는 핵무기도 없고 핵발전소도 없었다. 우리는 그곳으로 돌아갈 수 있다. 핵발전소 따위 없어도 전기가 있는 사회, 그것이 우리가 나아가야 하는, 혹은 돌아가야만 하는 새로운 문명사회의 약도다.

내가 동짓날에 품은 새로운 희망에는 이런 것도 포함된다.

# 두꺼비가 비추어 보인 자비로움

우리 섬은 수령 몇천 년이라는 야쿠삼나무 거목군으로 상징되듯이 식물의 종류가 지극히 풍부한 섬이다. 야쿠섬 고유종, 고유 변종, 야쿠섬이 남방 한계인 식물, 북방 한계인 식물 따위를 합하여 수천 수백 종류나 되는 식물이 자생하고 있다고 한다. 한편 동물은 어떤가? 동물은 빈약하다. 특히 포유동물은 사슴이나 원숭이를 포함해 여섯 종류밖에 없다. 이리도 없고, 멧돼지도 없고, 곰도 없다. 토끼조차 없다. 울창하게 자란 숲 속에 토끼 정도는 살아도 좋으련만 그것도 없다.

그런 환경에서 1월부터 3월까지 섬 여기저기에서 만나는 동물 가운데 두꺼비가 있다. 우리 섬 두꺼비는 특별히 커서, 몸길이 20센티미터가 넘는 것도 드물지 않을 정도다. 어떤 학자가 이것을 눈여겨보고 아종으로 갈라 '야쿠섬두꺼비'라고 이름을 붙였지만 크기만 클 뿐 특별히 아종으로 독립시킬 수 있는 특징이 없어 없던 일이 됐다는 이야기를 들은 적도 있다. 물론 몸길이가 10센티미터쯤 되는 작은 두꺼비도 있지만 20센티미터가 넘어 보이는 큰 놈을 만날 때면, 이것이 두꺼비인가 하고 놀랄 정도다.

두꺼비는 집이나 창고 가장자리 같은 곳에서도 보이고, 때로는 밭에서도 보인다. 야행성동물이라 일을 마치기 위해 일손을 서둘러야 하는, 어둠이 깔리기 시작하는 시각에 마주치기도 한다.

가장 장관인 것은 비가 그쳤거나 이슬비가 내리고 있는 밤중의 길 위다. 트럭을 몰고 가다 보면 길 위에 머리를 숙이고 쪼그리고 앉아 있는 두꺼비가 자동차 머리등 불에 비친다. 그 모습은 두꺼비와 어울리지 않게 애교가 넘친다. 이 계절이 두꺼비들의 짝짓기 철이어서 암수 한 쌍인 것도 있고, 상대를 얻지 못한 외톨이도 있다. 두꺼비가 왜 짝짓기 장소로 도로 위를 고르는 것인지는 나도 모른다. 도로는 탁 트여 있어 짝을 찾기에 훌륭한 조건을 갖추고 있기 때문이 아닐까 하고 혼자 가늠해 볼 뿐이다.

두꺼비의 짝짓기가 가장 왕성한 1월과 2월에는 이삼십 미터 간격으로 두꺼비 무리가 머리등 불빛에 모습을 드러낸다. 비가 내리는 산길이어서 속도를 내지 못하지만 시속 10킬로미터 남짓한 느릿느릿한 운전이라도 길 여기저기 되는 대로 앉아 있는 두꺼비를 치어서 죽이지 않기 위해서는 무척 신중하게 차를 몰아야 한다. 두꺼비들이 그 길을 번식 장소로 삼고 있는 한, 그곳은 분명히 두꺼비들의 장소이고, 우리 인간의 길이 아니다. 하물며 트럭 따위가 설칠 곳이 아니다. 머리등을 켜는 것도 두꺼비한테는 미안한 일이지만 밤에 산길을 불빛 없이 달릴 수는 없다. 어떤 날 밤에 우리 마을에서 4킬로미터쯤 떨어진 곳에 있는 국도까지 가며 두꺼비 수를 세어 보니 148마리였다. 그간 물론 한 마리도 치어 죽이지 않았다. 다른 차도 몇 대인가 지나다녔을 것이지만 치여 죽은 두꺼비는 보이지 않았다.

국도로 나서니 두꺼비 수가 훨씬 줄어들었다. 100미터에 한 마리, 200미터에 한 쌍, 혹은 1킬로미터에 한 마리 정도로 확 줄었다. 국도에 나오면 같은 포장도로인데도 도로 폭이 훨씬 넓고 굽은 길이 적어서 차는 자연스레 속도를 내게 된다. 50킬로미터 이상 내는 일은 별로 없지만 긴 직선 도로에서는 곳에 따라 60킬로미터를 넘기기도 한다. 그 길에서는 몇 마리인가 차에 깔려 죽은 두꺼비를 볼 수 있었다.

다시 말하지만 여기는 고속도로가 펼쳐진 대도시의 길이 아니다. 둘레 100킬로미터 공간 안에 불과 만 5천 명 정도 되는 인구가 점점이 작은 마을을 이루고 살고 있는 섬이다. 그런 섬의 국도에서, 이미 두꺼비들은 이 길을 더는 번식의 향연을 나누는 장소로 쓸 수 없는 것이다.

나는 특별히 두꺼비한테 끌리지도, 두꺼비를 좋아하지도 않는다. 두꺼비를 피해 가며 차를 모는 것도 내가 특별히 자비심이 많은 인간이기 때문이라고도 생각하지 않는다. 국도에 나가면 나 또한 앗, 하며 어쩔 수 없이 두꺼비를 치어 죽일지도 모르는 무자비한 현대인 가운데 한 사람이다.

하지만 여기서 이야기해 두고 싶은 것이 있다. 그것은 두꺼비가 실은 이 물질문명이 계속해서 폄하해 온 인간의 소박하고 깨끗한 '마음'을 잠시나마 드러나게 해 주는 것이 아닌가 하는 그 한 가지 사실이다.

# 연둣빛 햇차를 마시며

올 3월은 비가 오는 날이 많았고 활짝 갠 날이 적었다. 4월로 접어들며 우리 섬은 벌써 신록의 계절이 되었다. 산과 들에 절로 자라는 야생 차나무나 묵은 밭둑에서 제멋대로 자라는 차나무의 새싹이 나날이 쑥쑥 올라오기 시작하면 저것을 따야지, 하는 생각에 안절부절못하는 날들이 이어진다. 햇차를 따는 것은 새잎이 두 장쯤 벌어지고, 나머지는 아직 싹인 채로 남아 있는 시기가 최고다. 서둘러 따야 한다고 하면서도 다른 농사일에 쫓겨 좀처럼 손이 나지 않는다. 그렇게 며칠 지내다 보면 어린 찻잎이 순식간에 자라 적기를 놓쳐 버리는 일이 많다.

봄에 쫓긴다고 하는 말은 이런 걸 두고 하는 말이리라. 올해는 엉덩이가 무거운 나를 내버려 두고 아내가 혼자 가서 찻잎을 따 왔다.

대단한 양은 아니지만 그래도 큰 자루 하나를 거의 채웠다. 곧바로 숯불을 피우고 무쇠솥을 걸고 찻잎을 덖었다. 덖은 뒤에는 맨손으로는 만질 수 없을 만큼 뜨거운 그것을 돗자리 위에 펴서 널어 놓고, 두 손으로 힘을 넣어 비빈다. 비빈 뒤에는 아주 약한 불로 두세 시간에 걸쳐서 뒤적거리며 말린다. 이것이 이 섬에서 옛날부터 이어져 온 소위 가마솥 차 덖기 방법이다. 작고 단단하게 찻잎이 말리고, 겉에 살짝 흰 분을 뿌린 듯해지면 완성이다. 다 만들고 보니 겨우 중간 크기 차통에 하나 가득한 양이었다.

이전에 섬사람들은 찻잎 따기를 빼먹어서는 안 되는 일로 여기며 해마다 땄고, 집에서 한 해 먹을 만큼은 물론이고 친지들에게도 조금씩 나눠 보내고, 그래도 남는 것이 있으면 팔기도 할 만큼 길렀다고 들었다. 하지만 지금은 그런 일도 점차 줄었다. 시간을 들여 스스로 차를 만들기보다 그 시간에 날품을 팔고 그 돈으로 차를 사서 먹는 쪽이 더 이롭다고 여긴다.

어찌 됐든 손수 찻잎을 따고, 덖고, 비벼서 만든 차만큼 맛있는 차도 없다. 물론 농약 한 방울 안 들어간 차다. 산속에서 태양과 비로만 자란 진짜 야생차다. 우리 부부는 차를 좋아해서 하루에도 몇 번씩 차를 마시지만 막 만든 햇차를 마실 때는 평소의 흐트러진 자세는 어디로 가고 낯빛을 가다듬고 둘이서 정좌를 한다. 다도를 배운 적이 없지만 숙우(물을 식히는 대접)에 끓인 물을 따라 조금 식히고, 서서히 찻주전자에 옮겨 붓고 때를 본다. 비록 옷차림은 둘 다 일옷이지만 정좌하여 차가 우러날 때를 기다리는 한동안의 고요는 여느 다도회와 다를 바가 없다.

마침내 연둣빛으로 우러난 햇차를 찻잔에 따라 이 봄 최고의 향기를 마시면, 섬에서 사는 행복으로, 산에서 사는 감사함으로 가슴속이 훈훈해진다.


얼마 전부터 책상 위에 늘 벼루와 붓을 놓아두기 시작했다. 생각이 나면 아이들이 쓰는 연습용 종이를 얻어 와 정좌하고 먹을 간다. 어릴 때부터 자타가 인정하는 악필이라 하물며 붓글씨는 생각도 못해 왔다. 하지만 정좌를 하고 먹을 갈고, 무슨 글이든 종이에 쓰는 일이 나는 좋다. 그 일을 즐기는 사이에 한 가지 새로운 사실을 알게 됐다. 한 자 한 자를 천천히 정확하게 쓰면 좋은 글씨를 쓸 수 있다는 것이다. 그것은 새로 글자를 배우는 것과 같았다. 나는 큰 발견이나 한 것처럼 기뻐 다음과 같이 종이에 썼다.


    1. 정좌하면

      마음이 저절로 맑아진다

    1. 정좌하면

      마음이 저절로 빛을 본다

1. 정좌하면

　아버지가 있고 어머니가 있고 신과 부처가 있다

1. 정좌하면

　거기 정좌하고 있는 내가 있다


　인도 최남단 티루반나말라이에는 옛날부터 사람들이 신성한 산으로 섬겨 온 아루나찰라라는 그렇게 높지 않은 산이 있다. 이 산의 존재를 우리 일본인에게까지 알린 것은 라마나 마하리쉬라는 침묵의 성자였다. 그분은 1951년에 입적해 이미 이 세상에서는 뵐 수 없는 이가 됐지만 현대 인도의 성자라 불리는 수많은 사람들 속에서도 가장 뛰어난 분이라고 나는 여기고 있다.

　라마나 마하리쉬는 드물지만 서양인들을 비롯해 수많은 제자를 주로 침묵으로써 이끈 것으로 유명하다. 가끔 입을 열어 이야기한 것을 제자들이 기록해 남겼는데, 가르침의 핵심은 처음부터 끝까지 조금도 바뀌지 않았다. 그것은 "나는 누구인가, 라고 자신에게 물어라."는 것이었다. '나는 누구인가.'라고 하는 궁극의 질문 끝에 있는 그것을 라마나 마하리쉬는 힌두 민족의 전통 언어에 따라 아트만이라 불렀다. 아트만에 들어맞는 정확한 일본어는 지금은 마땅한 것이 없다. 어떤 사람은 그것을 '진아'라고 하고, 어떤 사람은 그것을 다만 '자아'라고 부르고, 어떤 사람은 단순히 '나'라고 번역

하고 있다. 나는 그것을 현재로서는 '자기'라고 옮기고 있다. 그 '자기'란 자아가 사라진 뒤에 남는 보편적인 생명을 이른다.

인도 철학의 전통에 따르면 아트만은 곧 브라만이다. 브라만에 관해서는 '범梵'이라는 표현이 있지만 나는 이것도 감히 '진리'라 의역하고 싶다.

자기(아트만)가 곧 진리(브라만)라고 하는 견해는 단순히 힌두 민족만의 전통이 아니고 우리 동양의 전통이기도 하다. 우리의 여행이 어느 곳을 향하든 그것은 모두 '자기'를 향한 여행이라고 나는 생각한다. 그것을 다른 말로 하면 '본래 고향'을 향한 여행이다.

# 흙 위에서 조용히 소박하게

1

흙이, 그러니까 땅이 모든 문명의 어머니인 것에는 아무도 이의가 없는 듯하다. 국무총리도 농수산부 장관도 나아가서는 경제 단체 협의회의 회장도 그렇게 말한다. 농업은 나라의 기초이고, 농업이 없고서는 한 나라의 안심입명은 있을 수 없으니 우리는 크게 농업을 일으키지 않으면 안 된다고 입을 모은다. 그러나 그 입에서 침이 마르기도 전에, 우리는 농업에만 힘을 쏟을 수는 없다, 농업도 물론 중요하지만 그 이상으로 모든 산업의 균형을 생각하지 않으면 나라 경제는 발전할 수 없다, 고 말을 바꾼다. 이 '하지만'이 나오는 시점에서 흙에 바탕을 둔 농업, 흙 위에서 꽃을 피우는 문화는 문자 그대로 설 자리를 잃는다. 어떤 절은 출입문 양쪽에 인왕상을 세워 놓았다. 인왕상은 작은 괴물을 발로 밟고 있는데, 보기에 따라서 그 괴물이 있기에 인왕이 있을 수 있는 것이라고 할 수 있다. 하지만 그와 같이 누군가를 짓밟은 모양으로는 인왕 또한 편안하기 어렵다. 대지와 인간의 관계도 그와 같아서 대지가 병들면 인간도 병든다.

땅이 한 나라의 산업과 문화, 곧 한 문명의 진짜 기초이자 기본으로서 정당한 대접을 받고 있느냐 아니냐를 냉정하게 살펴보아야 한다. 세상에는 인류의 미래를 그려 보이는 수많은 문명론이 있지만 흙을 주제로 정립된 것은 거의 없다. 어디까지나 흙은 반문명적, 반문화적인 것이고, 문명이나 문화는 늘 그것을 발로 밟은 자리에서 꽃피우는 것처럼 보이기조차 한다.

대지는 말이 없다. 그 때문인지 그 위에 서 있는 농부도 말이 없다. 그 까닭의 하나는 대지와 사귀는 일에는 말이 필요 없을 만큼 직접적인 진실성이 있기 때문이다. 아울러 두뇌라고 하는 것에 대한 유형·무형의 절망이나 체념 또한 한 가지 이유다. 문명을 지배하는 것은 두뇌이고, 농부는 머리 쓰는 일이 서툴다. 이것은 농민은 머리가 나쁘다는 뜻이 아니다. 흙과 관계를 맺는 작업에서 필요한 것은 두뇌가 아니라 손과 발이고 마음이다. 하지만 문명 세계, 소위 이 세상의 힘이라는 것은 합리성을 최상의 무기로 하는 두뇌의 세계여서 농민은 말을 잃고, 마치 일주문의 괴물처럼 밑에 깔려 신음

하며 산다.

현대 문명의 꽃인 도시의 모습을 보면 바로 이해할 수 있다. 도시에는 흙이 없다. 땅이 없다. 빼곡히 들어찬 빌딩, 마치 흙이란 보여서는 안 되는, 있어서도 안 되는 사악한 것인 것처럼 아스팔트로 뒤덮어 버렸다. 그리고 그 공간에는 정보 혹은 상상력이라는 두뇌의 산물이 날아다니며 힘을 만들어 낸다.

흙은 저 멀리, 꿈이나 동경으로서 언어 및 상상력의 세계에 들어가 있을 뿐이다. 흙과 닿을 때 두뇌는 힘을 잃는다. 두뇌에 의지해선 문명은 그러므로 흙을 두려워한다. 두뇌는 이성, 합리성, 과학의 어머니다. 현대 문명이 무엇보다도 과학 문명, 합리성, 이성이 지배하는 문명인 것은 이것이 두뇌의 문명이라는 증거인 셈이다.

우리는 두뇌 문명을 전부 내치고자 하지는 않지만 지금처럼 흙을 무시하는 것과는 다른 모양의 문명을 바란다. 그것은 흙과 함께 있는 문명, 마음이 지배하는 문명이다. 아무 말이 없더라도 이미 거기에는 있고, 거기에 있어 우리를 이끌어 가는 영묘한 것, 이성이나 두뇌보다 훨씬 평화롭고 훨씬 그리운, 자연스럽고 인간다운 문명을 바란다. 관찰한다거나 사고한다거나 분석한다거나 하는 것이 아니라 손과 발과 마음과 함께 느끼고, 아울러 두뇌마저도 거기에 함께하는 문명을 바란다. 도쿄가 중심이 아니라 야쿠섬이 중심이 된 문명, 오사카가 중심이 아니라 그 주변의 곤센평야가 중심인 문명, 서구 사회가 아니라 동양이 중심인 문명을 바란다. 철없는 말인지도 모르지만 어느 한 군데가 중심이 아니라 모든 곳이 중심이 되어 결국 대지로 우주로 뻗어 가는 문명을 우리는 바라는 것이다.

우리 섬은 최근 사나흘 폭풍우에 갇혀 있다. 그 통에 배도 비행기도 끊겼다. 엄청난 바람이 산골짜기를 몰아친다. 영혼은 뭔가 나쁜 일이라도 저지른 것처럼 그 굉음과 함께 떨고 있다. 쏟아지듯 비가 내릴 때는 집 안에서 가만히 비가 지나가기를 기다리는 길밖에 없다. 자신의 영혼을 마주 보며, 그것이 마치 신의 모습 그 자체인 것처럼, 사이를 두고 우르르 밀려오는 바람 소리를 듣고 빗소리에 잠긴다. 세계는 지금 여기 말고는 어디에도 없다는 것이 분명하다. 세계는 늘, 지금 여기 말고는 어디에도 없다. 도쿄도 없다. 인도도 없다. 내가 사는 섬조차 없다. 여기에 있는 나, 하지만 그 나조차 없다. 휘잉휘잉 불어오는 바람, 쏴아쏴아 쏟아져 내리는 비. 다만 그것이 있을 뿐이다.


2

도쿄 태생인 나는 유턴해서 귀농한 것이 아니다. 그렇다고 자연 속에서 '로망'을 찾고자 온 것도 아니다. 그런 생각은 조금도 없다. 폐촌이 된 이 땅에서 내게 주어진 일을 하기 위해 나는 왔다. 그 일이란 자연 농업이다.

자연 농업이란 무엇인가?

도쿄에는 유기 농업 연구회 본부가 있고, 이 단체를 이끄는 이들은 초대 농협 이사장이자, 황제라고 불리기도 했던 이치라쿠 데루오라든가 농수산부의 정무차관을 지낸 시오미 도모노스케와 같은 사람들이다. 도쿄에서 그것도 농민도 아닌 사람들이 중심이 되어 이끄는 단체이지만 일본에서 유기·자연 농업과 관련한 움직임이라고 하면 유기 농업 연구회를 빼고는 생각할 수 없다. 1971년에 발족한 이 모임의 취지문 일부를 발췌하여 소개한다.


과학기술의 진보와 공업의 발전에 따라 우리나라의 전통 농업은 그 모습이 일변하며 증산이나 일손 줄이기 면에서 두드러진 결과를 거두었는데, 이것이 일반적으로 농업의 근대화라고 일컬어지고 있다.

이 근대화는 주로 경제 합리주의의 견지에서 촉진된 것이지만, 이 견지에서는 우리나라 농업에 대해 밝은 희망을 갖기가 대단히 곤란하다.

농업은 본래 경제 이외의 면에서도 고려할 필요가 있고, 인간의 건강이나 민족의 존망이라는 관점이 경제적 견지에 우선하지 않으면 안 된다. 이와 같은 관점에서 보면 우리나라 농업은 단순히 그 장래에 밝은 희망을 기대하기 어렵다는 데서 그치지 않고, 대단히 긴급한 근본 문제에 당면해 있다고 말하지 않을 수 없다.

곧 현재의 농업은 농민에게는 농작업을 통해 상처와 병을 불러옴과 동시에 농수산물 소비자에게는 잔류 독소에 의해 건강에 심각한 장애를 불러오고 있다. 또한 농약이나 화학 비료의 과다 사용이나 축산 배설물의 투기는 천적을 포함한 각종 생물을 계속해서 사멸시킴과 동시에 하천이나 해안을 오염시키는 한 요인도 되며 환경 파괴라는 결과를 불러오고 있다. 그리고 농지에는 부식이 부족하여 작물을 생육시키는 지력의 감퇴가 촉진되고 있다. 이와 같은 일들은 근년의 짧은 기간에 발생하여 갑작스럽게 진행되고 있는 현상인데 이대로 계속돼 간다면 기업들이 만들어 내는 공해와 공조하여 멀지 않은 시기에 인간 생존에 위기가 닥쳐오게 될 것을 염려하지 않을 수 없다. 사태는 우리에게 영지를 모아 발본적인 대처를 서둘러야 하는 단계에 와 있다. (중략)

농민이 국민의 식생활 건전화와 자연보호, 환경 개선에 관한 사명감에 눈뜨고 바람직한 방식의 농업에 몰두하면 농업은 농민 자신에게는 물론 다른 일반 국민에 대해서도 단순히 일종의 산업인 데 머물지 않고 경제 영역을 넘어선 차원에서 그 존재의 귀중함을 주장할 수 있다. 거기서 경제 합

리주의 시점에서는 볼 수 없었던 미래에 대한 밝은 희망이
나 기대를 발견할 수 있는 것이다. (후략)

인용이 좀 길었다. 오늘날, 일본에서 유기 농업에 종사하고 있는
얼마 안 되는 사람들 대부분은 이 뜻에 공감해 회원이 되었다고 생
각해서 길게 옮긴 것이다. 이 모임을 일으키고 이끄는 이들이 농민
이 아닌 것을 빼면 이 취지문의 내용은 훌륭하다고 말할 수 있다.
물론 문장은 매우 서툴다. 하지만 이것도 문제는 없다. 문인이 아닌
사람이 쓴 글일 것이 뻔하기 때문이다. 정부, 농수산부, 농협 같은
행정기관이나 법을 입안하는 이들이 보지 않는 척하며 보고 있는
실태를, 과거에 그 위치에 있던 이가 내려와 들추어낸 것은 대단히
용기 있는 행동이었을지도 모른다. 시작한 지도 얼마 안 된 데다가
아직 이렇다 할 사회적 힘도 갖지 못한 이 단체를 감싸지는 못할망
정 비판할 생각은 없다. 하지만 오늘날의 조직 상태에서 보자면, 앞
으로 이 모임이 더욱 큰 사회적인 힘을 지니게 되었을 때는 또 하나
의 농협, 요컨대 농민 없는 농협 혹은 농민을 이끌어야만 하는 대상
으로 여기는 단체가 되는 것이 아닐까 하는 의구심을 뿌리칠 수 없
다.

유기 농업이란 무엇인가?

1975년에 나라현에서 의사로 활동하던 야나세 기료라고 하는 사

람이《유기 농업 혁명》이라는 책을 냈다. 야나세는 앞서 이야기한 일본 유기 농업 연구회를 이끄는 이 가운데 한 사람이다. 그는 나라 시에 있는 자흥회라는 독자적 유기 농업 농민 조직과 소비자들로 이루어진 모임을 이끌고 있기도 하다. 그 활동이 아리요시 사와코의《복합 오염》에도 소개되며, 야나세는 현대의 의성으로 수많은 이들에게 존경받고 있다. 그는 자신이 쓴《유기 농업 혁명》끝부분에서 '유기 농업의 마음'이라는 제목 아래 이렇게 말한다.

화학비료 대신에 유기질비료를 사용하는 것이 유기 농법이라고 생각하기 쉽다. 그러나 그것은 옳지 않다. 유기 농법과 근대적 화학 농법 사이에는 근본부터, 그 원리부터 차이가 있다. 곧 근대적 화학 농법은 인간 중심적이고 물질적이며, 나와 나 아닌 것을 철저히 가르는 근대 사상 위에 서 있다. 따라서 자연을 물질적으로, 그리고 인간과는 단절된 관계로 본다. 또한 자연을 극복하고, 정복하고, 약탈하는 것을 당연하게 여기고, 더욱이 다른 생명체를 인간의 편의를 위해 멋대로 죽인다거나 살린다거나 해도 좋다고 여긴다. 한편 유기 농법은 인간을 비롯해 그 밖의 수많은 생명이 대자연 덕분에 살아간다고 하는 사실, 더욱이 그 수많은 생명체는 유기적으로 이어져서 서로 '살림을 받고, 살리고, 다시 살림을 받는' 생태적 조화 속에서만 생존이 가능하다고 하는 깨달음 위에 서 있다.

근대 문명은 이 사실을 오인하고 간과하면서 '죽임의 문명', '죽임의 농법'을 만들어 온 것이다. 우리의 조상은 대자연이 있어야 살아갈 수 있다는 것을 잘 알고 있었다.

오, 놀라워라
채소의 어린 잎에
내리는 햇살

바쇼의 하이쿠다. 100년 전까지는 이렇게 우리 조상들은 '산을 정복한다.' 따위의 생각을 한 적이 없었다. '산 님'이라고 부르며 우러렀고, 산에 갈 때는 정한 음식을 먹었고, 산속에 들어가서는 몸과 마음이 깨끗해지기를 기원했다. 미와 신사의 신은 '산' 그 자체이다. 여든을 넘긴 늙은 농부는 올해는 쌀을 "네 가마 주셨다." "두 가마밖에 주시지 않았다."고 말한다. 한편 예순이 안 된 농민은 "네 가마 나왔다." "두 가마밖에 나오지 않았다."고 한다. '주셨다'의 세계관과 '나왔다'의 세계관 사이에는 말 그대로 하늘과 땅 차이가 있다. (후략)

이 인용도 조금 길었다. 왜일까? 같은 인용이라도 이번 것이 앞엣것에 견주어 훨씬 지루하지 않게 읽을 수 있었던 것은? 그것은 취지문과 책의 차이이자, 같은 언어인데도 그것을 쓴 사람의 처지와 자세가 다르기 때문이다. 앞엣것은 두뇌로 쓴 글이고, 뒤엣것은 마음이 담긴 글이다. 야나세는 의사인 동시에 스스로 꽤 넓은 밭을 가꾸고 있는 반은 농부고 반은 의사라고 해도 좋은 사람인지라 두뇌의 올무에 걸리지 않았다. 근대 이성이 지배하는 곳에서는 두뇌가 힘을 발휘하지만 흙 위에서는 손과 발과 허리와 마음이 빛난다.

내 자연 농업은 윗글에 나오는 여든 넘은 농부처럼 "올해는 두 가마밖에 주시지 않았다." "네 가마나 주셨다."고 말할 수 있게 되는 것이 목표다. 자연 농업이란 이런 의미에서는 농업인 동시에 마음의 활동이기도 하다. 그것은 마음의 활동으로서 시나 음악이나 그림과도 통하는 동시에 신앙의 한 모습이기도 하다.

자연 농업이란 무엇인가?

또 한 사람을 소개한다. 후쿠오카 마사노부라고 한다. 이 사람은 이미 30년 넘게 농부로 살아오고 있는 농부다. 농부일 뿐인 사람인데, 그는 자신의 농사법을 자연 농법이라 부르며 유기 농법과는 분명히 구별 짓는다. 후쿠오카는 몇 권인가 책을 냈는데, 그 가운데 《짚 한 오라기의 혁명》이라는 책이 있다. 책의 앞머리에 있는 '자연이란 무엇인가─무無야말로 모든 것이다'라는 장에서 그는 다음과 같이 말한다.

나는 이 짚 한 오라기로부터 인간 혁명을 일으킬 수 있다고 믿고 있습니다. 이 짚, 보기에는 대단히 가볍고 작습니다. 이런 짚 한 오라기로부터 혁명을 일으킬 수 있다고 하면 거의 모든 사람들은 대단히 이상하게 생각하기 쉽지만 실은 이 짚 한 오라기의 혁명이라고 할까, 짚 한 오라기의 무게라고 할까, 일물일사가 무엇인가를 나는 어느 날 알았던 것입니다. 그날부터 내 일생은 어떤 의미에서 돌아 버렸습니다. 생각하는 것도 하는 일도 완전히 바뀌어 버렸습니다. 이것은 사실입니다.

나는 농부로 30년을 살아왔습니다만 예를 들어 이 논을 보십시오. 실은 이 논은 25년간 전혀 간 적이 없습니다. 화학비료도 전혀 준 일이 없습니다. 병충해를 죽이기 위한 농약도 쳐 본 일이 없습니다.

논을 갈지 않고, 김매기도 하지 않습니다. 농약도 비료도 쓰지 않고 쌀과 보리를 이어 재배하고 있는 것입니다.

지금 보시고 있는 이 보리는 적어도 열 가마는 얻을 수 있습니다. 부분적으로는 열네다섯 가마가 나오지 않을까 하는 곳도 있습니다. 이것은 아마도 제가 사는 에히메현 농업시

험장의 다수확 논에 필적하는 수확이라고 봅니다. 에히메현에서 최고 수확이라면 아마도 전국 제일일 테지요. (중략)

한마디로 말하면 농기구도 필요 없고, 농약도 비료도 필요 없습니다. 그리고 그 방법을 말하면 다만 벼 위로 보리를 흩어 뿌리고, 벼를 수확할 때 나온 짚을 그 위에 자르지 않고 그대로 흩어 뿌릴 뿐인 것입니다. (중략)

잘 관찰해 보신 분은 벌써 아셨겠지만, 이 논에는 토끼풀 씨앗이 뿌려져 있습니다. 이 토끼풀은 보리를 뿌리기 조금 전인 10월 상순에 아직 베지 않은 벼 속에 뿌린 것입니다. 차례대로 말씀드리면 이 논에는 10월 상순에 벼 속에 토끼풀 씨앗을 뿌리고, 중순에 보리 씨앗을 뿌리고, 11월 상순에 벼를 베고 11월 하순에 볍씨를 뿌리고, 그 위에 볏짚을 긴 채로 흩어 뿌렸을 뿐입니다. 그 결과가 지금 보시는 보리입니다

이것은 완전히 과학기술 농법을 부정하고 있습니다. 인지, 곧 인간의 지혜로부터 나오는 과학적인 지식을 통째로 버리고 있는 것입니다. 인간이 도움이 되리라고 여기고 있는 농기구라든가 비료, 농약 이런 것을 전혀 사용하지 않는 재배 방법이기 때문에 이것은 이미 인간의 지혜와 행동 모두를 정면에서 부정하고 있다고 말해도 지나치지 않습니다. 그것들 없이도 그와 같은 수량, 어쩌면 그 이상의 벼와 보리

를 수확하는 실천 사례가 지금 여러분의 눈앞에 있는 것입니다.

여기서 이야기하고 있는 것은 두뇌의 발언이 아닐 뿐만 아니라 마음의 발언조차도 아니다. 다만 사실을 보고할 뿐이다. 사실을 보고하는데, 그 사실에는 농부는 물론 농부가 아닌 사람들의 마음에도 희망과 밝음을 주는 무엇인가가 있다. 후쿠오카는 이 책의 뒤쪽에서 유기 농법과 자연 농법의 차이를 설명하며 이렇게 말한다.

결국 유기 농법은, 내가 들은 범위 안에서는, 서양철학의 견지에서 출발한 과학 농법의 일부에 지나지 않는다. 과학 농법과 차원이 같다. 내가 생각하고 있는 자연 농법은 사실 소위 말하는 과학 농법의 일부가 아니다. 과학 농법이라는 차원에서 벗어나, 동양철학의 관점, 혹은 동양의 지혜와 종교의 관점에 선 농법을 나는 세우고자 하는 것이다. 자연 농법 속에도, 굳이 나누자면, 불교에서 말하는 대승적인 자연 농법과 소승적인 자연 농법(유기 농법)이 있다. 실천상에서 말하면 소승적인 과학적 자연 농법으로도 좋지만 최종 목표는 단순히 작물을 기르는 것이 아니라 인간 완성을 위한 농법이 되지 않으면 안 된다.

자연 농업이란 무엇인가? 조금은 알 수 있을 것 같지 않은가? 자연 농업이란 흙 위에 서서, 달리 말하면 농사를 통해 인간 완성을 목표로 하는 생업, 혹은 길이라고, 책상 위에서이기는 하지만 일단 이렇게 결론을 내어 둔다.

3

다시 발아래 땅으로 돌아가자. 여기는 규슈의 야쿠섬, 한때는 사는 사람이 없어 폐촌이 됐던 이곳에서 나는 인간 완성을 위한, 혹은 세계의 완성을 위한 농업의 길을 걷고, 그것을 세상에 널리 알리고 싶다. 오른쪽을 보아도 왼쪽을 보아도 산뿐이고 평지는 거의 없다. 아주 가끔 손바닥만 한 평지가 있어도 거기에는 선주민들이 심은 삼나무가 자라고 있다. 우리에게 주어진 땅은 전부터 땔나무나 숯을 굽는 나무로 쓰려고 가꾸는 숲이라든가, 집짐승 먹이나 풋거름을 얻기 위한 풀밭이라든가 공유림 같은 비탈진 땅뿐으로, 그조차 풀과 나무로 우거진 잡목 자연림이다.

산을 걸어 보면 선주민이 돌담을 쌓아 만든 계단식 밭둑에서 자라는 차나무들이 보인다. 일이 미터 남짓 되는 나무들인데, 사람들이 떠난 뒤 여러 해 동안 보살핌 한 번 안 받고도 죽지 않고 꿋꿋하게 자란 것을 알 수 있다. 계단식 밭둑만이 아니라 골짜기의 좁은 길이나 산길 가 몇 군데에도 어디서 날아왔는지 차나무 씨앗이 절로 나 자연림의 일원이 되어 커 간다. 게다가 안개가 많은 곳에서는 질 좋은 차가 난다는 옛말이 있는데, 이곳은 정말 안개가 많다. 두 말할 것 없이, 한 달에 35일이나 비가 온다고 하는 섬 안의 한 마을 이 아닌가.

그렇다면 먼저 차를 해 보자. 주어진 산을 밭으로 만드는 일은 마음 내키는 일이 아니지만 땅이 없는 농부가 농부로 살려면 산을 개간하는 길밖에 없다. 그래도 엔진 톱은 쓰지 말자. 우리가 산을 차밭으로 만드는 것을 산이 허락해 준다면 차는 틀림없이 잘되리라.

이 섬에서는 밭두렁 차라 해서 산비탈 밭둑에 심은 차를 제철에 따, 그것을 볶고, 손으로 비벼서 한 해 집에서 마실 차를 만드는 습속이 지금까지 조금은 남아 있다. 앞으로 산에 마련할 차밭에서 어린 차나무가 자라 잎을 딸 때가 되기까지는 선주민이 남기고 간 반쯤 야생이 된 산의 차나무 잎을 따고, 그 잎으로 손수 차를 만들어 보자. 돈을 버는 길도 좋지만, 돈을 쓰지 않아도 되는 길을 찾아보자. 예로부터 섬사람들이 늘 해 오던 방법. 자급자족의 원칙을 천천히 배워 가자. 하지만 그런 행위도 모두 인간을 완성시키는 활동, 자신의 진리를 찾아내는 활동이 아니면 안 된다는 원칙을 가슴에 둔 것이 아니라면 의미 없는 일이리라.

# 돼지 키우기

돼지를 기르게 됐다.

돼지를 기르게 된 뒤로는 전에 왜 내가 그렇게 돼지 기르기를 꺼렸는지 알 수 없는 심정이다. 하지만 돼지를 들이기 전까지는 정말 돼지만은 치고 싶지 않았다. 더럽고, 냄새나고, 불결한 데다 대식가에 게으른 동물. 나는 그런 것을 기르자고 고향을 버리고 이 섬에 온 것이 아니었다. 이 섬의 깊은 산에 살고 계시는 수령 7천2백 년 된 할아버지 삼나무를 스승으로 삼고 배우며 자연생활을 하고자 했을 뿐, 거기에 돼지가 나타나리라고는 생각조차 안 했다. 집짐승을 친다면 산양이나 닭이나 젖소이지 않을까 싶었다. 하지만 효도 씨가 "돼지를 사자."고 나를 몰아붙였다.

효도 씨는 국유림에 속한 야쿠삼나무 원시림은 더 이상 한 그루라도 베어서는 안 된다고 여기며 활동하는 '야쿠섬을 지키는 모임' 대표이다. 아울러 섬사람에게 참다운 풍요란 무엇인가를 생활 속에서 찾고 있는 효도 씨가 '돼지를 기르자.'고 좨쳐 왔던 것이다. 그 말에는 돼지도 못 기르는 그런 나약한 정신으로 할아버지 삼나무를 명상한다는 것은 말이 안 되는 행동이다, 라는 정도의 기백이 들어 있었다.

"산이나 강이 사람을 만드는 것이지 사람이 산이나 강을 만드는 것이 아니다."

"돼지는 은혜로운 동물이다."

이것이 효도 씨의 말이었다. 반 년이 걸려서야 나는 이 말을 받아들였다. 돼지는 추하지 않았다. 냄새도 없었고, 불결하지도 않았다. 대식가이기는 하지만 그 식욕은 진실로 건강하여 나도 한번 그처럼 맛있게 음식을 먹어 보고 싶을 정도였다. 풀어놓으면 힘센 코로 여기저기를 파 뒤집어서 버려진 땅을 밭으로 일궈 주었다. 돼지가 땅을 파 뒤집는 모습은 작은 불도저를 떠올리게 했다. 퇴비를 만들 수 있는 똥오줌을 많이 내놓을 뿐만 아니라, 나중에는 새끼도 낳아 준다. 돼지는 번식력이 왕성해서 한 해에 두 번 반쯤 새끼를 낳는다. 새끼 돼지는 반 년 안에 어미 돼지가 된다. 지금은 단 한 마리지만 이삼 년 지나면 어미 돼지가 아마도 스무 마리로 늘어나고, 그러면 한 해에 새끼 돼지 360마리라고 하는 소위 양돈의 세계에 접어들 수 있다. 다만 그것은 하늘이 우리에게 그런 은혜를 내려 주실 때의 일이었다.

그만한 수의 돼지들이 내어놓는 똥오줌은 하루에 얼만큼이나 될까? 분명한 것은 그것이 모두 작물에 귀중한 거름이 되리라는 것이다. 특히 과수원에는 돼지 똥이 좋다고 알려져 있다. 앞으로 심으려고 하는 차나무에도 돼지 똥거름이 좋다고 한다. 농부에게 무엇보다 필요한 것은 밭이고, 그 다음이 거름이다. 지금은 코란이라는 토양균을 넣어 속성 발효 퇴비를 어쩔 수 없이 만들어 쓰고 있지만 돼지 똥이 많이 나온다면 풀과 섞어서 자연 발효시킨 질 좋은 유기 퇴비를 만들 수 있다. 좋은 거름이 있으면 좋은 작물을 기를 수 있다. 좋은 작물을 기를 수 있으면 좋은 음식을 먹을 수 있다. 좋은 음식을 먹은 몸은 좋은 생각을 할 수 있다. 좋은 생각이란 신 이외의 그 어떤 것이 아니다.

비베카난다가 아직 캘커타 대학교 학생일 때였다. 그는 라마 크리슈나에게 물었다.

"당신은 신을 보셨다고 합니다만 그것이 정말입니까?"

"저는 신을 보았습니다. 지금 당신을 눈앞에 보고 있듯이…… 아니, 그 이상으로 확실하게 신을 보았습니다."

오랫동안 나는 라마 크리슈나처럼 신을 직접 뵙고 싶다고 소망해 왔다. 그 소원은 지금까지도 이어지고 있다. 하지만 만약 사람들이 내게 "그대는 신을 본 적이 있는가?"라고 묻는다면 이렇게 대답할지 모른다.

"아닙니다. 저는 아직 신을 본 적이 없습니다. 대신 저는 돼지를 보고 있습니다. 돼지는 신입니다."

라마 크리슈나는 말한다.

"옛날에 어떤 곳에 소금 인형 하나가 있었습니다. 그 소금 인형은 실을 잡아맨 연필 한 자루를 손에 들고 바다의 깊이를 재려고 했습니다. 소금 인형은 바닷가에 와서 넓은 바다를 보았습니다. 그때까지 그는 아직 소금 인형이었습니다. 하지만 발을 한 발 바닷물 속으로 내딛는 순간 바다와 하나가 되며 사라져 버리고 말았습니다. 인형의 몸을 이루고 있던 소금은 바다에서 온 것으로 바다로 돌아간 것입니다. 그러므로 소금 인형은 우리에게 돌아와서 바다의 깊이에 대해 말할 수 없었습니다."

우리가 바라는 진실이란 아마도 이처럼 소금 인형이 되어 존재의 큰 바다로 녹아드는 것이리라. 농부이자 돼지 치는 사람이자 시인이기도 한 내게도 마지막 목표는 그와 같은 자기실현에 있다. 신으로 녹아드는 것. 하지만 그것은 쉬운 일이 아니다. 우리는 한 걸음 한 걸음 걸어서 갈 수밖에 없다. 목표를 자기실현이라는 한 점에 두고 착실한 걸음걸이로 그곳을 향해 여행을 나서는 길밖에 없다.

우리가 이 세상에 태어난 목적은 자기실현을 통해 자기 자신이 되는 길밖에는 없기 때문이다. 그렇다면 그 여행길 위에서 돼지 따위에 마음을 빼앗겨서는 안 되지 않을까? 그것은 어리석은 일이 아닐까? 물론 나는 그렇지 않다고 본다. 왜냐하면 이 여행은 그 길 위의 여행을 빼고는 생각할 수 없고, 거꾸로 길 위의 여행이야말로 유일한 여행이기 때문이다. 길 위의 여행, 그것은 출가승에게는 명상이자 기도이자 보시행이 되겠지만 집에 머물며 불법을 닦는 내 형편에서는 생활 그 자체이다. 재가자의 책무는 먼저 가족을 섬기고 모시는 일이다. 그것과 동시에 사회를 섬기고 사회에 좋은 일을 하는 것이다. 또한 승려와 같이 모든 존재와 하나 됨을 목표로 삼고 명상이나 기도를 잊지 않는 것이다. 집에 머무는 수행자에게는 이런 것을 모두 합친 것이 생활이자 현실이다.

돼지를 기르는 것은 생활의 한 모습이다. 많은 농가가 돼지를 치고 있다. 그것은 수많은 도시 생활자가 월급쟁이인 것과 아무런 차이가 없다. 봉급 생활자이든 돼지 키우는 사람이든 거기서 '최선'을 다하는 것이 중요하다. 길 위에서 최선을 다하면 최선의 목표에 분명히 이를 것이다. 만약 최선에 이르지 않았다고 해도 그것은 이미 내 문제가 아니다. 길 위에서 최선을 다했다면 그 뒤는 저쪽의 문제인 것이다.

자연을 보호하자는 말이 자주 들린다. 돼지를 치기 시작하고부터 안 것인데, 자연을 보호한다고 하는 것은 잘못된 발상이다. 더이상 자연을 파괴하면 사람을 포함한 생물은 지상에서 살아갈 수 없다고 자연이 경고하고 있는 시점에서, 자연을 지키는 운동이란 실은 사람을 지키는 운동이라는 것을 알아야 한다.

우리의 새로운 지침은 수소폭탄을 만들기보다 돼지를 기르자는 것이다. 중화학 공업에 종사하기보다 차나무를 심자는 것이다. 도시 문명의 주인이 되기보다는 시골 문화의 주인이 되자는 것이다. 정보가 존재인 세계가 아니라 존재가 정보인 세계에 살자는 것이다. 자신의 진실한 노래를 부르자는 것이다. 조용히 소박하게 살자는 것이다. 자기 자신에게 귀를 기울이자는 것이다. 생활이 그대로 실재이고, 실재가 그대로 생활인 삶을 살자는 것이다. 우리 안의 지극히 높은 자, 곧 신에게 기도하며 살자는 것이다.

# 석기시대의 불

1

내 여행은 매우 느린 걸음일지라도 영혼이 마침내 가 닿아야 할 곳을 찾는 여행이라야 한다고 여기고 있다. 그리고 그 여행은 일상 생활 속에서도 가능하다.

3월 31일 밤, 아내와 나는 식탁을 마주하고 앉아 막 덖어 낸 햇차를 마시고 있었다. 이 섬으로 옮겨 온 뒤로 열 번째 맞는 봄인데, 3월에 차나무에서 새순을 딴 것은 올해가 처음이었다. 이번 겨울이 특별히 따뜻했기 때문이 아니다. 특별히 추운 날도 없었지만 겨울 날씨가 오랫동안 이어지며 집 앞 복숭아나무는 예년보다 2주 정도 늦게 꽃을 피웠다. 그렇게 좀처럼 오지 않던 봄임에도 불구하고, 차나무에는 벌써 봄이 와 있었던 것인지 3월 말이 되자 싱그러운 빛깔의 새잎을 일제히 피워 올렸다.

"3월에 햇차를 마시다니!"

아내가 감개무량한 듯 말했는데, 그것은 내게도 마찬가지였다. 따 놓기만 하고 아직 덖지 않은 것이 반 자루, 막 덖어 낸 차가 반통 남짓이었지만, 오히려 양이 적어서 그 수제차는 맛이 더 각별했다. 핥듯이 천천히 맛을 보며 마셨다. 옛날에는 약으로 썼다는 차나무의 불가사의한 정기, 그 강한 봄기운이 몸 안으로 흘러들어 와 몸과 마음에 새 힘을 불어넣어 주는 듯했다.

첫 번째와 두 번째는 조금 식힌 물로 서서히 우려냈고, 세 번째와 네 번째는 뜨거운 물을 바로 부어 우려냈다. 그렇게 하고도 찻잎을 갈 생각이 들지 않았다. 다섯 번째는 천천히 시간을 들여 우려냈다. 이 섬에는 햇차는 정기가 강해 너무 많이 마시면 눈에 좋지 않다는 말이 있다. 하지만 아내나 나에게는 알뜰하게 우려내 마시는 게 우리에게 녹차를 준 차나무나 계절에 대한 예의다 싶었다.

이로리에서는 조용히 불이 타고 있었다. 이제 집 안을 더 따뜻하게 데울 필요는 없지만, 역시 거기에 불이 타고 있다는 것은 고마운 일이었다. 이제까지 몇 번이고 든 생각이지만, 불이란 고대로부터 지금까지 같은 불이다. 그때나 지금이나 다를 게 없다.

지켜보면 불이란 나무와 온전히 하나가 될 때 비로소 연기가 나지 않는, 불꽃만이 존재하는 온화한 불이 된다. 이로리란 그 안에서 나무가 불과 하나가 되고, 그것이 불덩이로 변했다가 이윽고 재가 되는 과정이 반복되는 일상의 작지만 성스러운 공간이다.

햇차를 마시면서 조용히 타오르는 불을 보고 있으면 사람을 사귀는 일도 이로리와 다를 것이 없다는 생각이 든다. 맨 처음의 불, 그것을 우리는 사랑이라고 한다. 그 사랑을 피우는 우리 한 사람 한 사람이라는 나무는 불과 하나가 돼 간다. 그것은 결코 큰 불이 아니다. 봄밤에 어울리게 조용히 솔솔 타는 불이다. 돌아보면 땔감이던 나는 사라져 버리고 어느새 불덩이가 돼 있고, 그 불덩이가 재가 되는 것은 시간문제인 것이다. 사람과 사람이 사귈 때는 그처럼 아름다운 불이 타오르고, 그것이 불덩이가 되고, 이윽고 곱게 재가 되는 일이 흔치 않지만, 이로리에서는 날마다 그 일이 자연스럽게 반복된다. 하나가 된다는 것은 가장 좋은 인간관계를 나타내는 말이지만 그런 만큼 부부 사이에도 잘 어울리는 말이라고 나는 생각한다.

차를 마시며 불을 바라보고, 불을 바라보다가 차를 마시는 그와 같은 시간을 옛사람들은 '춘소일각치천금春宵一刻値千金'이라는 말로 표현했다. 봄날 저녁의 몇 시간은 천금과 같은 값어치가 있다는 뜻이다.

차 다음은 역시 술. 아내는 늘 물을 탄 술을 마시지만 나는 얼마 전부터 두세 잔 그대로 마시고 있다. 차와 달리 술에는 안주가 필요하다. 아내가 내온 안주는 요즘 다투어 싹을 내밀고 자라고 있는 고사리였다. 그것을 삶아서 가볍게 기름에 볶은 것이었다. 양치식물이 흔한 이 섬에는 고사리도 많아서, 마음먹고 나서면 어린아이도 금방 두 손 가득 꺾어 모을 수 있다. 올해 것은 왠지 쓴맛이 조금 강한 듯했지만 삶았고, 그걸 기름에 볶기까지 한 덕분에 그 쓴맛이 오히려 좋았다. 소주 안주로는 더 바랄 게 없었다.

20세기 후반을 사는 우리는 고대 혹은 석기시대를 이미 멀리 지나가 버린, 다시는 돌아갈 길이 없는 과거로만 여기고 있다. "우리는 두 번 다시 같은 강에 발을 담글 수 없다."고 한 헤라클레이토스의 말처럼 역사는 일직선으로 이 전자공학의 시대까지 발전해 왔다고 굳게 믿어 왔다. 하지만 돌아보면 그것은 역사에 대한 과신, 혹은 하나의 관점에 지나지 않는 것이고, 석기시대는 지금도 여기에 존재하고 있다.

이로리 안의 불은 지금 여기서 타오르고 있는 석기시대의 불이다. 절로 나 자라는 차나무에서 따 온 녹차 또한 석기시대의 차다. 봄 들판에서 아낙네들이 고사리를 뜯는 풍경, 이로리의 불로 요리를 하는 풍경은 석기시대의 풍경과 다를 것이 없다. 엷게 쓴맛을 남기며 입안에서 녹는 고사리 특유의 맛은 차와는 또 다른 즐거움을 준다. 살아 있는 한 우리는 과거, 현재, 미래를 불문하고 이런 소박한 즐거움을 포기할 수 없는 것이다. 그 일에는 과거 석기시대이든 오늘날과 같은 전자공학의 시대이든 변화가 있을 수 없다. 이런 걸

올봄에 알게 되며 나는 새로운 여행을 시작하게 됐다. 철기시대(농경시대)를 뛰어넘어 일거에 석기시대(수렵 채취 시대)로 가면 좋을 것이다. 그것은 자연을 더 가까이, 더 직접 겪으며 사는 삶인데, 그 세계가 소리쳐 내 영혼을 부르고 있었다.

2

겨울 즐거움은 뭐니 뭐니 해도 이로리에 불을 피우는 일이다. 올해도 그것에는 변화가 없다. 저녁이 되어 산양 네 마리와 닭들에게 먹을 것을 준 뒤에는 이로리에 불 피울 일로 마음이 들뜬다.

올겨울에는 벌써 무척 마음에 드는 땔감을 구해 놓았다. 오래된 집을 뜯으면서 나온 후박나무 들보를 40센티미터 길이로 자른 것이다. 후박나무는 단단해서 개미나 좀 따위가 슬지 않고, 적갈색 목질이 대단히 아름다워서 섬에서는 예로부터 가장 좋은 건축자재로 사랑을 받아 왔다. 하지만 지금은 이 섬에서도 세로 24센티미터에 가로 18센티미터 굵기의 들보용 목재를 켤 수 있는 나무조차 얻기 어려워 길이 360센티미터짜리 하나에 300만 원이나 한다는 말이 있을 만큼 귀중한 목재가 됐다.

내가 손에 넣은 것은 이미 집을 짓는 데는 쓸 수 없을 만큼 상한 것이었는데, 그래도 조금 썩은 부분을 빼고는 멀쩡해서 땔감으로는 더 바랄 것이 없을 정도였다.

바깥일이 끝나면 하나에 10킬로그램쯤 되는 후박나무 토막 두 개를 이로리 가운데에 한 뼘쯤 사이를 떼어서 나란히 놓는다. 그리고 그 사이에서 불을 지핀다. 잔가지로 불을 피우고, 조금씩 더 굵은 땔감을 넣어 가며 불을 지펴 간다. 불이 잔가지에서 중간 굵기 땔감에 옮겨붙고 불길이 안정될 즈음이면 양쪽에 놓은 굵은 나무에도 불이 붙어 천천히 불꽃을 피워 올리기 시작한다. 그 뒤로는 때를 봐 가며 굵은 나무를 하나씩 가운데 놓는다. 그러면 그 땔감은 아래와 양옆에서 일어나는 불길의 영향으로 금방 불이 붙는다.

양옆의 굵은 나무는 물론 태우려고 거기에 놓은 것이지만 동시에 열을 내는 아궁이 구실을 하며 그 속에 넣은 나무가 잘 타도록 돕는다. 가운데 놓은 나뭇가지에서 붙은 불길이 양쪽의 굵은 나무를 태우기도 해서 서로 북돋워 가며 불이 탄다. 그 불이 제대로 붙을 때까지는 불길이 붙은 잔가지를 안으로 모은다든지 약간 굵은 나무를 더 올려놓는다든지 내 나름대로 불 지피기에 열중하지만 일단 불이 고루 붙고 나면 가끔 땔감 위치를 바꿔 주는 정도로도 불을 즐길 수 있다.

저녁 6시부터는 불을 피우기 시작해서 불을 끄는 것은 매일 밤 11시쯤인데 그렇게 때도 양쪽에 놓은 후박나무는 반 정도밖에 타지 않는다. 후박나무 한 토막을 다 태우는 데는 이틀이 걸린다.

이로리는 물론 불을 보려고 피우는 것만은 아니다. 불이 붙을 때를 맞춰 아내가 마른 멸치를 넣은 국 냄비를 가져다 이로리 위에 달린 지자이카기에 건다. 멸치는 오래 끓여야 맛이 나서, 제대로 맛이 우러날 때까지 활활 불을 피운다.

나는 부엌에는 거의 들어가지 않아서 요리에 관해서는 아는 것이 없지만 이로리 불에 끓인 된장국만큼 맛있는 것은 없다고 생각한다. 우리 집에는 가스레인지도 있어 나머지 반찬은 대개 그쪽에서 하지만 된장국만은 이로리에 불을 지피는 내가 맡고 있다.

된장국이 다 되면 그 냄비를 지자이카기에서 들어내 부엌으로 옮겨 놓고, 이번에는 물통을 건다. 물통의 물이 끓어오르면 제일 먼저 그것으로 주전자를 채운다. 두 번째로 끓인 물은 밥을 먹은 뒤 설거지에 쓴다. 우리 집에서는 식기 세척용 세제를 쓰지 않는데, 뜨거운 물이 충분히 있으면 어떤 기름이 묻은 그릇이라도 기분 좋게 씻어 낼 수 있다.

그 다음에 끓인 물은 세탁용으로 쓴다. 목욕탕에서 쓰고 남은 물도 그렇게 하지만 데운 물을 써서 빠는 것은 찬물로만 빠는 것과는 차이가 상당히 크다고 아내는 말한다. 이처럼 물통에서 뜨겁게 데워진 물은 여러 가지로 생활에 도움이 된다. 하지만 끓으면 그 다음, 끓으면 그 다음이라는 식으로 바삐 움직이는 것은 아니다. 이로리의 불은 땔감을 모으거나 자르는 일 따위에 힘이 들지만 가스 불과는 달리 돈이 안 든다. 그러므로 물통 뚜껑에서 부글부글 소리를 내며 김이 피어오르는, 그 아무것도 아닌 시간이 무어라 말로 표현하기 어려울 만큼 나는 좋다. 물통에서 물이 끓으며 내는 소리를 기분 좋은 음악처럼 들으며 이로리 곁에서 나는 이윽고 잠이 들려고 하는 막내에게 그림책을 읽어 준다. 막내도 벌써 여섯 살로 올해는 초등학교에 들어갈 테지만 아직 글을 읽을 줄 모른다. 저 혼자 글을 읽을 수 있게 되면 아버지와 아들이 함께 한 권의 책을 읽는 기쁜 시간도 그것으로 끝나 버릴 것이다. 그래서 이 겨울이 마지막이라 여기고 여러 가지 책을 읽어 주고 있다.

이윽고 막내가 잠이 들고, 그 위의 자식들조차 각기 불기 없는 공부방으로 돌아가고 나면 마루는 정적 속에 파묻힌다. 물통에서 물이 끓는 소리와 시냇물이 흐르는 소리만 들리며 사위가 적막해진다. 그때쯤이면 아내도 하루 일을 모두 마치고 이로리 곁에 와 앉는다. 아내는 불 위에서 소리를 내며 끓고 있는 물통에서 뜨거운 물을 컵에 따르고 거기에 소주를 따라 마신다. 우리는 그날 하루에 있었던 일들을 두고 이런저런 이야기를 나눈다. 이로리 불로 끓인 물을 탄 술은 가스 불로 끓인 물을 탄 술과 맛이 다르다. 가끔 나도 따뜻한 물을 탄 맛있는 술을 아내와 같이 마시기도 한다. 하지만 대개는 그 즐거움을 함께할 수 없다. 왜냐하면 이로리의 불을 끄고 아내가 침실로 간 뒤부터가 서재에서의 내 일이 시작되는 시간이기 때문이다.

# 시골 아이로 자라는 자식을 보는 기쁨

아내와 의논해서 올해부터 차는 되도록 사지 않는 것을 원칙으로 삼기로 했다. 아침부터 밤까지 우리는 자주 차를 마신다. 차와 함께 지낸다고 해도 과언이 아니다.

우리 집 둘레에는 차나무를 비롯해 차로 만들어 먹을 수 있는 나무가 여러 종류 있다. 질경이, 쑥, 삼백초, 차조기, 비파나무, 감나무, 구기자나무처럼 쉽게 떠오르는 것만도 열 가지에 가깝다. 이렇게 차로 만들어 마실 수 있는 식물에 둘러싸여 살고 있으면서도 녹차의 향기와 맛에 끌려 집에서 만든 차가 떨어지면 아무 생각 없이 상점에 가서 누군가 만들어 놓은 것을 사고는 했다. 자제를 해야 한다고 생각하면서도 그동안에는 그런 소비 성향을 청산할 수 없었다.

우리 섬에서는 3월 말부터 찻잎 따는 일이 시작된다. 더 이상 차를 사지 않겠다고 마음을 먹고 나니 그만큼 찻잎을 더 따야겠다 싶어 가까운 산이나 밭둑에 나 있는 차나무 잎을 따러 다녔다. 찻잎을 따다가 손으로 비벼 차를 만든다. 남쪽 지방이라 날이 맑으면 계절은 봄이어도 햇살은 이미 초여름처럼 뜨겁다. 햇살을 온몸에 받으며 조용한 산속에서 찻잎을 따고 있으면 어느새 몸과 마음이 모두 산에 녹아 버리고, 내가 지금 어디에서 무엇을 하고 있는지조차 모르게 된다. 다만 산이 있고 , 햇살이 쨍쨍 내리쬐고 있고, 어린 찻잎이 있을 뿐이다. 때로 휘파람새가 바로 곁에서 우짖으면 그 소리에 놀라 자신을 되찾는다. 그러다가 다시 나를 잊고 산과 햇살과 찻잎의 세계로 녹아든다.

밤에는 따서 모은 차를 가마솥에서 덖는다. 두 번을 덖는데 처음에는 가볍게 덖어 손으로 비비고, 다음에는 약한 불에서 쉬지 않고 오랫동안 뒤적여 가며 덖는다. 서너 시간 걸린다. 다 덖어 갈 즈음엔 햇차 내음이 집 안 가득 퍼진다.

올봄에는 찻잎 따는 일에 힘쓴 덕분에 차에 빠져서 귤나무나 감나무처럼 차나무와 비슷한 잎만 보면 따고 싶어 곤란할 정도였다. 나만 그런가 하고 아내에게 물으니 아내도 역시 그렇다 했다.


막내인 미치토를 데리고 산양에게 줄 풀을 베러 갔다가 처음 알

왔다. 어느새 미치토가 털머위 꺾는 걸 배워 알고 있었다. 간사이(교토, 오사카를 중심으로 한 지역) 위쪽에서는 관상용으로, 뜰이나 현관 앞 따위에 심어 가꾸는 걸 볼 수 있을 뿐이지만 여기서는 어디서나 절로 나 자라는 흔한 들풀이다. 털머위는 2월 중순부터 5월 중순에 걸쳐서 한 포기에서 여러 포기씩 새싹이 올라와 차츰 잎을 키워간다. 새싹 줄기가 부드러운 틸에 뒤덮인 채로 막 피어났을 때나, 잎에 아직 붉은 기운이 남아 있을 때가 먹을 수 있는 시기이다. 산에 사니 당연한 일이라고 할 수 있을지 모르지만 이제 겨우 세 살인 아이가 어디서 배웠는지 털머위 순을 꺾는 모습은 무척 대견했다.

"아버지, 여기도 있어요. 이쪽에도 있고요!"

미치토는 이렇게 털머위를 찾을 때마다 큰소리를 질렀고, 내가 돌아보며,

"야, 그렇구나. 엄마가 좋아할 거야."

하고 대답할 때까지 소리치기를 그치지 않았다.

하지만 이런 일이 여러 번 계속되면 이쪽도 물린다. 게다가 일에 열중하기 위해서도 계속해서 상대하기가 어렵다. 나중에는 돌아다보지도 않고 "응, 그래, 또 찾았니." 정도로 끝내 버리고 마는데 그렇게 되면 아이는 아이 대로 이미 털머위 꺾는 일에 흥미를 잃고 나무 막대기로 땅에 구멍을 파거나 꽃을 따 모으거나 하며 놀기 시작한다.

며칠 전에도 같았다. 미치토가 찾았다고 외치는 것을 내버려 두고 산양에게 줄 나뭇잎을 베어 모으고 있자니 나를 부르는 소리가 끊질겼다. 그냥 두면 당장이라도 울 듯한 기세였다. 어쩔 수 없이 이쪽 일을 중단하고 가 보니 놀랍게도 미치토는 두 손 가득 목이버섯을 따서 들고 있었다. 이미 손에 가득 차서, 더 따기가 어려워진 바람에 울상을 짓고 있었다.

"야, 미치토, 대단하구나. 이거 목이버섯이네!"

정말이었다. 놀랐다. 진심으로 하는 칭찬이었다. 털머위라면 절로 나서 자라는 식물이고, 또 엄마와 함께 자주 나물하러 왔으니 그때 익혔을 수도 있다. 그것은 대견하기는 해도 놀랄 만한 일은 아니었다. 하지만 목이버섯이라면 어른인 나도 눈에 띄면 반드시 뜯어 모을 만큼 귀한 것이다. 무엇보다도 미치토가 목이버섯을 알고 있다는 것이 가슴이 뭉클해질 만큼 기뻤다. 그렇게 산의 아이가, 섬의 아이가 되어 가는구나 하는 생각을 하며 머리를 쓰다듬자 미치토는,

"아버지, 빨리 받아. 또 있어."

라며 칭찬을 받기보다 빨리 두 손을 비우고 다음 것을 따고 싶어 몸이 근지러운 모양이었다. 이미 딴 것을 땅에 내려놓고 다음 것을 딸 마음의 여유가 없을 만큼 미치토는 흥분해 있었다. 손에 든 것을 땅에 내려놓으면 그 목이버섯이 달아나 버릴지도 모른다는 생각을

하고 있는가 보았다. 나머지도 빨리 따지 않으면 그것들이 도망을 쳐 버릴지도 모른다고 생각하고 있었는지도 모른다. 그것이 내 쪽으로 그 애가 내민 두 팔의 긴장감에서 전해져 왔다.

"미안 미안."

이렇게 말하며 나는 낫을 던져 놓고 서둘러 두 손을 내밀어 미치토한테서 살아 움직이는 것 같은 목이버섯을 받아 들었다.

# 고등어가 오지 않는 잇소의 봄

올해는 어찌 된 일인지 이미 4월도 하순에 접어들었는데 고등어가 바다에 오지 않는다. 고등어 철을 알리는 다정큼나무 흰 꽃이 야산을 뒤덮고, 과수원에는 귤꽃이 한창인데 잇소항의 고등어잡이 배는 닻을 내린 채 바다에 나가는 일이 없다.

우리 섬에는 "어부의 내일은 농부의 내년"이라는 말이 있다. 어부는 오늘 허탕을 치더라도 내일 큰 수확을 기대할 수 있지만 농부는 오늘 씨 뿌리는 일이 잘못되면 내년까지 기다려야 한다는 뜻이다. 둘 다 자연의 은혜로 살아가지만 농부보다는 어부 쪽이 더 이롭다는 것이다.

잇소의 어부들은 오늘은 올까, 오늘은 올까 하며 고등어 떼가 가까운 바다에 나타나기를 기다리지만 바다는 소식이 없다. 고등어가 오지 않으면 고등어잡이를 주로 해서 살아가는 잇소 마을은 죽은 듯이 조용하다. 평소에도 오가는 사람이 결코 많다고는 할 수 없는 마을 시장 골목은 더욱 인적이 줄고, 얄궂게도 화창한 날씨만이 이어지고 있다. 하지만 대자연을 상대로 하는 일이라 어디 가서 불평을 할 수도 없어 그저 가만히 고등어가 오기를 기다리는 수밖에 없다.

나는 바다에 나가지 않는지라 고기잡이에 관해서는 아는 것이 전혀 없다. 하지만 최근 10년 사이 처음 있는 일이라고 할 만큼 고등어가 오는 때가 늦어지고 있는데도, 그래서 마을이 쥐 죽은 듯 가라앉았는데도 어부를 만나면 그들은 평소와 다름이 없다. 심각함 따위가 느껴지지 않는다. 여전히 웃는다. 뻔히 알고 있으면서도 달리 할 말이 없어 "아직 안 왔어?" 하고 물으면 "응, 아직 안 왔어." 라고 태평하게 대답한다.

그 몇 마디 안 되는 대화를 통해 나는 진짜 어부를 경험한다. 고등어가 많이 잡혀 활기에 차 있을 때도 어부들은 물론 좋아 보이지만 지금 같은 때 "응, 안 왔어."라고 남의 일처럼 자신의 어려운 일을 대하는 그 자세에서도 자연을 깊이 신뢰하는, 그래서 이쪽까지 마음이 푸근해지게 만드는 어부의 세계를 맛본다.

고등어 떼는 오지 않지만 다른 어업은 평년작은 되는 모양이다. 산속 우리 마을에서는 여행을 떠났던 진구 청년이 돌아와 반 년 만에 다시 걸그물 어선을 타기 시작했다. 걸그물 어업은 가장 오래전부터 해 오던 것으로, 바닷가 가까운 곳에 그물을 쳐 두고 배를 타고 나가 거기 걸린 물고기를 잡는 방식인데, 우리 섬 연안만이 아니라 이웃한 구치노에라부섬까지 나간다. 하룻밤, 혹은 이틀 밤 이어서 고기잡이를 할 때도 있다. 진구 청년의 배는 그가 여행에서 돌아와 다시 배를 탄 첫날 만선을 했다. 여기서는 고메지로라고 하는 검은 물고기가 많이 잡혔다. 고급 횟감으로 팔리는 쥐돔인데 하룻밤에 이삼백만 원은 벌었을 것이라 한다. 물론 선원인 진구 청년에게 돌아오는 몫은 그 몇십 분의 일이다. 금액이야 어떻든 고등어 떼가 오지 않을 때 다른 물고기라도 대어를 했다는 소식에 어부가 아닌 나도 남의 일 같지 않게 기뻤다.

불과 하룻밤을 지새우는 고기잡이였는데도 배에서 내린 진구 청년의 얼굴은 몰라볼 만큼 검게 그을려 있었다. 우리에게 돌아온 것은 개이빨다랑어 토막이었다. 늘 그런데, 걸그물에는 도카친이라 부르는 개이빨다랑어가 잘 걸린다. 커다란 것은 몸길이가 1미터를 넘는 것도 있지만 상품으로 내기에는 맛이 좀 떨어진다고 해서 이 녀석이 걸리면 진구 청년이 늘 한 마리를 통째로 받아오는 것이다. 진구 청년은 그것을 토막 내 이웃에 나눠 준다. 신선한 데다 맛도 최상이 아니면 손을 대지 않는 섬사람들 입맛에는 팔 물건이 아닐지 몰라도, 우리처럼 도시에서 맛없는 물고기만 먹다 온 사람들한테는 개이빨다랑어가 참다랑어나 마찬가지다. 1킬로그램쯤 되는 토막을 받으면 회로 먹을까, 구워 먹을까, 아니면 튀겨 먹을까 하는 생각에 마음이 설렌다. 반 년 만의 개이빨다랑어였다. 그것을 우리 산속 마을 주민들은 "진구 청년의 개이빨다랑어"라 부르며 고맙게 여기고 있다.

우리 집에서는 결국 튀겨 먹었다. 물고기 맛을 가리는 데는 이미 섬사람들만큼 까다로운 우리 집 아이들도 맛있다, 맛있다며 먹었다. 이 봄에 고등어는 오지 않지만 개이빨다랑어는 오고 있다. 그것이 자연의 조화이자 은혜이리라.


왕새우는 물론 이 섬에서도 잡히고, 또 고급으로 여기는 것은 여느 곳과 다를 것이 없다. 몸길이가 30센티미터나 되는 왕새우를 통째로 삶아 밥상 위에 올려놓으면 그것만으로도 호화로운 분위기가 난다. 붉게 빛나는 광택, 힘 있게 보이는 수염, 단단히 붙은 등 쪽의 가시까지 모든 것이 훌륭하다. 흔치 않은 일이지만 한 해에 한두 차례 그런 왕새우를 받는 일도 있다. 아이들은 왕새우에 눈을 빛내며 덤벼들지만 나는 왠지 왕새우란 놈을 좋아할 수가 없다. 통째로 찐 것은 한 점 먹으면 그것으로 이미 충분하다는 기분이다. 맛이 없는 것은 아니지만 익힌 새우 냄새를 좋아하지 않는다. 하지만 왕새우 회는 두말할 것 없이 최상이다. 혀 위에서 달게 녹는 왕새우 회에는 다른 물고기에서는 결코 맛볼 수 없는 깊은 맛이 있다.

  그러나 그 맛은 쓸쓸하다. 그 맛에 빠져든 나 자신을 깨닫는 순간 나는 그것이 나한테 허락된 것이 아니라는 걸 안다. 이 가난뱅이 기질은 그저 기질에 머물지 않고 나의 철학이 되었다. 철학자란 슬픈 딱정벌레다, 하고 괴테의 말을 받아서 니시다 기타로가 말했다는데 이 점에서는 나도 니시다 철학의 학도다. 왕새우보다는 진구 청년의 개이빨다랑어가 더 편한 것이다.

## 자연의 시간과 만나다

올봄에 나가노현에 사는 한 친구에게 기쁜 선물을 하나 받았다. 굽이 10센티미터 정도나 되는 도자기 잔 다섯 개가 종이 상자에 예쁘게 포장이 돼 있었다. 다섯이 다 같은 생김새였지만 손으로 만든 것이라 하나하나 조금씩 모양이 달랐다. 손으로 매만진 흔적에서 만든 이의 마음이 조용히 전해져 오는 황공한 선물이었다.

아내와 무엇으로 쓸까 의논했다. 무엇이란 물론 찻잔으로 쓸 것이냐 술잔으로 쓸 것이냐였다. 아내가 망설임 없이 술잔으로 정해, 그 밤부터 우리는 그 굽이 높은 도자기 잔으로 술을 마시게 됐다. 우리 섬에서는 보통 소주를 마시는 데는 조그만 유리잔을 쓴다. 그 잔에 소주를 따르고 물을 타서 마신다. 그래서 소주 회사마다 작은 유리잔을 만들어 판촉용으로 나눠 줄 정도다. 소주와 유리잔은 서로 떨어질 수 없는 문화인 것이다. 하지만 아내는 그 밤부터 미련 없이 유리잔 문화를 버렸다.

새로 온 도자기는 굽 부분을 쥐고 마시게 되어 있었는데, 쥘 때 손에 닿는 자기 느낌이 매우 좋았다. 손바닥에 팔 할가량 안기는 그 부분에는 뜨거운 물을 부어도 그 열기가 전해지지 않아서 마음을 놓아도 됐다. 마시는 느낌 또한 좋았다. 유리잔과 달리 도자기 잔에 마시면 같은 술이라도 훨씬 풍미가 있게 느껴졌다. 장인들이 마음을 쏟아 만든 결과이리라. 술의 맛과 향기가 도자기 잔 덕분에 다시 한 번 되살아나는 듯이 느껴졌다. 고구마술의 매력은 뭐니 뭐니 해도 역시 그 미묘한 단맛과 강한 향기에 있는데, 그것을 도자기가 빨아들이고 자기 안의 흙 향기를 내뱉으며 새로운 술로 다시 태어나는 듯했다. 역시 여성의 감이 정확했다. 망설임 없이 술잔으로 정한 아내의 결정을 나는 기쁘게 받아들이고 있다.

도자기라면 가고시마에는 예부터 검은 사쓰마(가고시마 서쪽 지역을 가리키는 말), 흰 사쓰마라는 두 갈래 도자기가 있다. 검은 사쓰마는 투박하게 만드는 서민용이었고, 흰 사쓰마는 사기처럼 얇게 빚어내는, 어느 쪽이냐 하면 무사 계층이나 지배자용이었다. 지금도 가고시마시의 번화가인 천문관 거리에는 흰 사쓰마 자기만 진열해 놓은 훌륭한 도자기 가게가 있다. 흰 사쓰마도 나쁘지 않지만 요즘 나는 검은 사쓰마에 더 끌린다.

가고시마 교외에서 도자기를 굽는 여성 친구에게 여러 가지 그릇을 선물로 받으며 알게 된 일이다. 특히 사발이라 불리는 작고 속이 깊은 그릇을 밥그릇으로 써 보니 소주잔을 바꿨을 때처럼 미묘하게 밥맛이 다르게 느껴졌다. 검은 사쓰마 그릇을 굽는 도공들은 같은 도자기를 굽더라도 흰 사쓰마를 굽는 이들에 견주어 땅과 더 깊고, 그리고 더 강하게 가까워지려고 하는 노력이 엿보인다. 지배계급 문화에는 없는 땅의 문화를 발굴하려고 하는 의지가 역시 거기에서도 느껴지는 것이다.

소주에 정말 잘 어울리는 그릇에는 검은 조커 세트라 불리는 것이 있다. 넓적한 모양의 대형 도자기 주전자인데 거기에 뜨거운 물을 탄 소주를 부어 놓고 각자 자기 잔에 따라 마신다. 잔이나 사발이나 색깔은 모두 같다. 소주는 이 검은 조커로 마시는 것이 최상이라고 알려져 있으니, 유리잔만이 전통은 아닌 것이다. 우리 집에는 검은 조커 세트가 없지만 다른 집에서 이것이 나오면 같은 소주를 마시는데도 옷깃을 바로잡게 될 만큼 기분이 달라진다. 집 바로 곁까지 칠흑 어둠이 뒤덮이는 섬의 밤에는 검은 조커가 잘 어울린다. 검은 조커로 마시는 소주에는 사쓰마 지역의 향기가 떠오르기 때문이다.

검은 조커 세트에 욕심이 나지 않는 것은 아니지만 지금은 나가노현에 사는 친구가 보내 준 손으로 빚은 굽이 높은 잔으로 충분하다. 그 대신 안주 그릇은 작은 흑 사쓰마 접시를 사용한다. 요즘 우리가 안주로 귀하게 여기고 있는 것은 이 섬에서는 훼이론이라 부르는, 장어처럼 길고 가는 물고기를 훈제한 것이다. 훼이론은 맛은 아주 좋지만 볼품이 없는 탓인지 시장에서는 팔지 않고 어부들이 집에서 먹는다. 이웃 어부들이 이 물고기를 훈제해서 먹길래 우리도 시험 삼아 만들어 보았다. 무척 맛있고, 안줏거리로 알맞았다. 우리 마을에는 어부가 넷 있어서 이들이 여러 가지 물고기를 많이 가져다준다. 그것을 어떻게 요리하면 가장 맛있게 먹을 수 있을까가 늘 관심인데, 훼이론 훈제는 최근에 굉장한 인기였다. 다만 하룻밤 꼬박 나무를 때야 해서 일손이 많이 든다.

그래서 훈제 훼이론을 받을 때는 다른 생선처럼 아무 생각 없이 먹을 수는 없다. 아내는 그 마음이 고맙다며 검은 사쓰마 접시에 정성을 다해 훈제 훼이론을 가늘게 썰어 놓는다. 밭에서 막 캔 양파를 같은 크기로 썰어 그 옆에 놓기도 한다.

그리고 뜨거운 물을 탄 술을 도자기 잔에 따르고 둘이서 특별한 이야기도 없이, 천천히 그것을 마시고, 안주를 맛본다. 하루 가운데 불과 30분이나 한 시간 남짓한 이때가 아내에게나 내게나 한시름 놓고 평화를 맛볼 수 있는 유일한 시간이다. 섬이라지만 여기도 문명의 시간이 깊게 들어와 있어 거기서 벗어나기란 몹시 어렵다. 굽이 높은 술잔을 앞에 놓고 앉는 시각이 돼서야 비로소 둘이서 문명의 시간이 아니라 자연의 시간, 곧 집 뒤로 흐르는 계곡 물소리를 겨우 들을 수 있게 된다.

# 낮의 세계와 로켓의 세계

이웃 다네가섬에서 우주 통신위성을 쏘아 올렸다. 텔레비전은 거의 볼 일이 없지만 낡은 트럭을 탈 때는 가끔 거기 붙은 라디오를 트는 일이 있다. 그날 마침 그때가 로켓을 쏘아 올리는 중이었다. 초읽기를 하고 있었다. 트럭으로 조금 더 가면 다네가섬이 보이는 곳이 나오기 때문에 로켓이 올라가며 만들어지는 구름 정도라도 볼 수 있을지 모른다 싶어서 서둘러 차를 몰았다. 하지만 아쉽게도 하늘이 구름으로 가려 있어 연기는커녕 다네가섬조차 볼 수 없었다.

같은 해 신년 기자회견에서 미국 레이건 대통령은 10년 뒤에는 우주에 유인 정거장을 설치하겠다는 발표를 했다. 돈을 몇억 달러나 들여 일여덟 사람을 그 정거장에 살게 하겠다는 것이었다.

그리고 그즈음 신문에서는 아프리카에서 일어난 대기근에 관한 기사가 보도됐다. 몇만 명이나 되는 사람들이 먹을 것이 없어서 굶주려 죽어 가고 있다고 했다.

우리 상식에서 보자면 몇억 달러를 들여 통신위성을 띄운다거나 우주 유인 정거장을 설치하기보다는 굶주리고 있는 사람들과 함께 밥을 먹는 데 힘을 쏟는 것이 훨씬 중요하고 인간적인 행위다 싶다. 하지만 국가의 정치나 경제는 결코 그런 방향으로는 움직이지 않는다. 나는 그런 세상을 보며 점점 과학이 싫어지고, 국가를 향한 절망감이 깊어진다. 눈앞에서 배를 곯으며 죽어 가는 사람들이 있는데 그 사람들과 밥을 함께 먹는 쪽이 아니라 우주 시대로 나아가겠다며 도무지 멈출 줄을 모르는 문명의 진보는 도깨비 같은 것이다. 핵무기 또한 그렇다. 이런 어둡고 절망적인 양상이 최근 들어 더욱 심각해지고 있다. 화를 내거나 울어 봐도 소용없다. 그것이 다시 내게로 돌아올 뿐이다. 이런 이유로 세계의 일 따위는 보고 싶지도 듣고 싶지도 않을 때가 있다. 하지만 올해도 다른 해에 그랬던 것처럼 과학과 핵무기와 국가는 우리를 저 멀리 뒤에 떼어 놓은 채 더욱 자신의 길을 달려갈 것이다. 현대 문명의 꿈은 마침내 종말의 날이 올 때까지 달리기를 멈추지 않을 것이다. 우리는 언제까지 '편리함'과 '쾌적함'이라는 뻔한 속임수에 속으며 살아야 하는가.

지금 우리가 해야 할 일은 마땅히 해야 할 일을 있는 힘껏 하는 길밖에 없다. 그것은 더 진지하게, 더 깊게 우리 자신에게로, 자기 자신에게로 돌아가는 일이다. 자기라 하는 '본래 고향'으로 돌아가는 일이다. 굶주려서 죽어 가는 아프리카의 사람들, 오랫동안 배고픔으로 고통받고 있는 동남아시아나 인도 사람들, 대지와 함께 발버둥 치고 있는 이들의 눈높이에 몸을 두고 그 사람들과 함께 평화롭게 사는 길을 찾는 것이다. 이 절망의 시대에 우리가 찾을 수 있는 유일한 희망은 대지의 자식으로서 그들과 함께 사는 길밖에 달리 없다.

하늘도 바다도 검은 구름으로 뒤덮여 어둡고, 거기다 세찬 북서풍까지 드세게 휘몰아치고 있다. 산도 그늘이 어둡게 진 채 바람에 흔들리며 거칠게 소리를 지르고 있다.

올해 한 첫 번째 일은 산에 심어 놓은 자두나무밭의 풀을 베는 일이었다. 재작년 가을에 옮겨 심은 것들이다. 심을 때보다 키가 작아진 것도 있다. 사슴이 작년 봄부터 여름에 걸쳐서 새싹을 싹뚝싹뚝 잘라 먹어 버린 탓이었다. 그래도 죽지 않고 살아 있는 것이 고마웠다.

인기척이 없는 산에 들어가 낫으로 풀을 베다 보면 어느새 절망적인 다른 나라 소식은 사라져 가고, 이중으로 나를 힘들게 하던 흐린 하늘이나 어두운 산조차도 마음 편히 바라볼 수 있게 된다. 내 눈앞에 있는 것은 그새 우거진 억새와 띠와 풀고사리, 찔레 무리뿐이다. 자두나무 묘목이 어디에 있는지조차 알아보기 어려웠지만 작년에 세워 둔 표시 막대기를 봐 가면서 하나씩 풀을 베었다.

낫이란 실로 훌륭한 도구다. 낫이 손에 익으면 낫은 거의 손과 비슷할 만큼 민첩하게 손이 하는 말을 들어준다. 손의 뜻이 거의 그대로 낫에서 실현된다. 억새나 띠나 풀고사리나 찔레 따위가 뿌리 부근에서 잘려 쓰러지는 감촉은 농부만이, 혹은 인간만이 맛볼 수 있는 행복이다.

그렇게 얼마만큼 시간이 흐르면 시작할 때는 굳어 있던 손에 피가 돌며 부드러워진다. 몸에도 피가 돌기 시작한다. 입고 있던 겉옷을 벗고, 다음에는 스웨터를 벗는다. 몸이 가벼워지면 작업은 점점 쉬워지고, 북서풍이 부는 소리도 하늘의 검은 구름도 조금도 개의치 않게 된다. 세계는 내 눈앞에서 질서를 되찾고 나는 세계와 사이가 좋아진다. 사이가 좋아진다는 것은 산은 그 전이나 그 뒤나 같지만 더 이상 절망적이지 않다는 것이고, 그렇다고 희망을 주는 것도 아니다. 절망과 희망을 넘어 다만 있는 그대로의 세계가 거기에 있을 뿐이다. 나는 오로지 낫질을 하며 풀이나 찔레 덩굴을 베어 나가면 된다. 그것으로 좋다.

해가 질 때까지 그렇게 결코 서둘지 않고 한마음으로 풀을 베고 있자니 놀랍게도 서쪽 하늘이 밝아지기 시작했다. 돌아보니 서산 위로 구름이 살짝 벗겨지며 드러난 얼마 안 되는 틈새로 막 해가 나오고 있었다. 그것은 눈이 부실 만큼 환한 햇살이었다. 사방으로 뻗치는 햇살이 내 온몸을 에워싸고, 나는 그 빛 속으로 녹아들었다. 나도 모르게 두 손을 모으고 해를 보며 절을 했다. 아무도 없는 산속에서는 다른 사람을 의식할 필요가 없다. 구름의 틈새는 산까지 이어져서 태양이 그 산 위로 지기까지 나는 꼭 기적을 만난 것과 같은 느낌 속에서 햇살을 받고 있었다. 나는 낫을 놓은 채 빛 속에 서 있었다.

마침내 해가 지자 온 세상이 한 번 푸르게 바뀌는가 싶더니 곧이어 어둠이 땅을 덮기 시작했다. 집으로 돌아가야 할 시간이었다. 세계와 마주 서 있는, 라디오와 신문이 있는 집으로 돌아가야 할 시각이었다.

# 자기만의 길

3월 말에 우리 마을로 두 집이 이사를 왔다. 한 집은 도쿄의 주택 단지에 살다 온 이들로, 올 4월에 중학생이 되는 딸과 이제 겨우 두 살이 되는 아들을 둔 네 식구 집안이었다. 다른 한 집은 내 동생네로, 이쪽도 올 4월에 중학생이 되는 딸이 있고, 초등학교 3학년이 되는 딸, 네 살인 아들까지 식구가 다섯이다. 이렇게 우리 마을에는 한꺼번에 아홉이나 인구가 늘어났다. 마침 집 두 채가 비어 있어 두 집은 거기에 짐을 풀었다. 내 동생네는 사 놓은 땅에 바로 새집을 지을 계획이라 잠시 살게 된 그 집이 아무리 낡고, 비가 새고, 또 좁더라도 잠시 참으면 된다는 생각 탓인지 마음 편히 그 집을 받아들이는 눈치였다. 딱했던 것은 다른 한쪽으로, 이들은 저녁 배로 도착해서 집을 보고는 실망하는 모습을 감추지 못했다. 이제 두 살이 되었다는 막내 류는 그 집 곁을 흐르는 강물 소리에 겁을 먹고 울기까지 했다.

우리가 보기에는 조금 기운 곳과 비가 새는 곳이 있기는 하지만 방도 넓고 집터도 널찍한 훌륭한 집이었고, 그 집 식구들이 오기 전에 마을 사람들이 모여 청소를 해 놓아 집이 달라 보일 만큼 깨끗해졌다고 생각했다. 하지만 도쿄에서 온 그 집 여자들 눈에는 도깨비라도 나올 듯한 황량한 집으로 보였을 것이 틀림없다. 강물 소리에 놀라 우는 류를 안고 그 집 여주인은 "땅을 사서 어서 새집을 짓자."라고 딸에게도 아니고 남편에게도 아니고, 자신에게도 아닌 말을 자기도 모르게 중얼거렸다.

남편 쪽은 이미 두 차례나 이 집을 보러 왔고, 편지로는 자기뿐만 아니라 아내나 딸도 안정된 회사원 생활을 버리고 이 땅으로 이사를 오는 데 무척 적극적으로 찬성하고 있다고 썼다. 새 희망으로 가슴을 설레고 있다 했다. 하지만 그것이 마침내 실현된 순간, 집에 한 발을 들이는 순간, 그녀의 희망은 실망이 아니라 절망에 가까운 것으로 바뀌어 버렸던 것이다.

나는 그 집 안주인의 오해를 나무랄 생각이 조금도 없다. 물론 그이가 도시에서 꿈꿔 온 자연생활에 대한 생각이 그만큼밖에 되지 않았다는 것은 아쉬운 일이지만 오히려 그것은 당연한 일인지도 몰랐다.

우리 집에는 전기가 들어와서 텔레비전은 없지만 냉장고도 있고 라디오도 들으며 지낸다. 하지만 이 마을 독신자 세 집은 지금도 전기가 없는 작은 집에서 램프를 놓고 지낸다. 전기를 일부러 끌어들이지 않고 전기가 없는 생활을 이미 몇 년째나 즐기고 있는 것이다. 전기가 들어오는 집이 다섯 집, 전기 없이 사는 집이 세 집인 그런 곳에 잠시 여행을 하러 온 것이 아니라 평생 살 각오로 어린 자식들을 데리고 이사를 온 것이다. 충격이 큰 것도 당연한 일이다.

내가 그 밤에 안주인과 딸의 낯빛을 보고 안 것은 도쿄 생활과 섬 생활 사이의 격차가 생각보다 훨씬 크다는 것이었다. 우리에게는 넓고 깨끗하게 보이는 그 집이 그들에게는 도깨비라도 나올 듯한 좁은 집으로 보였고, 우리 애들에게는 기분 좋은 자장가로 들릴 것이 분명한 강물 소리가 그 집 어린 아들에게는 울음을 터뜨릴 만큼 무서운 소리로 들렸다고 하는 이 현실의 격차였다.

그들 또한 한 달쯤 지나면 섬 생활에 익숙해지고 이윽고는 그 집에서 새로운 기쁨을 발견해 갈 것이다. 그러니 나는 그 점에 관해서는 아무런 걱정도 하지 않는다. 하지만 그날 밤 분명히 드러난 현실의 격차, 그리고 그 격차가 지닌 의미는 너무 커서 그것이 어쩌면 인류의 미래를 결정할지도 모른다 할 만큼 심각한 것이었다는 것 또한 사실이었다.

내가 보기에 도시 생활과 섬 생활의 격차는 최근 삼사 년 사이에 한층 커진 듯하다. 도시의 옛 친구들 대부분이 어째서 그렇게 느끼고 그렇게 행동을 하는 것인지 나로서는 이해할 수 없는 부분이 많다. 그 원인은 잘 모르지만 아마도 개인용 컴퓨터 따위가 널리 쓰이게 된 일과 밀접한 관계가 있는 것 같다. 도시는 점점 발전해 가며 급속히 세기말로, 혹은 우주 공간으로 다가가고 있는데 이 섬은 한 발도 나아가지 않는다. 자연은 한 발도 나아가지 않는 것이다. 한 발도 나아가지 않는 자연과 함께하는 문화—아시아 마을, 아프리카 마을, 남아메리카 마을의 문화를 여기서는 잠시 섬의 문화라고 부르자. 나날이 진보하며 마침내는 우주 공간으로 나아가려고 하는 문화를 대도시(도쿄) 문화, 더 정확히는 미국 문명이라고 부르기로 하자. 3월 말, 어둠이 밀려오는 그 집에서 눈에 보이지 않게 만났고, 귀에 들리지 않게 파열음을 낸 것은 이 섬의 문화와 미국 문명이 지닌 차이였던 것이다.

세계를 둘로 나누는 이 두 문화와 문명의 뿌리를 조화롭게 양립시켜 가는 삶은 누가 보아도 옳은 길일 것이다. 그러나 세계의 현실은 미국 문명이(과거에는 아메리카 대륙 그 자체였던 인디언 문화를 없앤 위에 꽃을 피운 것으로 상징되고 있듯이) 필리핀이나 일본을 비롯해 아시아, 아프리카나 중남미 여러 나라들의 문화를 일방적으로 낡은 것으로 여기면서 '문화 길들이기'를 하려는 것이 누가 보아도 분명하다.

우리는 제노사이드(절멸)를 눈앞에 두고 있는 미국 인디언들과 함께 어디까지나 아시아, 아프리카, 중남미 마을들 쪽에 서서, 내가 붙인 이름으로 말하면 섬 문화 쪽에 서서, 미국 문명과 '대결'하지 않을 수 없는 것이다. 그 대결은 물론 물질적인 힘에 의지하는 대결이 아니다. 아시아 마을 사람들은 더 깊게 아시아 마을에 살고, 아프리카 사람들은 더 깊게 아프리카에 살고, 우리처럼 섬에 사는 사람들은 더 깊게 섬에 사는, 그 삶의 깊이에서부터 시작되는 것이다.

# 날 듯이 달리는 쾌속선 돗피

7월 21일, 이 섬의 초·중·고등 학교가 여름방학에 들어가고, 하늘에는 높이 적란운이 솟구치며 여느 해 같은 여름이 시작됐다. 같은 날, 섬에 적잖이 영향을 미치게 될 사건이 하나 벌어졌다. 이날부터 가고시마와 다네가섬, 야쿠섬을 잇는 쾌속선이 다니기 시작한 것이다.

가고시마와 다네가섬 사이를 90분, 가고시마와 야쿠섬 사이를 110분. 이 배는 제트 엔진을 달아 물 위를 시속 80킬로미터로 날 듯이 달린다.

이제까지 가고시마와 우리 섬을 오가는 배는 두 척이 있었다. 빠른 배로 네 시간, 더딘 배로는 네 시간 반이 걸렸다. 그러므로 시간은 확실하게 반 넘게 짧아졌다. 새로운 배가 취항하면 가고시마를 오가는 시간이 반으로 줄 것이고, 그에 따라 관광객이 늘어나리라는 기대에 섬사람들은 오래전부터 마치 여름방학을 기다리는 아이들처럼 7월 21일을 기다렸다. 그러다 그날이 닥쳤고, 쾌속선 돗피는 운행을 시작했다. 들리는 소문에는 인기가 많아 벌써 한 달 치 예약이 끝났다고 한다. 우리 집에서도 초등학교에 다니는 아들놈이 돗피를 타고 싶어요, 라는 뜻이 담긴 뜨거운 눈길을 보내며, 이전부터 있었던 항공편과 합쳐 이 섬이 새로운 교통 시대에 접어들었다는 것을 실감케 한다.

쾌속선이 다니기 시작하면서 앞으로 섬이 어떻게 변해 갈지 알수 없다. 하지만 지금 이 시점에서도 벌써 적어도 두 가지 큰 변화는 확실하다.

그 중 하나는 다니던 배 두 척 가운데 빠른 쪽 배가 운항을 중지했고, 화물 전용선으로나 쓰일 예정이라는 것이다. 그동안 가고시마와 우리 섬, 가고시마와 다네가섬을 하루걸러 오갔는데, 아침 8시 반에 항구를 떠나서 '아침 배'라 불리던 배였다. 그 아침 배가 없어진 것이다. 섬에 사는 우리 처지에서는 이틀에 한 번꼴로 다니던 가고시마 편이 사라진 셈이었다.

다른 하나는 뱃삯이다. 돗피는 뱃삯이 6만 5천 원이다. 그동안 다닌 아침 배와 매일 오후 1시에 떠나는 낮 배 운임 2만 4천 원에 대면 세 배 가까운 가격이다. 그러니까 그런 비싼 뱃삯이 부담스러운, 이제까지처럼 네 시간에서 네 시간 반에 가고시마에 가면 된다고 생각하는 나 같은 사람에게는 배만 하나 줄어든 셈이었다. 그만큼 확실하게 불편해졌다. 한편 돗피를 받아들이고 즐겨 타는 사람이라면, 야쿠섬과 가고시마를 오가는 뱃삯이 세 배 가까이 오른 것은 편리함과 속도를 누리는 마땅한 대가로, 혹은 어쩔 수 없는 일로 받아들일 것이다.

돗피는 우리 섬과 가고시마 사이를 하루에 두 번 왕복하는 노선이라, 전부터 다니던 낮 배 페리 야쿠시마와 합쳐서 하루에 배 세 편이 둘 사이를 오가게 됐다. 앞을 보면 이렇게 편리해지고 빨라졌지만, 그 뒤를 보면 확실히 불편해지고 비싸지기도 한 것이다.


15년 전쯤에 인도 북쪽 지방을 온 가족이 함께 여행할 때, 2등석 기차를 탄 적이 있다. 지금도 그럴지 모르지만 그 무렵 인도에는 옛날 일본 철도처럼 3등, 2등, 1등 이렇게 좌석이 나뉘어 있었다. 우리 식구는 기차라면 3등, 그렇지 않으면 버스를 타고 다녔지만, 그날만은 아이 하나가 고열에 시달리고 있어 하는 수 없이 2등칸을 이용하기로 했다.

3등칸은 통로는 물론 물건을 올려놓는 시렁에까지 사람이 올라가 잠을 잘 만큼 한없이 복잡하지만, 2등칸은 다른 사람을 들이지 않는 독실이라 확실히 쾌적했다. 상류 계급이라도 된 듯한 기분으로 아그라에 도착하니 2등칸 손님을 노리는 숙박업소 호객꾼이 다가왔다. 뿌리치지 못하고 그런 손님용 숙소에 묵기로 했다. 그러자 이번에는 숙소로 관광 토산품점을 안내하는 사람이 왔다. 또 거절하지 못하고 따라가 보니 보석 따위를 팔고 있는 상점으로 안내했다. 여기서도 또 거절을 못 하고, 싸기는 했지만, 보석 두 개를 사고 말았다.

우리 여행은 관광 여행이 아니라 순례 여행이었다. 다음 목적지는 크리슈나 신앙으로 널리 알려진 작은 마을이었는데, 이번에도 호객꾼의 권유를 뿌리치지 못하고 가는 길에 있다는 타지마할을 보기 위해 이틀 밤을 거기에 머물렀다. 타지마할이 가까운 숙소에 머물며 혹시나 해서 가져온 돈을 헤아려 보고는 놀랐다. 다섯 식구가 한 달은 지낼 수 있는 돈이 이미 거의 남아 있지 않았던 것이다. 서둘러 가까이 있는 은행에 가서 달러를 바꾸려고 했지만 시골 마을 은행에서는 그런 편의를 누릴 수가 없었다. 결국 다음 날 나 혼자 하루를 내어 가까운 대도시까지 돌아가 달러를 인도 돈으로 바꿔 와야 했다.

1년 동안 인도와 네팔을 순례하는 여행에서 단 한 번 일어난 금전상의 실패였지만 그것은 금전상만이 아니라 정신의 실패이기도 했다. 나는 지금도 그때 일을 2등칸을 타면 2등칸의 여행을 만난다고 하는 교훈으로서 잊지 않고 있다. 내 여행은 3등칸의 여행, 그곳 사람들과 함께하는 여행으로 족하다.

하지만 지금 섬사람들은 대개 돗피 취항을 반긴다. 돗피를 타고 오는 관광객을 맞는 한편 자신들 또한 돗피를 타고 가고시마에 가고자 하는 쪽으로 마음이 크게 기울었다.

진보의 실체, 문명의 실체가 돗피에서는 물론 이 섬에서도 모습을 드러내고 있다. 돗피를 타고 싶어요, 라는 자식 놈의 뜨거운 눈길도 포함하여 나도 나의 3등 성품을 더욱 넓히고 깊게 가꿔 가지 않으면 안 된다고 느끼고 있는 참이다.

# 손님을 밭으로 데려가는 까닭

5년 전에 셋째 아들의 초등학교 입학을 축하하며 한 친구가 복숭아나무 묘목 한 그루를 보내온 일이 있다. 마당에 심어 놓았더니, 나무는 쑥쑥 자라 작년부터 열매를 맺기 시작했다. 지금 그 복숭아나무에는 꽃이 활짝 피어 있다. 하얀 꽃이 가지런히 피어 있는 모습은 가슴이 후련해질 만큼 아름답다. 하지만 섭섭하게도 이 복숭아나무는 자가수정을 못 하는 종류여서 꽃은 많이 피어도 열매는 헤아릴 수 있을 만큼밖에 열지 않는다. 그런 것도 모른 채 나무를 한 그루만 심고는 '복숭아나무나 밤나무는 3년 지나면 열매가 열린다.'고 믿고 있었다. 그것이 잘못된 정보라는 걸 알고 서둘러 작년에 마당 다른 한쪽에 복숭아나무를 또 한 그루 심었다. 하지만 이 나무가 자라 꽃을 피우기까지는, 다시 말해 가루받이 나무로서 제

구실을 다해 꽃이 피는 만큼 열매를 많이 맺기까지는 앞으로도 삼사 년은 기다려야 한다. 어떤 무지가 그만한 지식으로 채워지기까지는 그만한 시간이 필요하다는 걸 이번 일로 알았다.

과일나무만이 아니다. 모든 나무가 다 같다. 나무와 사람의 관계에는 긴 시간이 필요하다. 예를 들면 작년에 숯을 만들려고 나무를 베어 내고 난 산에 상수리나무 묘목 300그루를 심었는데, 그 어린 나무가 자라 버섯나무나 숯감으로 다시 쓰일 수 있으려면 적어도 10년이라는 시간이 필요하다. 삼나무라면 못해도 이삼십 년이 지나야 한다. 사람이 그동안 해야 할 일은 다만 기다리는 일뿐이다.

현대인은 1분을 쪼개고, 1초를 쪼개 가며 바쁘게 살고 있다. 하지만 나무와 사람 사이는 짧아야 5년, 10년, 20년이라는 긴 시간을 전제로 하고 있다. 길게는 세대를 뛰어넘고, 더 길게는 세기를 뛰어넘는다. 그것은 거의 시간 가치를 초월한 관계인 것이다. 어린나무를 심으며 사람들은 한순간이나마 그것이 꽃을 피우고 열매를 맺는 광경을 꿈꾸지만 그 꿈은 시간과 함께 나아가지 않고, 그 꿈이 거의 잊혀져 버릴 즈음에야 마치 갑작스런 일처럼 결실을 맺는다. 나무는 길고 느슨한, 시간이라고 부를 수 없는 시간을 통해 자라고, 사람은 그 모습을 보며 기다림과 침묵을 배우는 것이다.

최근에 도쿄에서 손님이 몇 분 다녀갔다. 한 사람은 출판사 편집

자였고, 또 한 사람은 유명한 사립 고등학교 교사였다.

내가 살고 있는 이 섬은 국립공원으로 지정될 만큼 경관이 뛰어나다. 그 덕분에 관광지로도 유명하다. 하지만 내가 하루에 걸쳐서 그분들을 안내한 곳은 관광지가 아니라 요즘 일구고 있는 과수원이었다. 낫과 삽, 손도끼 따위를 챙겨 들고 한창 개간 중인 산에 가서 손님들과 어린 비파나무 묘목 스무 그루를 심었다. 낫으로 풀을 베어 낸 뒤 삽으로 폭 50센티미터에 깊이 40센티미터 크기로 구멍을 팠다. 거기에 깻묵을 비료 대신 넣고 그 위에 다시 흙을 넣고 나서 어린나무를 심었다.

우리 섬의 봄은 봄이 되었나 싶으면 벌써 초여름 날씨라 어린나무를 심으려면 서둘러야 한다. 하지만 결코 서둘지 않으며 일을 한다는 것이 내가 일을 할 때 지키는 원칙 가운데 하나다.

구덩이를 파는 일은 손과 발, 아니 온몸으로 흙과 만나는 시간이다. 삽 어깨에 발을 놓고 힘주어 밟을 때 발에 느껴지는 감촉. 흙을 퍼내 주위에 쌓을 때 마치 살아 있는 짐승처럼 내뿜는 땅의 숨결과 냄새. 오랜만에 공기를 만난 흙이 말 없는 가운데 기뻐하는 모습. 또한 파인 구덩이 측면 지층의 다양한 변화. 그것들은 분명히 나무를 심는 일의 한 과정이지만 과정인 동시에 한 진리가 드러나는 일이라고 내게는 여겨졌다. 그것은 국립공원의 어느 경치에도 지지 않을 만큼 아름다운 모습이라고 나는 생각했다.

멀리서 온 손님을 황량할 뿐인 개간지로 안내한 것은 물론 일손을 얻기 위해서만이 아니었다. 땅은 인간의 '본래 고향'이다. 나는 그렇게 여긴다. 그러므로 그곳에 손님들을 안내한 것은 내가 할 수 있는 최상의 손님맞이였다. 손님이 어떻게 생각하든 나로서는 더 좋은 곳을 안내할 수 없으니 어쩔 수가 없었다. 그것은 앞으로도, 누가 와도 마찬가지일 것이다.

우리 섬은 남쪽에 있는, 비가 많이 내리는 섬이기 때문에 여기서 비는 말하자면 일상적인 일이다. 특히 이 계절은 비가 내리는 날이 많다. 나무 새순들은 이 비를 맞고 쑥쑥 자라 마침내 신록의 계절로 옮겨 간다.

비가 내리다가는 멈추고 멈췄다가는 다시 내리기를 반복하던 어느 날, 앞서 소개한 손님 가운데 한 사람과 함께 나는 산에서 구덩이를 파고 어린나무를 심고 있었다. 비가 거세지면 비옷을 걸쳤다가 비가 멈추면 벗는 악조건 속에서 일을 했다. 그러고 있자니 어느새인가 하늘이 조금 밝아져서 개려나 싶었는데 구름이 갈라지며 엷은 햇살이 쏟아져 내려왔다. 눈을 들어 산을 보니 이쪽 산과 저쪽 산 사이에 커다란 무지개가 걸려 있었다. 손님에게도 말해 주니, 그도 일손을 놓고 무지개를 보았다. 하지만 금방 구름이 해를 가려 버린 탓에 무지개는 금세 사라졌다. 다시 하늘이 캄캄해지고, 곧이어

부드럽게 비가 내리기 시작했다. 너무 짧은 시간에 나타났다가 사라지는 바람에 그것이 정말 무지개였는지도 의심스러울 정도였다. 하지만 우리는 분명히 한순간이나마 무지개를 보았고, 그것 안에 있었다. 무지개는 무지개다. '무지개를 본다.'는 것도 '무지개를 본다.'는 것 이상의 그 무엇이 아니다. 하지만 우리는 비 내리는 산에서 한순간 무지개를 보았다. 나는 그렇게 무지개를 본 것을 삶의 소박한 진실로서 시간과 경제를 대신하는 나의 가치로 삼고 싶은 것이다. 무지개는 햇살과 물이다. 햇살과 물은 인간의 '본래 고향'이다.

# 진화하지 않아도 좋다

5월과 6월에 섬 가까운 바다에 날치가 오지 않게 된 것은 이미 오래된 일이다. 잇소의 어부들은 이제 날치 철이 되어도 날치를 기다리지 않는다. 십사오 년 전까지는 배가 기우뚱할 만큼 많이 잡히던 날치였다. 그러던 것이 이제는 보기조차 어렵게 됐다.

산과 들에서는 이 계절이 되면 날치딸기(돗뵤이치고. 우리나라의 거제딸기와 비슷하다.)라 하는 알이 굵은 야생 딸기가 탐스럽게 익는다. 섬에서는 날치를 돗뵤라 하는데, 돗뵤이치고가 익는 때가 날치가 오는 철이었다. 바다에는 날치가 오지 않지만 날치딸기는 예년처럼 아름다운 귤빛 열매를 맺고 산과 들의 깊이를 보여 줬다.

날치딸기는 가시가 많고 키가 꽤 큰 식물로 반쯤 나무 모양을 하고 있다. 그루마다 가시가 가득한 줄기를 열 개 스무 개씩 뻗는다.

키가 큰 것은 2미터에서 3미터 가까이 자란다. 잎도 팔손이나무만큼 큰데, 잎에도 가시가 가득 뒤덮여 있다. 다른 계절에는 음험하여 살모사라도 숨어 있을 듯하던 곳이 이 계절에만은 표정이 밝게 바뀐다. 달콤한 귤빛 열매가 가득 달리며 더할 나위 없이 자비로운 야생의 장소로 바뀌는 것이다.

산양에게 먹일 꼴을 베러 가다 보면 어디서나 날치딸기밭을 만난다. 귤빛 날치딸기가 덩굴 속에서 하나둘 보이면 그만 꼴 베러 왔다는 것도 잊고 가시에 찔리지 않도록 조심을 해 가며 열매를 딴다. 열매는 엄지손가락 끝마디만 하다. 가시와 가시 사이로 조심스럽게 손을 뻗어 하나 따서 입에 넣고, 하나 따서 입에 넣는다. 이 계절에는 다른 딸기도 몇 종류인가 익지만, 신맛이 거의 없이 입안에서 달게 녹는 날치딸기 맛이 역시 가장 좋다. 가시 속에 숨어 있는 야생의 단맛이다.

나는 꼴을 베러 갈 때 이제 갓 네 살이 된 막내를 자주 데리고 가는데, 나도 그렇지만 막내도 날치딸기를 좋아한다. 자꾸 나타나는 날치딸기밭에 이끌려 우리는 산양 먹일 풀을 베러 왔는지 딸기를 따 먹으러 왔는지 알 수 없게 돼 버린다. 딸기에 빠져 버린다. 물론 꼴도 벤다. 꼴을 벤다는 조건으로 딸기를 따 먹어도 되는 것이다.


고향성故鄕性이라는 철학 개념, 혹은 시어를 더 퍼뜨리기 위해 요즘 나는 자연생활이라는 말을 귀하게 여기고 있다. 자연생활이란 자연을 주인으로 하고 인간을 종으로 하는 생활을 말한다. 인간을 주로 하는 오늘날의 과학 문명을 진보한 문명으로 여기며 당연한 것처럼 받아들이고 있는 사람이라면 인간이 종이 되는 문명은 생각조차 할 수 없을지 모른다. 하지만 인간이 아니라 자연을 중심으로 하는 새로운 생활은 앞으로 다가올 문명의 모습, 앞으로 추구해 가야 할 문명의 형태로서, 혹은 오늘을 반성해 갈 문명으로서 유일무이한 것이라고 나는 본다.

자연, 지구, 그리고 우주가 주이고, 거기에 인간이 종으로서 살아가는 것을 나는 자연생활이라 부르고 조화로운 삶이라고 부른다. 조화란 경계가 없는 깊은 평화이자, 인간적인 고민이고, 사는 방식이자, 죽는 방식이기도 하다. 이 자연생활은 아프리카나 인도나 잉카문명에만 있는 것이 아니다. 그것은 우리의 발밑에 이제까지와는 다른 방향의 진보로서, 평화의 열매로서 놓여 있다.


후쿠시마현의 이와키 지방에서 태어나 자라고 지금은 홋카이도의 오지에서 살며 해마다 봄이면 사탕수수로 설탕 만드는 일을 하러 오키나와에 간다고 하는 S씨가 무슨 이유에서인지 나를 찾아왔다. 아직 30대 초반이지만 자연생활이 그대로 몸에 익어 있는 이로 여름에는 산중에다 텐트를 치고, 거기서 몇 주씩 홀로 지내기도 한다고 했다.

이야기를 들어 보니 동물에 박식한 사람으로 높은 산에 사는 검독수리랄지 다람쥐에 대해 마치 형제라도 되는 양 친밀하고도 조곤조곤하게 이야기했다. 그 중에는 우는토끼 이야기도 있었다. 우는토끼는 새처럼 킹킹, 큰 소리로 울어 모르는 사람은 새소리로 착각하기 쉽다 했다. 하지만 그것은 쥐만큼 몸집이 작은 다갈색 토끼가 내는 소리로, 산의 바위너설 속에 숨어 지내는 겁 많은 동물이라고 했다. 여러 토끼 무리 속에서도 옛날토끼라 하는 무리에 속하고, 생물학상으로는 백만 년 전부터 진화를 멈춘 토끼라 했다.

앞을 향해 걷는다는, 요컨대 진보라는 것은 어쩔 수가 없는 일인지 모른다. 하지만 진화라는 말을 나는 좋아하지 않는다. 백만 년 동안이나 진화하지 않아 옛날토끼라는 별명이 붙은 이 토끼 이야기에 신이 난 나는 곧바로 마음속으로 '옛날인간'이라는 말을 만들어 냈다.

옛날인간이란 인류가 진화하여 새로운 인류가 된다고 하는 식의 과학주의적인 발상과는 관계가 없다. 옛날인간이란 자연, 지구, 우주의 자애로움을 있는 그대로 받아들이며, 진화가 아니라 단지 변화만을 즐기는 가운데 거기서 영원한 진리를 발견해 내는 인간을 말한다.

산에 가을이 깊어지면 우는토끼는 마른풀을 모으기 시작해 한 마리가 30킬로그램이나 모아 쌓는다고 한다. 그 마른풀은 자연 발효 사료가 되어 한겨울 양식이 되는 동시에 난방장치도 되는 것이다. 이렇게 겨울을 나기에 충분한 양식과 따뜻한 풀 더미 속에서 긴 겨울을 지내는 우는토끼를 생각할 때면 희망으로 가슴이 훈훈해지는, 진화하지 않아도 충분히 행복한, 오래된 미래의 풍경이 내 눈앞에 펼쳐진다.

**3**

야자잎 모자를 쓰고

# 온 마을 사람이 함께 짓는 집

　6월 29일과 30일 이틀 동안 동생이 새로 짓는 집에 대들보를 올렸다. 동생네는 올 3월 말에 가나가와현에서 이 섬으로 이사를 왔다. 섬 안의 사정에 아직 어두울 것은 뻔한 일이라, 마치 내가 내 집 들보를 올리기라도 하는 기분으로 친구와 아는 사람들을 불러 모았다.

　새집은 28평 반짜리 순수 목조 건축물로, 나무 짜 맞추기 양식이어서 뛰어난 기술이 필요했다. 건평이 20평 아래라면 상량을 하루에 끝낼 수 있지만 30평 언저리라면 이틀은 필요하다. 첫날은 10명, 다음 날에는 20명을 청할 요량으로 누구나 바쁠 때이지만 불러 모았다.

　장마철인데도 첫날은 날씨가 좋아 아침부터 기세 좋게 나무 메

소리가 울려 퍼지기 시작했다. 나무 메란 떡을 칠 때 쓰는 떡메 모양으로 만든 도구로 이 메를 써서 기둥이나 들보, 기둥과 도리, 중방과 하방을 맞춰 나간다.

가로 열과 세로 열을 맞춰 기둥과 들보를 끼워 넣었다. 도편수가 이르는 대로 사람들은 저마다 기호가 적힌 목재를 가져와 조립을 해 가는 것이다. 하루 전까지만 해도 텅 비어 있던 터에 하나둘 집의 뼈대가 드러났다. 켠 지 얼마 안 된 나무 냄새가 둘레로 퍼지고, 정성 들여 하나하나 대패질을 한 나무가 산속의 맑은 공기 속에서 밝게 빛났다. 나무로 짓는 집만이 보여 주는 충실함과 조화로움이 거기 있었다. 더욱이 이 목조 건축에는 단 한 개의 못도 쓰이지 않는다. 오직 장부와 장붓구멍을 짜 맞추어 집을 짓는다고 하는, 나와 같은 사람은 도저히 알 수 없는 목조 건축의 비밀이 거기 숨어 있었다. 목수가 솜씨를 보이는 곳도 이 대목이다. 한번 맞춰 세우면 그 솜씨에 따라 앞으로 100년, 혹은 200년이라는 세월에 걸쳐 집을 지탱해 가는 것이기 때문이다.

둘째 날은 이미 놓은 서까래 위에 각재를 박아 붙이고, 이어 그 위에 판자를 박아 나갔다. 이날은 때로 비가 내리는 잔뜩 흐린 날씨였지만 작업은 이렇다 할 어려움 없이 순조로웠다. 각재와 판자를 붙일 때는 못과 망치가 주역이다. 서까래만 설치된 상태에서는 위험해서 지붕 위에 못 오르던 이들도 각재를 박아 고정시킨 뒤에는 안심하고 올라갈 수 있게 됐다. 20명 남짓 일손을 거들러 온 이들이 한꺼번에 지붕 위에 올라가 간격을 맞춰 흩어져서는, 망치질 소리도 요란스럽게 판자를 박아 나갔는데, 그것은 들보를 올리는 작업 가운데서도 가장 큰 즐거움이었다. 각재 고정이 끝나면 다음에는 판자 붙이기. 20센티미터 길이에 두께가 이삼 밀리미터쯤 되는 얇은 판자를 한 장 한 장 처마에서 용마루 쪽으로 겹쳐 가면서 박아 가는 것이다. 이 판자 박기야말로 일손이 많이 필요해서 사람을 여럿 불러 모을 수 없으면 도저히 하루나 이틀로는 일을 끝낼 수 없다. 정해진 위치에 판자를 놓는 사람과 거기에 못을 박는 사람이 2인 1조로 다른 조와 경쟁하듯이 넓은 지붕 위를 박아 올라간다. 새참을 먹는 3시까지도 지붕 한쪽을 마저 마치지 못했지만 그 무렵에 일손이 늘어난 덕분도 있고 하여 이후 작업은 속도가 급격히 올라가 5시를 넘기면서 무사히 양쪽 지붕을 모두 덮을 수 있었다. 물론 뒷날 그 위에 다시 가는 목재를 대고, 그 위에 기와를 얹어야 하는 일거리가 남아 있었지만, 판자를 댄 것만으로도 이제 잘금거리는 비 정도에는 새지 않는다.

판자를 다 대고 나면 지붕 양쪽에 의식용 깃발을 꽂고 대들보에는 홍백으로 된 천을 두른 뒤 상량식을 거행한다. 먼저 도편수는 대들보에 버드나무와 대나무의 푸른 가지를 꺾어다 꽂은 다음 쌀과 소금과 소주를 바치고, 간단한 의식을 치른다. 그리고 도편수와 목수들, 건축주, 친구들이 지붕에 올라가 대들보에서 한 것처럼 지붕 네 귀퉁이에 쌀과 소금과 소주를 바친 뒤 아래로 떡을 뿌린다. 한 줌 크기의 붉고 흰 떡을 비롯해 크기가 꽤 큰 떡 네 개, 많은 양의 과자, 종이에 싼 10엔·100엔·500엔 짜리 동전도 뿌린다. 그러면 아래에서는 마을 아이들, 어른들, 일손을 도우러 온 사람들이 모두 나서 앞다투어 그 떡과 과자, 돈을 줍는다. 상량식을 더없이 즐겁게 해 주는 떡 나눠 먹기 행사다.

떡 뿌리기가 끝나면 도편수는 막 작업이 끝난 지붕 아래에서 잔치 준비를 시작한다. 일손을 도우러 온 사람들이 열심히 판자를 박는 동안, 자리를 깔고 임시 잔치 자리를 만들어 모든 상량식 준비를 마친다. 기둥 아래에는 일손을 거들러 온 사람들이 들고 온 소주가 쉰 병쯤 놓이고, 상 위에는 1주일 전부터 이날을 위해 마을 여자들이 준비해 온 음식 사오십 인분이 호화롭게 놓인다. 먼저 소주로 잔을 부딪치고, 이어서 맥주, 다시 소주가 돌기 시작하며 앉은자리는 차츰 왁자지껄한 술판으로 바뀌어 간다.

연이틀 일을 거든 사람이나 하루를 거든 사람이나 반나절 거든 사람이나 다들 귀한 시간을 내 도와주러 온 사람들이다. 나중에 갚아야 한다. 언젠가 그 사람들이 일손이 필요할 때, 그때는 동생이 가서 일을 거들어 주지 않으면 안 된다. 섬의 공동체 정신, 혹은 두레 정신이 가장 두드러지게 드러나는 것이 이 상량이라는 행사다.

품삯 없이 도와주러 오고, 올 때 축하의 뜻으로 소주까지 챙겨 오는 관례 속에 이 두레 정신은 더욱 잘 드러난다. 이 또한 관례의 하나로, 동생은 밤늦도록 술자리를 지키다가 그대로 잠이 들고, 술을 좋아하는 몇 사람 또한 밤을 꼬박 새워 가며 마시고 노래 부르는 잔치를 이어 갔다.

# 기꺼이 기쁜 마음으로 산다는 것

올해는 온 나라에 장마가 이상하게 길게 이어졌다. 장마가 그치지 않은 채 입추를 맞은 해로 기상 관측의 역사에 남게 되리라.

도호쿠 지방에서는 60년 만의 대흉작이라고 하고, 홋카이도에서는 대지진과 해일로 234명이나 되는 사람이 죽었다. 가고시마시에서는 장마와 갑작스러운 호우로 강물이 넘쳐 역시 60명이 넘는 사람이 죽었다. 재해가 닥친 지 이미 1주일이 지났지만, 수돗물과 교통망이 끊긴 채 수해로 발생한 엄청난 쓰레기 더미에 시달리는 등 시민들이 크나큰 불편을 겪고 있다는 보도를 보았다.

이미 8월 13일인데 우리 섬에는 아직 여름이 왔다고는 할 수 없다. 태풍의 습격이 계속해서 이어지고 있어 이대로 가을이 되는 게 아닌가 하는 느낌마저 날이 갈수록 강해진다. 지진, 그리고 평소보다 긴 장마 같은 재해가 흥청거리는 일본 열도에 경고를 하고 있는 듯한 느낌인데, 이런 기분이 드는 것은 나 혼자만이 아닐 것이다.

> 당신 앞에 무릎을 꿇습니다
> 나무여
> 우리의 깊은 슬픔을 고쳐 주세요
> 그 곧게 선 푸른 모습에서
> 우리도 또한 조용하고 깊게 곧게 설 수 있는 길을
> 배울 수 있게 해 주세요

6월 중순에는, 장마가 이렇게 길게 끝나지 않고 이어지리라고는 생각도 못하고 나는 오히려 비를 반갑게 맞는 기분으로 장맛비 속에 서 있기도 했다. 비는 마음을 고요하게 해 주기 때문이다.

길에 서서 보니 집 뒤의 작은 개울 저쪽 둑에 절로 나 자라고 있는 노각나무(노각나무 가운데 일본 특산종으로 히메샤라라는 나무이다.) 한 그루가 흰 꽃을 활짝 피우고 있었다. 노각나무꽃은 하나하나는 작지만, 그것이 빼곡하게 다투어 피면 나무 전체가 꽃 더미가 되는 바람에 '히메', 곧 아가씨라는 이름과 잘 어울리는 나무다.

빗속의 노각나무는 짙푸른 잎끝에 흰 꽃을 가득 피우고 흠뻑 비에 젖은 채, 한 그루의 나무로서 확고한 존재감을 나타내 보이며 서 있었다. 그날 그때까지 내가 결코 본 적이 없는 독립된 모습이었다.

작은 개울 건너편 둑에 있는 나무라지만 집 바로 뒤에 있는 것이기도 해서 지금까지 15년 넘게 매일같이 그 나무를 보아 왔을 것이 분명하다. 꽃 피는 계절도 15년은 족히 맞았을 것이다. 숲속에 있는 수많은 나무 가운데서도 나는 노각나무를 특별히 좋아해서 우리 집 나무라는 특별한 느낌으로 그것을 보아 왔다.

나무 모양은 당연히 계절에 따라 변하고, 또한 그것을 바라보는 사람의 기분에 따라서도 달라지는 법이다. 그날 내가 본 노각나무는 전혀 처음 보는 듯한, 약간은 두려울 만큼 독립된, 싱싱한 윤기를 띤 아름다운 모습이었다.

우산을 쓴 채로 한동안 그 나무를 바라보며 서 있다가 처음으로 그 나무 앞에 합장을 한 뒤 서재로 들어와 앞에 쓴 시를 적어 두었다.


감동에 잠겨 한곳에 오래 서 있다는 것은 달리 말하면 고독을 받아들이며 서 있다는 뜻과 다르지 않다. 그 노각나무에게 고독한 모습은 조금도 없었다. 오히려 잇펜 큰스님이 남긴 선의 언어 독일獨一에 가까운 모습이었다. 홀로 있으되 외롭지 않다, 편안하다, 바깥세계와 단절돼 있지도 않다, 모든 것과 조화롭게 관계를 맺고 살면서도 홀로 넉넉하다, 그런 세계, 그것이 독일이다. 노각나무가 내게 다가온 모습 또한 그랬다. 고독이되 자기 성장의 한 형태로 꽃을 피우는 고독이었다. 그것을 다른 말로 하면 편안히 언제까지고 그곳에 기꺼이 서 있는 모습이다. 더 바랄 것이 없는 상태에 이른 자만이 내보일 수 있는 깊은 고요의 모습이다.

그것은 온 세상과 기쁜 마음으로 마주 서 있다는 것이다. 그저 서 있기만 한 것이 아니고, 기꺼이, 마음 편히 언제까지고 거기에 서 있다는 것이다.

사람은 물론 나무가 사는 모양에도 여러 가지가 있다. 그날 노각나무에서는 자기 치유의 한 형태로서, 혹은 성장의 한 형태로서 기꺼이 거기 서 있는 나무의 삶이 느껴졌다.

기꺼이 언제까지고 거기서 산다고 하는 이런 말을 받아들이는 사람이 있다면 그 사람은 오래 앓아 온 이라고 보아도 틀림없다. 병에는 몸의 병과 마음의 병 두 가지가 있다. 둘 가운데 어느 것이든, 혹은 둘 다 병들어 있을 때 사람은 비로소 한 그루의 나무와 만난다.

천재지변이 잇따르는 요즘 누구보다도 나 자신이 앓고 있다고 느껴지는 한편 더 깊게는 지구가 병을 앓고 있는 것이 아닌가 하는 느낌이 든다. 희망이 없다고 하면 없는 대로, 희망이 없는 곳에 나는 서 있다.

꽃의 계절을 마치고 다만 파란 잎으로 무성하기만 한 노각나무를 나는 눈에 보이는 약사여래의 모습으로, 흔쾌한 마음으로 자신의 삶을 받아들이고 있는, 서 있는 희망의 모습으로 바라보고 있다.

# 뒷간을 치는 즐거움

8월 18일은 모처럼 맑은 하늘이 보이는 날씨였다. 하늘이 보이기는 했지만 남쪽 산에서부터 머리 위까지는 언제 비가 내릴지 모르는 두꺼운 구름이 뒤덮여 있어 아직 장마가 완전히 끝나지 않았다는 것, 혹은 벌써 가을비 전선이 시작된 것을 짐작케 하는 무더운 날씨였다.

우리 집 뒷간은 '푸세식'이다. 그것이 얼마 전부터 거의 다 차서 일을 볼 때마다 기분이 좋지 않았다. 하루라도 빨리 퍼내지 않으면 안 되는 상태였다.

비가 오지 않는 오늘이야말로 그날이다 싶어 오후부터 일을 시작했다. 뒷간 치는 일은 석 달에 한 번꼴로 꼬박꼬박 돌아오는 집안일이다. 힘들고 더럽고 냄새나는, 누구나 싫어하는 세 가지를 모두

갖춘 일이지만 나는 이 일을 꺼리지 않는다. 일을 할 때는 주의 깊게 움직이지 않으면 똥물이 튄다거나 때로는 걸려 넘어져서 온몸에 똥물을 뒤집어쓰게 된다. 그런 일을 당하지 않으려면 조심스럽게 움직이는 길밖에 없다. 저절로 주의가 깊어진다. 저절로 가만가만히 일을 해 나가게 되는데, 나는 똥을 푸는 동안에 이렇게 절로 주어지는 조심스러움과 고요함을 좋아한다.

똥통 뚜껑을 열고 긴 자루가 달린 똥바가지를 넣어 똥을 퍼내는데, 두 번째 똥바가지를 들어올릴 때 자루가 뚝 부러져 버렸다. 모처럼 마음을 내어 일을 시작했는데 시작부터 일이 꼬인다 싶었지만 부러진 자루를 새것으로 가는 수밖에 달리 도리가 없었다.

똥통 속에 빠진 똥바가지를 꺼내 집 앞 개울물에 내 손도 함께 깨끗하게 씻으면서 둘러보니, 개울 언덕에 굵기가 알맞은 조록나무가 한 그루 서 있었다. 조록나무는 티크의 일종으로 꽤 단단한 나무다. 그것이라면 이번에는 몇 년은 너끈히 버틸 것 같았다. 바로 톱으로 잘라 적당한 크기로 다듬어서 바꿔 끼웠다.

바가지 자체는 플라스틱 제품이라 이미 15년이 넘게 써 왔는데도 조금도 썩을 기색이 없다. 플라스틱은 현대 문명을 대표하는 재질이다. 환경오염의 주범 가운데 하나지만 내구성만은 발군이다. 현대 문명의 좋은 점과 나쁜 점을 플라스틱 바가지 하나가 다 갖고 있는 셈이다. 그런 생각을 하며 자루를 바꿔 끼우고 나니 휘둘러도 꿈

쩍도 안 할 만큼 튼튼해졌다.

옛 문헌에 보면 에도(도쿠가와가 에도에서 일본을 통치하던 시대로 1603년에서 1868년까지를 이른다.)의 주민들은 15세가 되면 거름으로 쓸 똥오줌을 퍼 간 농가한테서 한 해에 무 50개와 가지 50개를 받는 제도가 있었다 한다. 그 무렵 에도 인구는 이미 백만 명을 넘었다고 한다. 그 인구가 먹을 양식을 지탱하고 있었던 것은, 물론 그 모두는 아니겠지만, 에도 주민들이 날마다 내놓는 똥오줌 그 자체이기도 했던 것이다.

우리의 똥오줌이 거름이 되고, 그 똥오줌을 먹고 자란 작물이 다시 우리의 먹을거리가 된다고 하는 이 대순환 속에서 생명은 커다란 안도감과 여유를 얻는 것이다. 문명의 미래는 구체적인 제도에서는 에도시대와 다를 수밖에 없겠지만, 뿌리는 이런 직선이 아닌 대순환의 사상에 두지 않으면 안 된다고 나는 보고 있다.

오랜 경험으로 나는 거름통 두 개로 열다섯 번을 퍼내면 똥통이 빈다는 걸 알고 있다.

그래서 이번에는 키위나무 밑에 세 번, 밤나무 뿌리에 두 번, 다른 밤나무에 두 번, 광귤나무에 한 번, 그 밖에 감나무, 라임오렌지나무, 금목서와 같은 주로 집 주변 과일나무에 골고루 줄 수 있도록 가늠해 가며 일을 했다.

한 통에 다섯 바가지씩 퍼 담으면 멜대로 지기에 꼭 알맞은 무게가 된다. 여섯 바가지씩 부어도 되지만 그러면 멜대가 어깨를 파고든다. 일을 마치고 보면 어깨 살이 까지기도 한다.

주의 깊게 조용히, 한 바가지 한 바가지 똥오줌을 거름통에 퍼 담는 일도 즐겁지만, 앞뒤로 통 두 개를 멜대에 걸어 메고 허리를 이리저리 움직여 가며 거름통을 옮기는 일 또한 꽤나 재미있다.

멜대가 어깨 한가운데가 놓이면 그렇지 않을 때와 견주어 거짓말처럼 거름통이 가볍게 느껴진다. 그 균형점에서 새끼손톱만큼이라도 벗어나면 그만큼 통이 무거워지고 허리나 팔에 부담이 간다. 균형점의 중심이라는 물리 현상은 무게라는 또 하나의 물리 현상을 없애 버릴 만큼 중요한 것이다.

그날 오후 나는 남쪽 산에서부터 하늘 한가운데까지 두껍게 퍼져 있는 회색 구름에 기대를 걸고, 내리쬐는 땡볕 아래에서 일하는 일이 없기를 바랐다. 어떤 일이든 여름 햇살 아래서, 그것도 45도 이하로는 내려가지 않는 무더위 속에서 하기란 너무 힘이 든다. 특히 몸을 써서 하는 일은 더욱 그렇다.

균형점 중심에 어깨를 맞추고 편안한 마음으로 똥통과 나무 사이를 오가는 사이에 온몸에서 얼마나 많은 땀이 흘러나왔는지 윗옷이나 바지가 죄다 젖을 정도였다. 이마에서 땀이 흘러내려도 오른손에는 멜대를 쥐고 왼손에는 똥바가지를 들고 있는 탓에 닦아낼 수 없었다. 구슬땀이라는 말 그대로였다. 이마에서 솟아나는 땀은 크기가 정말 둥근 구슬만 했다. 그것이 눈두덩이 위를 스쳐 눈앞을 흘러내릴 때면 한순간 반짝 빛을 내며 떨어져 갔다.

그 한순간의 빛을 발견한 뒤로는 땀이 흘러 떨어지는 것 또한 즐겁게 느껴졌다. 땀을 흘리는 그 자체도 좋았다. 땀을 흘리면 흘릴수록 몸속에서부터 힘이 솟아올라 오는 기분이었다.

# 지구를 부르는 다른 말

밤새 비가 억수같이 쏟아졌다. 새벽에는 우리 집에 떨어지는 것이 아닌가 싶을 만큼 가까이서 천둥과 번개가 쳤지만 일어나 보니 오늘도 맑은 하늘이었다.

오늘은 16일. 어제까지는 가고시마시에 살면서 중학교 교사로, 또 회사원으로 일하는 두 아들이 와서 집 안이 무척 떠들썩했다. 그둘은 벌써 가고 오늘은 늘 함께 지내는 두 살짜리 스미레, 그리고 곧 네 살이 되는 우미, 중학교 1학년인 미치토, 아내, 그리고 나 이렇게 다섯 사람이 늦은 아침을 먹었다. 우미는 그저께와 어젯밤에 열이 올라 고생을 했는데, 오늘 아침에는 우선해져서 식구들 모두 한시름 놓았다.

올봄에 서른 살 나이로 사이타마현에서 결혼식을 올린 맏이를 비롯해 도쿄에서 대학을 다니는 딸이 하나, 오사카에서 회사를 다니는 아들이 하나, 가고시마에 둘, 집에 또 셋 이렇게 모두 여덟 명의 자식을 나는 두었다. 자신의 한 생애가 결국 아이들을 키우다가 끝나겠구나 하는 생각도 들지만, 그건 그것대로 자승자박과 같은 것이 아닐 수 없다. 가까운 지인들은 "자식을 올가미 같은 밧줄에 빗대는 것인가?" 하고 객쩍은 소리를 하지만, 이 저출생 시대에 아이를 여덟이나 키우다 보면 자연스레 그런 표현도 나온다.

이대로라면 여름이 오지 않은 채 장마전선이 그대로 가을비 전선으로 이어질 것 같다. 서재에 틀어박혀 있는데, 밖에서 두 아이가 밝은 목소리로 나를 부르는 소리가 들렸다. 서재의 창 너머로 보이는 하늘은 검은 구름이 비를 가득 머금고 있었지만 비는 내리지 않았고, 두 아이는 언제나처럼 엄마와 산책을 하러 갔다가 돌아오는 길인 듯했다.

"아버지!"라고 우미가 부르면, 똑같은 말투로 "아버지!" 하고 스미레가 따라 부른다.

그럴 때는 산책길에서 뭔가 좋은 것을 발견했고, 그것을 선물로 갖고 왔다는 뜻이다. 반가운 일이었다. 기운차게 대답을 하며 나가 보니 우미가 손에 개머루 가지를 하나 들고 있었다. 스미레도 그만한 나뭇가지를 하나 들고 있었다. 개머루는 덩굴식물이라, 가지라

기보다는 덩굴이라 부르는 쪽이 정확할 텐데, 둘은 그것을 내게 내밀었다.

"벌써 가을이네요."라고 우미가 말하니 이번에도 똑같은 말투로 스미레도 "벌써 가을이네요." 하고 따라 했다.

옆에서 아내가 "이것도."라며 손을 내밀었다. 검게 익은 비파 열매 한 알이 놓여 있었다.

보통 여름이었다면 지금쯤 비파가 많이 익어 아이들과 원숭이들이 경쟁하듯 땄을 것이다. 그래서 산책 선물로 적어도 비파 열매가 네다섯 알은 들어와야 당연한데, 그것이 한 알뿐이라는 것이 올여름이 어땠는가를 말해 주고 있었다. 하지만 오히려 그랬기 때문에 그 한 알이 무척 귀하게 느껴졌다.

올여름 처음으로 비파 열매를 먹으면서 내가 감격한 것은 받아든 개머루 열매의 빛깔이 지닌 아름다움이었다.

개머루는 산머루와 달리 먹을 수 없다. 산머루가 흑갈색으로 익는 데 견주면 개머루 열매는 처음에는 녹색이었다가 가을이 가까워지면 엷은 푸른빛으로 바뀌고, 가을이 되면 밝은 보랏빛으로 익는다.

우미와 스미레가 입을 모아 "벌써 가을이네요." 하고 일러 준 것은, 덩굴을 꺾을 때 엄마한테 들은 말일 것이 틀림없다. 하지만 두 아이의 입에서 '가을'이라는 말이 동시에 나왔을 때는 둘 다 그 밝은 보랏빛 열매가 지닌 아름다움에 어리지만 어떤 감동이 있었을 것이고, 그것이 '가을'이라는 말로 나타났을 것이다.

요즘 나의 테제는 푸른 색깔이다. 조금 더 정확하게 쓰면, 정유리 광여래라고 불리는 약사여래의 본체, 그 본체가 지닌 맑은 유리 색깔의 빛이 나의 테제이다.

> 나무정유리광南無淨琉璃光
> 대지의 약사여래여
> 우리의 병든 문명사회를 고쳐 주세요
> 그 깊고 푸른 숨결의
> 당신 자신을 드러내 주세요

라는 1절을 다른 절과 함께 마음속에서 기도하듯 읊조리며 나는 아침 일을 시작한다.

조금도 덥지 않고 비만 내리는 여름 동안 그래도 밭이나 들 여기저기에는 자주달개비꽃이 줄지어 피어났다. 자주달개비는 핵발전소 근처에서 가장 먼저 방사능 유출을 알아차리고 바로 잎이 하얘지는 식물이라고 한다. 짙푸른 자주달개비꽃은 대지 그 자체인 약사여래가 푸른 빛깔로 이 세상에 모습을 드러낸 것이라 여기며 나는 자주달개비를 약사여래의 현신으로 받아들여 왔다.

"벌써 가을이네요."라는 말과 함께 두 아이가 가져다준 개머루 가지는 새로운 계절에 개머루 열매라는 새로운 약사여래가 나타났음을 일러 주었다.

가을이 되어 들에 개머루 열매가 열브스름한 푸른빛이 되고, 밝은 보랏빛으로 익어 가는 동안에는 지구는 아직 건재한 것이고, 우리도 건강함을 지키며 계속 기도할 수 있는 것이고, 아이들을 키워 갈 수 있는 것이다.

약사여래란 사찰에 앉아 있는 부처이기도 하지만 본래는 '푸른 지구' 그 자체를 가리키는 말이기도 하다.

# 야자잎 모자를 쓰고

　장마를 바로 앞두고 마당과 밭 가로 흰 나팔나리꽃이 피기 시작
했다. 향기가 강하고 크기가 큰 꽃이다. 마을 사람들은 이 꽃이 피
기 시작하면 꺾어 들고 제일 먼저 산소로 조상을 찾아간다. 공동묘
지는 다섯 해 전만 해도 어수선했는데 다시 만들어 잘 정리된 모양
으로 바뀌었다. 더 이상 불덩이나 도깨비가 나오지 않는, 아이들에
게도 무섭지 않은, 밝은 햇살이 환하게 빛나는 곳이 됐다.

　마을 사람들은, 특히 노인들은 조상을 모시는 정신이 무척 강해
태풍이 오지 않는 한 하루도 빼먹지 않고 아침저녁으로 공동묘지
로 참배를 하러 간다. 한 손에는 향을, 한 손에는 꽃을 들고 매일 아
침과 저녁에 삼삼오오 무리를 지어 가는 사람들의 모습은 이미 도
시에서는 절대로 볼 수 없는, 우리의 가슴을 따뜻하게 만드는 풍경

이다. 도시에 사는 사람들은 이미 잊어버린, 앞으로 더욱 팽개쳐질 듯이 보이는, 태어나고 살고 죽는 일을 함께하는 공동체 정신이 이 마을에는 아직 분명하게 살아 있는 것이다.

매일 아침저녁으로 꽃을 가져가기는 쉽지 않다. 꽃을 찾기도 어렵고, 그렇다고 날마다 꽃을 사기는 더더욱 어려운 일이라 요즘은 조화를 꽂아 놓는 집도 늘어났다. 시들지 않는 조화를 놓고, 그 위에 가까이서 구할 수 있는 들꽃이나 기른 꽃, 때로는 꽃집에서 산 꽃을 들고 산소에 가는 것이다. 그래서 우리 동네 공동묘지는 그 계절 꽃과 조화가 뒤섞여 늘 잔칫날처럼 밝다.

나팔나리꽃이 피는 계절에는 산소라는 산소에는 모두 나리꽃이 놓여 있어 묘지 앞으로 난 길을 지날 때면 그때마다 짙은 나리 내음이 바람결을 타고 날아온다. 나팔나리꽃은 이 봄, 죽은 자와 산 자를 하나로 잇는 연락선이 되고 있다.

나팔나리꽃이 지고 여름을 맞으며 올해는 무슨 까닭인지 밀짚모자를 하나 갖고 싶었다. 섬에 와 살기 시작한 10년 전 첫해에 바로 밀짚모자를 하나 구해 썼다. 오래전부터 동경해 온 터였기 때문이다. 하지만 얼마 뒤 밀짚모자는 들일에는 맞지 않는다는 걸 알았다. 챙이 커서 나뭇가지에 자꾸 걸렸다. 그것이 성가셔서 얼마 뒤부터는 야구 모자와 같은 작업모를 애용하게 됐다. 작업모라면 마을 상점 같은 곳에서 광고용으로 내놓는 것이 있어 돈을 주고 살 필요도 없었다. 그것을 쓰고 들에 서면 그것만으로 무한한 힘이 솟아오르는 듯했다. 모자에 쓰여 있는 무슨 무슨 상점이라는 글자조차 이렇게 내가 섬사람이 되는구나 싶어 좋았다.

하지만 장마 전의 더운 날이 이어지던 올 초여름에는 작업모보다 다시 밀짚모자를 쓰고 싶었다. 무엇인가 꼭 갖고 싶다는 소유욕이 인 것은 책을 빼고는 최근 수년간 처음 있는 일이었다.

마을 시장 골목에는 밀짚모자를 파는 집이 몇 집인가 있다. 아무 가게에나 들어가 사면 그뿐이지만, 갖고 싶은 것을 사는 것이 부끄러워 힐끗힐끗 곁눈질만 할 뿐 선뜻 들어가지 못했다. 우물쭈물하며 나날을 보내고 있는 사이에, 작업모를 쓰고는 더 이상 절대로 일하고 싶지 않다는, 나로서도 이해하기 어려운 심경이 됐다.

그러던 어느 날이었다. 담배를 사러 들른 가게에서 여태 거기 놓여 있다는 것조차 몰랐던 밀짚모자가 눈에 띄었다. 이것 봐라 싶었다. 그 중에서 챙이 가장 좁은 것을 고르다 보니 밀짚이 아니고 야자잎으로 엮어 크기가 꼭 맞춤한 야자잎 모자를 집어 들게 되었다. 가게 주인에게 값을 물으니 망해 버린 공장에서 흘러든 물건이라 3천 원밖에 안 한다고 했다. 흔쾌히 그것을 사서 그 자리에서 작업모와 바꿔 썼다. 부끄러움을 숨기기 위해 "여름에는 이것이 최고"라는 말까지 했다.

야자잎 모자를 쓰고 나는 아주 흡족한 기분으로 집 근처 골짜기로 매실을 따러 갔다. 모자 하나로 세상이 다르게 느껴졌다.

몇 년 동안 가지 않은 사이에 그곳은 완전히 덤불로 바뀌었고, 나무가 있는 곳까지 가자니 덤불을 힘들여 헤쳐야 했다. 하지만 가서 보니 기대했던 것보다 열매가 많았다. 둘레로 다른 나무가 무성하게 자라고 있어 햇살이 잘 들지 않았는데도 그랬다. 1킬로그램 남짓 매실을 비틀어 따고, 나무 옆으로 자라는 풀과 나무를 낫으로 베어 주었다. 답례였다.

덤불 속에서 일을 하는 데는 야자잎 모자 챙이 역시 방해가 됐다. 작업모 쪽이 능률적인 것은 분명했다. 그러나 산다는 것은 능률이 다가 아니다. 인적이 전혀 없는 그 골짜기에서 나는 망해 버린 공장에서 흘러들어 왔다는 그 야자잎 모자에 마음 깊이 만족했다. 그것은 야자잎의 문화였다. 세계에는 쇠의 문화가 있는가 하면 컴퓨터 문화도 있지만 그런 것들에는 나는 크게 흥미가 없다.

빠르게 움직이기에는 마땅하지 않은 야자잎 모자를 쓰고 조심스럽게 일을 하다 보면 오히려 석기 문화라고 부르던 아주 오래전의 축제 공간이, 지금 여기에서도 살아 있다는 것을 알게 돼 기쁘다. 나팔나리꽃을 바라보고, 매실나무 열매를 따며 살다가 죽을 때가 되면 자, 이제 그만 죽을까 하고 그렇게 돌아갈 수 있으면 된다. 그것이 더할 나위 없는 인생인 것이다.

# 태풍과 양하

올여름에는 태풍이 많았다. 7월 말에 섬 남쪽 바로 아래를 지나간 태풍 6호였던가 7호였던가를 시작으로 다음에서 다음으로 태풍이 이어지며 숨 돌릴 새도 없을 정도였다.

오늘은 9월 5일. 지금, 태풍의 계절이 끝났다는 증거는 아무것도 없지만(오히려 앞으로 본격적인 태풍 철에 접어들게 된다고 해야 할지도 모르지만), 압권은 12·13·14호, 이 세 태풍이 동시에 일본 열도를 덮친 8월 말이었다. 우리 섬에서는 그 태풍이 오기 이삼일 전에 11호 태풍이 와서 순간 최대 풍속 43.8미터를 기록한 뒤였는데, 8월 30일 밤에 우리 섬에 몰아닥친 12호는 순간 최대 풍속 56.3미터를 기록하며, 우리 현 기상대가 관측을 시작한 이래로 최고 기록이 됐다.

농작물 피해는 물론 집이 부서지거나 물에 잠기고, 산사태가 일어나거나 나무가 쓰러지는 등 남겨진 상흔도 엄청났지만 다행스럽게도 우리 섬에서 사망자는 나오지 않았다. 마을에서도 우리 집 닭장이나 산양 우리 지붕이 날아간 정도이고, 건물에는 이렇다 할 피해가 없었다. 삼면을 둘러싸고 있는 산들이 우리 마을을 지켜 준 듯하다. 연이어 밀어닥친 태풍은 격렬하게 바다를 뒤흔들었고, 산과 마을을 두들겼지만 막상 지나가고 보니 한 계절이 그런 것처럼 모든 것이 한순간의 일이었다.

맨 처음 7월 말에 우리 섬을 덮친 태풍 탓에 우리 집 남새밭은 거의 전멸 상태가 되었다. 한창이던 오이, 가지, 토마토가 싹 망가지고, 조금 살아남은 꽈리고추만이 우리 집 밥상에 푸른 기운을 선물했다. 8월 하순에 밀려온 11호 태풍 때는 뒤뜰에 심은 계피나무가 쓰러졌다. 일곱 해쯤 전에 가고시마의 나무 시장에서 산 것으로, 높이가 사오 미터쯤 되는 나무였는데, 가운데 두 줄기 굵은 둥치가 모두 꺾였다. 계피나무는 보통 뿌리와 줄기의 껍질을 쓴다고들 한다. 하지만 실제로는 잎이나 가지 끝까지 그 맛과 향기가 가득 퍼져 있어, 나는 식물의 불가사의를 상징하는 나무의 하나로 귀하게 길러 왔다. 그것을 태풍이 데려간 것이다.

기록적인 돌풍을 몰고 왔던 12호 태풍 때는 뒤뜰에서 절로 나 자라던 때죽나무가 뿌리째 뽑히며 쓰러졌다. 때죽나무는 잘 알려진 식물이 아닐지 모르지만 오랜 옛날부터 일본 곳곳에서 쓸모 있는 나무로 사랑받아 온 나무 가운데 하나다. 예로부터 때죽나무 열매는 뱀장어를 잡는 독약으로 썼고, 사포닌 성분이 있어 비누 대용으로도 쓰였다. 그런 까닭으로 지방에 따라서는 때죽나무를 비누나무라고 부르는 곳도 있다 한다. 그 때죽나무는 계피나무와 키가 비슷했다. 내가 키운 것이 아니라 절로 거기서 나서 자란 것이 어느새 어린나무가 아니라 어른 나무가 되어 가고 있었던 것이다.

태풍이 지나가고 난 뒤 어느 맑은 날 오후에 나는 차나무 위로 쓰러진 때죽나무를 톱으로 잘랐다. 나무는 생각보다 굵었다. 뿌리 둘레의 지름이 15센티미터나 됐다. 4미터쯤 되는 굵은 줄기를 빼고 다른 부분은 모두 적당한 길이로 잘라서 목욕물을 데울 때 땔감으로 쓰려고 정리해 두었다. 물론 곧바로 사용할 수는 없다. 마르기까지 두세 달은 족히 기다려야 한다. 그 뒤로는 때죽나무로 데운 목욕물에 몸을 씻을 수 있을 것이다.

둥치 쪽은 깨끗이 가지를 쳐 낸 다음 병아리장으로 가져갔다. 그때 병아리장에는 무사히 태풍을 넘긴 병아리들이 날아가 올라앉을 나무가 필요했다. 무릎 높이로 때죽나무를 걸쳐 주니 병아리들이 앞을 다투듯 날아 올라가 앉았다. 올라갔다가는 내려오고, 내려갔다가는 다시 올라갔다. 또 어떤 것은 그곳에 앉아 주변을 둘러보며 고개를 갸우뚱거리기도 했다.

요즘 밭에서는 채소가 나오지 않고, 바다에서는 물고기가 오지 않는다.

그로 인해 눈에 띄게 가난해진 우리 집 밥상을 새롭게 꾸며 준 것
은 양하였다. 양하밭은 볕이 잘 들지 않는 뒤뜰 한 모퉁이에 있다.
잎은 바람에 상했지만 뿌리부터 얼굴을 내밀고 있는 양하는 꽃양
하라는 이름에 걸맞게 꽃처럼 신선했다.

양하 열매를 이삼십 개쯤 따서 그것을 끼니마다 밥상에 올리고
있다. 잘게 썰어 된장국에 넣기도 한다. 기름에 튀겨 먹어도 된다.
국수를 먹을 때 쓰는 간장에 잘게 썰어 넣기도 한다. 그 가운데 내
가 가장 좋아하는 것은 잘게 썬 뒤 사바부시(가쓰오부시처럼 말린 고
등어를 잘게 썬 것)를 넣고 그 위에 간장을 뿌려 날것 채 먹는 것이
다. 뜨거운 밥에 넣어 먹으면 그것만으로 충분해 다른 반찬이 없어
도 좋다.

태풍도 양하마저 송두리째 뽑지는 못했다. 양하는 땅에서 솟아
난, 땅 그 자체로부터 온 먹을거리다. 향기가 강하고 아삭아삭한 양
하 맛은 여름 더위로 지친 우리 몸에 가을이 가져다주는 첫 선물이
다. 아울러 내게 그것은 태풍에도 지지 않고 땅속의 기운을 품고 우
리에게 온 땅의 선물이기도 했다.

# 아이들아, 불을 피워라

얼마 전에 나라현에 사는 친한 친구가 나를 찾아왔다. 먼 곳에서 찾아 준 것은 고마웠지만 우리 집에서는 특별한 대접을 할 수 없었다. 기껏해야 바다로 고기를 잡으러 다니는 친구에게 싱싱한 횟감을 부탁하거나 그가 사는 곳에서는 나지 않는, 이 고장 산나물로 밥상을 차린다거나 하는 정도가 내가 할 수 있는 전부였다. 그리고 우리 섬에서 나오는 술을 함께 마시며 그와 천천히 이야기를 나누는 것이 다였다.

아, 다른 것도 있다. 만약 그가 목욕을 좋아하는 이라면 고에몬 목욕탕에 물을 데우고 목욕을 하게 할 수 있었다. 보통 목욕물 데우는 일은 아이들이 하고 있지만 가까운 친구가 찾아올 때만은 아궁이에 내가 직접 불을 지핀다. 물이 알맞게 따뜻해지면 제일 먼저 친구에게 욕조를 쓰게 하고, 물 온도가 맞느냐는 질문에서 시작해 두서없이 이야기를 나눈다. 아궁이와 욕조 사이는 판자 한 장으로 가려져 있을 뿐이라서 얼굴이 보이지 않더라도 이야기는 얼마든지 나눌 수 있다.

하지만 그 친구가 나를 찾아왔을 때는 전날 가마 밑에 약지 끝마디만 한 구멍이 뚫려 물을 데울 수 없었다. 그럴 때는 시멘트를 개어 구멍을 메우고 한 이틀 내버려 두면 막히지만, 그만한 일에 새 시멘트 한 포를 사 오기는 뭣해서 마침 그 자리에 있던 묵은 시멘트 가루를 발라 두었다. 아마도 그것으로 다시 쓸 수 있으리라 여겼는데 다음 날 보니 한심하게도 그것은 석회를 푼 것처럼 걸쭉한 죽과 같은 상태 그대로 조금도 굳어 있지 않았다. 결국 그 친구는 우리 집 고에몬 목욕탕을 쓸 수 없었다. 무척 아쉬운 일이었다.


저녁 무렵에 지붕 위의 연통에서 연기가 모락모락 피어오르는 모습을 나는 무척 좋아한다. 이 섬에 와서 벌써 8년, 그동안 목욕물을 꾸준히 데워 왔지만 연통에서 하얀 연기가 솟아오르는 풍경은 한 번도 질리지 않는다. 오히려 해마다 그 연기에 대한 애착이 깊어 가고, 이제는 빼먹을 수 없는 생활 속 한 흐름이 되어 버렸다.


불을 피워라

산에 땅거미가 진다

아이들아

봐라 벌써 밤이 등 뒤에까지 와 있다

불을 피워라

더 놀고 싶은 마음을 접고

오랜 옛 마음으로 돌아와

불을 피워라

아궁이에는 땔감이 충분히 준비돼 있다

잘 마른 것 조금은 덜 마른 것

굵은 것 가는 것

잘 골라 불을 피워라


조금쯤 매운 것은 어쩔 수 없다

참아 내며 불을 피워라

이윽고 불이 피어오르면

보아라 너희들의 지금 마음과 같은 오렌지빛 불꽃이

한 줄기로 타오르리라

그러면 가만히 그 불을 바라보아라

어느 사이—

등 뒤에서 밤이 너희를 폭 감싸 안고 있다

밤이 너희를 폭 감싸 안고 있을 때야말로

신비로운 시간

불이 영원에 관한 이야기를 시작하는 때다


그것은

잠들기 전에 어머니가 읽어 주던 책 속의 이야기가 아니고

아버지의 자기 자랑 같은 것도 아니고

텔레비전에서 볼 수 있는 것도 아니다

너희들 자신이 너희들 자신의 눈과 귀와 마음으로 듣는

너희들 자신의 불가사의한 이야기인 것이다

조심스레 마음을 모아

불을 피워라

불이 일심으로 피어오르도록

하지만 너무 활활 타오르지 않도록

고요한 마음으로 불을 피워라


인간은

불을 피우는 동물이었다

그러므로 불을 피울 수 있으면 그것으로 인간인 것이다

불을 피워라

인간 원초의 불을 피워라

마침내 너희들이 자라 이 집을 떠나 허영의 도시에 갔을 때

필요한 것과 필요하지 않은 것을 가리기 어려워지며

자신의 가치관을 잃어버렸을 때

분명 너희들은 생각해 내리라

밤에 폭 안겨

오렌지빛 신비한 불꽃을 바라보았던 날들의 일을


산에 땅거미가 진다

아이들아

벌써 밤이 등 뒤에까지 왔다

오늘은 충분히 놀았으니 이제

놀기를 그만두고 너희들의 불을 지펴라

헛간에는 땔감이 충분히 준비돼 있다

불을 피워라

잘 마른 것과 조금 덜 마른 것

굵은 것 가는 것

잘 고르고 놓아

불을 피워라

불이 한 줄기로 타오르면

그 오렌지빛 불꽃 속의

금빛 신전에서 들려오는

너희들 자신의 옛날과 오늘과 미래의 신비하고 불가사의한 이

야기에 귀를 기울여라


조금 길지만 여섯 해쯤 전에 이런 시를 쓴 적이 있다. 그 불은 이를테면 이로리의 불이라도 좋지만 나로서는 왠지 등 뒤를 어둠이 감싸고 있는 목욕탕 아궁이의 불이어야 했다. 동시에 그 불은 어른인 내가 지금 보고 있는 불이면서, 어릴 적 시골 할아버지 댁에서 지낼 때 피우던 그 불과 같은 불이다.


고에몬 목욕탕이 좋은 또 한 가지 이유는 말할 것도 없이 연기 냄새다. 아궁이와 목욕탕에는 칸막이가 되어 있어 연기가 거의 들지 않는데 그래도 연기인지라 어디론가 새어 든다. 때로 지나치게 새어 들어 매울 때도 있지만 그때조차 고에몬 목욕탕에서밖에 맛볼 수 없는 냄새다. 고에몬 목욕탕은 발판이라 하는 나무판을 맨발로 밟고 들어간다. 그런데 이 발판이 내게는 더할 나위 없이 훌륭한 문화처럼 보인다. 땅속에서 저절로 솟아오르는 온천수에 몸을 담그고 땅속의 열기에 감사하는 것도 물론 좋지만, 그 촉감 좋은 발판을 밟고 가마 안에 들어가 몸을 담그고 타닥타닥 하고 나무가 타는 소

리를 들으며 희미한 연기 냄새에 휩싸여 눈을 감고 있으면 문화란 특별히 크지 않아도 좋다는 것을, 지극히 단순 소박한 것으로 좋다는 것을 분명하게 알 수 있다.

섬에는 아직 나무가 많아서 베어 넘겨 가져오는 일만 번거롭게 여기지 않는다면 땔감이 부족할 일은 없다. 고에몬 목욕탕은 생태학 용어에서 말하는 재생 가능 에너지의 왕인 나무를 땔감으로 삼는다. 세상 사람들이 보통 생각하듯이 민속자료관의 전시물이 되어야 할 성질의 유물이 결코 아니다. 그것은 사람과 같은 크기의 탕 가마를 통해 불을 직접 느낄 수 있는, 인간에게 허락된 몇 안 되는 은총 가운데 하나다. 무엇보다 불을 피운다고 하는 철학적인 행위도 더불어 할 수 있어 좋다.

# 외톨이 원숭이와 맞서다

삼사십 년 전까지만 해도 이 섬에는 사람 2만 명, 원숭이 2만 마리, 사슴 2만 마리가 살았다고 한다. 경제가 급격히 성장하면서 많은 인구가 섬을 빠져나가 지금은 사람이 만 4천이고, 원숭이와 사슴 쪽은 삼림 벌채 때문에 정확한 것은 알 수 없지만 각각 2천 마리밖에 안 되지 않겠냐는 것이 공론이다. 마릿수는 크게 줄었어도 산속에는 사람이 심은 삼나무 숲이 온통 가득 들어차서 원숭이나 사슴이 먹을 것이 부족하다. 그 바람에 원숭이와 사슴은 사람이 사는 곳까지 와서 농작물에 입을 댄다. 이런 일이 있어 옛날에 견주어 원숭이나 사슴 수가 늘었다고 여기는 사람도 있다.

우리 마을 언저리에는 스무 마리쯤 되는 원숭이 무리가 산다. 그 밖에는 무리에서 떨어져 홀로 사는 외톨이 원숭이가 한 마리 있다.

원래는 우두머리였는지 건장한 몸집으로 의젓하게 걸어 돌아다닌다. 그 모습에서는 외톨이이기는 하지만 상당한 관록이 느껴진다. 무리 원숭이 쪽은 새끼도 몇 마리 데리고 다녀서 사람 눈이 닿지 않는 과수원이나 밭을 노리러 오기는 해도 인가까지는 결코 오지 않는다. 한편 외톨이 원숭이는 저 혼자뿐인 자유로운 처지라 소리 없이 와서는 집 둘레 과일나무나 표고버섯에까지 손을 댄다. 원숭이 한 마리라고 가볍게 보아서는 안 된다. 그것은 대단한 착각으로 날마다 이쪽의 눈을 속이고 따 먹는 양이 엄청나다. 사람이 2라면 원숭이가 8이 되어 버린다.

외톨이 원숭이가 보이면 당연히 돌 따위를 던지며 쫓지만 저쪽도 그 정도는 이미 잘 알고 있다. 놈은 곧바로 나무로 우거진 숲 뒤로 숨어 돌 따위가 닿지 않는 곳까지 달아나 버린다. 사실 이쪽도 마음속 깊이 상대를 미워하는 것은 아니다. 밉기는 해도 외톨이가 아니냐는 동정심도 일고 해서 진심으로 대책을 세우는 일은 없다. 최근 삼사 년 동안은 반쯤 미워하고 반쯤 용서하는 자세로 대해 왔다. 그런데 올해 들어 그 외톨이 원숭이에게 굉장한 변화가 일어났다.

어느 사이엔가 외톨이 원숭이에게 짝이 생겼다. 나는 짝이 암컷일 거라고 믿고 있지만 어쩌면 수컷일지도 모른다. 원숭이 세계에서는 암컷이 무리에서 추방당했다는 말은 들은 적이 없기 때문이

다. 어쨌거나 보기에 두 마리는 굉장히 사이가 좋아, 서로 불러 가
며 마치 부부처럼 이 가지에서 저 가지로 옮겨 다닌다. 오랜 홀몸
생활 끝에 짝이 생겨 얼마나 기쁠까 하고 그를 위해 기뻐하는 동시
에 이제 피해가 두 배로 늘어날지도 모른다는 생각에서 우울한 기
분이 들기도 했다. 이제까지도 그놈과 수확을 나눠 왔기 때문에 이
쪽이 거두어들이게 되는 양은 눈에 띄게 줄어들 것이 뻔했기 때문
이다. 이 계절은 패션프루트와 구아버 정도밖에 열매를 맺는 나무
가 없어 아직 참을 수 있지만, 마침내 밀감류를 비롯해 표고버섯이
나오기 시작할 때를 생각하면 슬슬 마음을 다잡고 뭔가 대책을 세
워야 하지 않을까 싶다. 난처한 일이 생긴 셈이다.

　하지만 정말로 난처하냐고 다시 묻는다면 곤란한 일인 것은 분
명하지만 그 이상으로 그것을 당연한 일로 받아들이고 있다는 것
을 알 수 있다. 이 가지에서 저 가지로 사이좋게 옮겨 다니는 원숭
이 두 마리의 모습이 바람직한 풍경인 것은 두말할 나위도 없다. 거
기서 그치지 않고 내 기분 안쪽에는 마침내 그 사이에서 자식까지
생겨 새끼를 데리고 우리 집 주변을 돌아다니면 좋겠다는 기대조
차 깃들어 있다.


　한 달쯤 전부터 뒤뜰 쪽 천장에서 물이 새기 시작했다. 올여름은
비가 적어 그냥 내버려 두어도 괜찮았지만 앞서 12호 태풍으로 쏟

아진 비는 양동이로 받아 내지 않으면 안 될 만큼 많은 양의 비가 샜다. 원인을 알아보려고 지붕에 올라가 보니 비가 샌 위쪽 기와가 한 장, 한가운데서부터 옆으로 금이 가 있었다. 기와는 돌이라도 날아와 부딪치지 않는 한 깨지지 않는 물건이니 범인은 부부 원숭이인 것이 분명했다. 어미 원숭이라면 몸무게가 20킬로그램은 될 것이다. 사람이 일이 있어 기와 위를 걸을 때는 조심해서 살살 걷기 때문에 깨지지 않아도, 20킬로그램 남짓이라지만 원숭이가 조심성 없이 지붕 위를 오가다 보면 기와는 못 견디기가 쉽다.

원숭이 놈, 이제 집까지 부수러 왔는가 싶어 화가 났지만 사람 손이 닿지 않는 지붕 위야말로 원숭이한테는 최상의 길이다. 지붕에서 뒤뜰의 귤나무나 복숭아나무로 건너가고, 다시 복숭아나무에서 작은 시냇물을 건넌 뒤 무성하게 우거진 패션프루트의 굵은 넝쿨을 타고 뒷산으로 가는 것이 원숭이의 지름길이었던 것이다. 사람의 집 지붕을 오가는 길로 삼고 기와까지 깼다는 것은 미워하지 않을 수 없는 일이지만 역시 나는 마음속에서부터 원숭이들을 미워할 수는 없었다. 기와 한 장이나 두 장쯤 깨뜨려도 그만으로, 굴러다니는 기와를 주워다 갈아 끼우면 되는 것이다.

이와 같이 말하면 사람들은 나를 대단히 동물을 좋아하는 사람으로 여기기 쉽지만 결코 그렇지 않다. 원숭이들이 집 주변을 어정거리는 것을 보면 핏대를 세우고 돌을 던지거나 지붕 위에서 걷는 소리가 들리면 소리 없이 아들놈의 야구 방망이를 들고 나서기도 한다. 조금이라도 틈이 보이면 때려 죽여도 괜찮다는 생각까지도 있는 것이다.

보기에는 원숭이 쪽은 살기에 필사적이고 내 쪽은 지기만 할 뿐이다. 나도 한 가족의 가장이라 늘 지고만 있을 수는 없다. 하지만 이 승부에 관한 한 그럴 수 있다면 언제까지나 계속 지고 싶기도 하다. 좋은 말은 할 수 없지만 사람과 사람이 일구어 온 문명이 이제까지 동물에게 해 온 일을 생각하면 그 마음이 오히려 강한 것이다.

# 조몬 삼나무 앞에서

조몬 삼나무를 뵈러 갔다 왔다. 1년 반만이었고, 다섯 번째였다. 이번에는 아내가 간절히 바라는 대로 이제 막 다섯 살이 된 막내 미치토도 데리고 갔다. 여기에 살면 언제라도 갈 수 있을 듯하지만 1박을 하지 않으면 갈 수 없는 곳이어서 그렇게 쉽게 갈 수 있는 곳이 아니다. 나 또한 이 섬에서 산 10년 동안 이번을 포함해 다섯 번밖에 오르지 못했다. 두 해에 한 번꼴이다. 적어도 한 해에 한 번 정도는 가야지 다짐을 하면서도 뜻대로 되지 않는다. 아내에게는 이번이 첫 번째였다.

조몬 삼나무로 가는 등산로는 하나가 아니다. 몇 개 중에서 아이들을 데리고 갈 수 있는, 가장 쉬운 길을 택하기로 했다. 해발 1천미터쯤에 자리 잡은 아라카와 댐까지는 차로 올라간 뒤 그곳에서 하룻밤을 차 안에서 자고, 아침 일찍부터 산을 오르기 시작해서 점심때를 조금 지난 시간에 조몬 삼나무에 도착, 거기서 충분히 시간을 보낸 뒤 하산을 시작하여 어둡기 전에 댐까지 돌아올 예정이었다.

후쿠오카시에서 초등학교 5학년인 아들을 데리고 가끔 우리 집에 놀러 오는 다나카 씨 부자도 동행을 하기로 해서 모두 다섯 명이 함께한 떠들썩한 등산이었다.

조몬 삼나무는 수령 7천2백 년에(다르게 보는 설도 있다.) 둘레 43미터, 높이 30미터가량이나 되는 거목으로 나를 이 섬으로 오게 한 장본인이다. 그러므로 조몬 삼나무를 만나러 가는 것은 내게는 내 뿌리를 만나러 가는 일이기도 했다.

나는 늘 사람이 한곳에 산다고 하는 것은 그것이 도쿄, 오사카처럼 대도시이든 우리 섬이나 이웃에 있는 다네가섬처럼 작은 섬이든 일상적인 이유(경제적인 이유라든가 조상 때부터 살아온 곳이라든가) 말고도, 더 큰 이유가 있는 것이 틀림없다고 여기고 있다. 그 지역의 문화적인 공기가 정말 좋다든가 하는, 눈에 보이지 않는 어떤 것이 그 사람을 그 땅에 살게 하는 것이라고 생각한다. 곧 주거지의 형이상성으로, 내게는 조몬 삼나무가 그것이다. 한 해에 한 번씩은 뵈러 가야 하는 것도 이런 연유 때문이다.

이번 등산에서는 마음에 걸리는 것이 하나 있었다.

작년에 섬을 덮친 대형 태풍 탓에 조몬 삼나무의 큰 가지 하나가 부러졌다는 소식을 들었다. 내게는 소련의 체르노빌 핵발전소 폭발 사건과 맞먹을 만큼 나쁜 뉴스였다. 어떤 가지가 부러졌나, 상처는 어느 정도일까, 목숨에 지장은 없는 것일까, 같은 온갖 생각이 다 들었다. 체르노빌 핵발전소 폭발 사고처럼 그것은 이미 일어난 일로서, 내 세계, 나의 형이상성은 이미 상처를 입고 있었다.

아이, 여성이 함께하기도 했고, 나도 체력이 꽤 떨어져 있어서 조몬 삼나무까지 가는 데는 대략 다섯 시간이 걸렸다. 변덕스러운 날씨도 한몫을 했다. 도중에 날이 궂더니 한동안은 짙은 안개가 내렸고, 그것이 비가 되었다가 또다시 안개로 돌아온다거나 하는 좋지 않은 날씨였다. 날씨는 그리 고르지 않았지만 익숙한 길이어서 불안할 것은 없었다. 오히려 그 안개를 즐기며 간 등산이었다.

조몬 삼나무에 도착한 것은 오후 1시쯤이었다. 떡하니 정좌를 하고 있는 거대한 삼나무를 향해 절을 한 뒤 나는 곧바로 부러진 가지를 찾아보았다. 가지가 꺾인 것은 1년도 더 된 일이라 상한 흔적은 벌써 사라지고 없었다. 찾는 데 시간이 걸렸다. 조몬 삼나무는 이전과 변함없는 모습으로 거기에 있었고, 몸집이 큰 탓인지 나무우듬지나 줄기에서도 크고 작은 다른 나무 수백 그루가 자라고 있다. 이 삼나무는 단 한 그루이면서 동시에 제 몸에 수많은 나무를 키우는 대지이기도 하다. 뿌리 둘레가 43미터라는데, 그것은 어른 스물두 사람이 손을 벌리고 이어 서지 않으면 안 되는 굵기다. 그런 거목인 지라 어떤 가지가 꺾였는지 쉽게 알아낼 수가 없었다.

불교에서 하는 탑돌이처럼 나무 주위를 여러 번 돌며 살펴보니 땅에서 10미터쯤 되는 부분에 가지가 부러진 것처럼 보이는 흔적 이 있었다. 하지만 잘 살펴보니 그것은 삼나무가 아니라 조몬 삼나 무에 뿌리를 내리고 자라던 수레나무가 부러진 것이었다. 우리 섬 산에서는 천 년을 넘게 산 야쿠삼나무와 수레나무가 서로 뒤엉켜 자라는 모습을 어렵지 않게 볼 수 있지만 조몬 삼나무는 본체가 너 무나 커서 수레나무 또한 어른나무임에도 삼나무의 아주 작은 부 분으로밖에 보이지 않았다.

다행스러운 일이었다. 수레나무라서 가지가 부러져도 괜찮다는 것은 아니지만 내심 안도의 한숨을 쉬었던 것이 사실이다. 이미 수 레나무가 그런 것처럼 조몬 삼나무가 부러졌다면 부러진 채로 살 아갈 수밖에 없겠지만 다행히 조몬 삼나무는 무사했다. 그것은 내 형이상성의 나무에 탈이 없다는 뜻이기도 했다.


신비한 사람이라 불린 아사하라 사이치는 평생 나막신 깎는 장 인으로 살며 1만 수 남짓한 신앙의 노래를 남긴 것으로 유명하다. 그 가운데 하나로 이런 노래가 있다.

사이치는 임종을 마치고 장례식을 마치고

　　나무아미타불과 이 세상에 있다

　　사이치는 아미타불이 되고

　　아미타불은 사이치가 되리라


　사이치는 아미타불이 되고, 아미타불은 사이치가 된다고 하는 단언이 신비한 사람 사이치의 진면목을 잘 드러낸다. 같은 표현으로 하면 이렇다. '내 임종을 마치고 장례식마저 마치더라도 / 조몬 삼나무는 이 세상에 있다 / 조몬 삼나무가 이 세상에 있다면 나도 또한 이 세상에 있다' 이러한 느낌 속에서 나는 나의 뿌리이기도 한 조몬 삼나무 앞에 서 있었다.

# 바위로 돌아가는 길

때마침 손에 들어온 것이 있어 요즘 루돌프 슈타이너의 전기를 읽고 있다. 루돌프 슈타이너는 19세기 말에서 20세기 전반에 걸쳐서 주로 독일과 스위스를 근거지로 활약한 신비주의 철학가다. 일본에서는 고야스 미와코의 책《뮌헨의 초등학교》에 묘사된 '발도르프 자유 학교(슈타이너 학교)'의 창립자로서 더 널리 알려진 것으로 알고 있다.

전기를 보면 슈타이너는 인도 마드라스(첸나이의 옛 이름)에 본부를 둔 '신지학회' 독일 지부에 속해 있었는데 '신지학회'가 크리슈나무르티를 이 땅에 다시 온 그리스도로 옹립하는 것을 보고 조직을 떠나 새롭게 '인지학'이라는 이름의 신비 철학 분야를 확립하기에 이른다. 아직 끝까지 읽지 않아서 그의 철학이 어떻게 발전해 갔는지는 자세히 알 수 없지만, 흥미로운 것은 '신지학'에서 '인지학'으로 자신의 철학을 바꿔 간 변화다. 신지학이 아니라 인지학이었다. 신이 아니라 사람을 아는 쪽으로 자신의 철학을 완성시켜 가고자 한 슈타이너의 방법론은 과학을 신앙처럼 숭배하는 이 시대에 (그와 동시에 그 과학을 다 믿지도 못하는 현상 또한 있는 이 시대에) 어떤 이야기를 하고 있는지 흥미로울 수밖에 없었다.

슈타이너 말에 따르자면, 인간의 몸은 신체적 혹은 감각적 세계에 속해 있고, 인간의 심성은 심적 세계에 속해 있다. 또한 인간의 영성은 영적 세계에 속해 있다. 이처럼 명확하게 제시를 하면 영적 세계에 관심이 없는 사람조차 아, 영적 세계란 것이 실제로 존재하는가 보구나, 하고 일단 관심을 갖지 않을 수 없을 것이다. 나 또한 이제까지는 이름만 알 뿐 눈길을 두지 않았는데 지금은 '인지학'을 눈여겨보게 되었다.

언젠가 스리랑카 불교 사원에서 5년간 수행을 했다는 사람이 나를 찾아온 적이 있다. M이라는 이로, 그는 불교 사원을 나온 뒤 인도로 건너가 크리슈나무르티의 강연을 듣기 위해 인도 각지를 걸어서 여행했고, 최근에는 소련의 과학자가 돌에도 영혼이랄까 정령이랄까, 그런 것이 존재한다는 것을 과학적으로 증명했다는 이야기를 내게 들려주었다. 과학적 증명이야 어떻든 돌에 영혼이 있다면 식물이야 두말할 것도 없다. 아울러 그렇다면 루돌프 슈타이

너를 기다릴 것도 없이 인간 또한 영적인 존재임이 틀림없다.

하지만 내가 보기에 사태는 오히려 반대 양상을 보이는 것 같다. 영성이란 말을 쓰고, 영성이라는 의식을 자각한 첫 존재인 인간은 지금은 퇴행에 퇴행을 거듭하여 영성과는 가장 먼 자리에서 살아간다. 경제라든가 자국의 이익 따위에만 사로잡혀 핵전쟁 일보 직전까지 가 버렸다.

우리 섬에는 높은 산이 많다. 그 가운데 한 산에는 수령 7천2백 년으로 추정되는, 섬사람들이 조몬 삼나무라 부르는 거대한 삼나무가 한 그루 있다. 7천2백 년이라면 그리스도는 물론 붓다나 노자도 아직 이 세상에 나타나지 않았을 때다.

조몬 삼나무는 산속 깊은 곳에 살고 있어서 1박 2일 일정이 아니면 찾아갈 수 없다. 이제까지 세 차례 쌀과 소금을 공물로 지참하고 뵈러 갔던 경험으로는, 그것은 조몬 삼나무라는 눈에 보이는 늙은 삼나무이면서 동시에 거기에 영원히 존재해 온, 영혼이라고 부를 수밖에 없는 존재이기도 하다는 것이 분명했다. 형태이되 형태나 이름으로는 파악할 수 없는 존재인 것이다. 나는 소위 영각자가 아니다. 조몬 삼나무를 통해 영혼의 존재를 볼 수는 있지만 조몬 삼나무의 영혼 그 자체를 볼 수는 없다. 세 번째로 찾았을 때, 조몬 삼나무의 우둘투둘한 혹투성이 형상 속에서 삿갓을 쓴 한 노인이 걷고 있는 모습을 확인하기는 했지만 그것은 어디까지나 모습으로 나타난 영혼에 지나지 않았다.


나는 요즘 돌에 대단한 흥미를 갖고 있다. 왜냐하면 인간에 견주어 식물은 훨씬 고요한 존재로, 붙박이인 데다 평화 그 자체다. 돌은 물론 더 말할 것도 없다. 돌은 그 어떤 것보다 더욱 조용하고, 평화로운 존재이기 때문이다. 손바닥에 놓을 수 있을 정도로 작은 돌도 고요와 평화와 변치 않는 힘을 충분히 드러내 보여 준다. 사람의 힘으로는 도저히 움직일 수 없는 큰 돌, 집 한 채 크기는 되는 거암을 대하면 말을 잊는다. 인간은 도저히 그 침묵을 헤아릴 수 없다는 것만을 안다.

나는 침묵 속에 있는 또 하나의 깊은 침묵을 영혼이라고 부르고 싶다. 그 영혼은 돌로, 암석으로, 거석으로, 거암으로 우리 앞에 모습을 드러낸다. 영은 깊은 침묵이기 때문에 돌로, 암석으로, 거석으로, 거암으로 있을 뿐 아무 말도 들려주지 않는다.

앞에 소개한 루돌프 슈타이너의 세 가지에 견주어 말하면 우리 인간의 이상적인 상태는 인간에서 동물로, 동물에서 식물로, 그리고 식물에서 거암으로 돌아가는 것이야말로 오히려 행복한 길이다.

# 산호가 사라지는 바다

오키나와 이시가키섬의 산호초를 지키자는 소리가 여기저기서 나온다. 전 세계의 바다 생태계에서도 무척 귀중한 곳이라고 하는데, 그곳에 정부가 제트 비행장을 만들겠다고 한다. 산호가 떼를 지어 자라는 그곳을 메워 버리려고 하는 것이다. 지역 어민들은 물론 국제자연보호연맹IUCN에 이르기까지 반드시 막아야 한다는 목소리가 높다.

눈에 잘 띄는 숲이나 산과 달리 바다 밑은 어부밖에는 잘 모르기 때문에 산이나 숲의 문제처럼 보통 사람들의 관심을 끌기가 어렵다. 어부가 아니더라도 바닷가에 사는 사람들은 누구나 날마다 바다로부터 커다란 은혜를 입으며 살아간다. 그 사람들이 요즘 바다 오염이 매우 심각해졌다는 이야기를 자주 한다. 이시가키섬의 산호초에 비상이 걸린 것도 알고 보면 바다 오염에 따라 넓적다리불가사리가 엄청나게 늘면서 아마미와 오키나와 지역의 산호초 숲이 차례로 침식돼 왔기 때문이다. 이시가키의 산호는 오키나와 주변 지역에서는 원시 그대로 남아 있는 유일한 대군락이라고 한다.

바다 밑에서도 지금 땅 위와 같이 대규모 이변이 벌어지고 있는 셈이다. 그와 같은 일들은 산과 들의 황폐와 호응하며 하루도 빠짐없이 이 지구를 생물이 살기 어려운 환경으로 만들어 가고 있다.


8월 13일이었다. 현관에서 일을 하고 있자니 귀에 익은 자동차 소리가 들리고 얼마 뒤 차가 집 앞에서 멈춰 섰다. 도쿄에서 오봉(음력 7월 15일. 일본 명절의 하나)에 맞춰 1,800킬로미터를 날아온 둘째 아들이 탄 택시였다.

오봉 이야기도 하고 싶지만 여기서는 바다에 대해 쓰기로 한다. 오봉이 끝난 19일, 다음 날 도쿄로 돌아가야 하는 둘째와 아직 섬에 남아 있는 고등학교 2학년인 셋째, 그리고 나 이렇게 셋이서 바다에 갔다.

이번 여름은 우리 섬에서도 장마가 오래도록 그치지 않는 이상 기후가 이어지고 있었다. 그날도 잔뜩 흐린 하늘이었지만 어쩔 수 없었다. 우리 셋이 그날 노린 것은 낙지였는데, 각자 숨대롱과 물안경을 끼고 물속으로 들어갔다. 셋이 같이 몰려다니지 않고 흩어져서 더 넓게 찾아보기로 했다. 한 시간쯤 지났을까, 셋째가 큰소리를 지르기에 가 보니 낙지 발을 보았다 했다. 사오 미터 아래 커다란 바위 밑이라고 했다.

잠수를 가장 잘하는 둘째를 찾았지만 어딘가 멀리 갔는지 보이지 않았다. 둘이서 번갈아 들어가 보았지만 분명히 낙지 발이 보였다는 곳 주변에서는 아무것도 볼 수 없었다. 두세 차례 잠수를 하며 찾아보는 사이에 갑자기 피로가 밀려와 나는 낙지에 대한 집착을 잃고 바닷가로 헤엄을 쳐서 돌아왔다.

바닷가에서 보온병에 넣어 온 뜨거운 홍차를 마시고 있자니 얼마 뒤 둘째와 셋째가 돌아왔다. 한 시간 넘게 헤엄을 쳤지만 낙지만 찾느라 셋 다 잡은 것이 아무것도 없었다.

빈손으로 집에 돌아갈 수는 없는 터여서 거거를 따기로 했다. 우리 섬으로부터 오키나와까지는 샤코라 불리는 커다란 조개 거거가 잡힌다. 보통 15센티미터에서 20센티미터 크기지만 큰 것은 삼사십 센티미터에 이르기도 한다.

둘째나 셋째나 거거 따는 것쯤은 익숙해서 둘에게 맡기고 나는 이소몬이라고 하는 떡조개를 따 모았다. 한 시간이 지나니 떡조개 100개쯤에 거거 열다섯 개가 모였다. 그만하면 충분한 양이라 그날 밤에 있을 둘째의 생일 축하와 송별회를 겸한 요리를 해야 했기 때문에 조금 일찍 바다를 떠났다.

거거 요리는 조갯살을 떼어서 끓는 물에 데친 뒤 알맞게 썰어 간
장에 찍어 먹는 간단한 것이다. 조개껍질에 상처를 안 내고 조갯살
을 떼어 내는 일이 어려울 뿐이다. 법랑질로 이루어진 순백색의 그
조개껍질을 버리지 않고 살려 쓰려면 관자 부분을 중심으로 껍질
에 달라붙어 있는 조갯살을 깨끗하게 떼어 내야 한다.

조갯살을 알뜰하게 떼어 낸 뒤, 물에 씻으면 눈에 넣고 싶을 만큼
아름다운 순백색 조개껍질만이 남는데, 나는 그것을 모아 두었다
가 인연 있는 친구들에게 선물로 보내고 있다. 바깥의 아름다운 물
결무늬와 아울러 그것은 마치 바다가 보낸 신비한 선물이라 해도
손색이 없다.

하지만 요 몇 년 사이 그 순백색 법랑질 부분에 둘에 하나, 아니
셋에 둘 꼴로 녹색을 띤 티나 흑회색 혹은 갈색 티가 보이기 시작했
다. 실은 티가 붙은 것이 아니라 조개가 아픔을 느낄 만큼 오염되어
있는 증표라 해야 한다. 무슨 독이었을까? 거거는 지금 앓고 있다.

아마미나 오키나와 바다만큼은 아니더라도 우리 섬의 바다도 역
시 아름답다. 날씨가 좋은 날에는 바다는 청록빛과 자줏빛으로 흐
른다. 그 맑은 바다를 보고 있으면 그것만으로도 사람은 충분히 행
복해진다. 더구나 물고기가 뛰노는 바다다.

그 바다가 사람 눈에는 잘 띄지 않지만 조개껍질에 티가 생길 만
큼 오염돼 있다는 걸 알면 경악하지 않을 수 없다. 비행장을 만들기

위해 이시가키의 바다를 매립하는 일은 너무나도 어리석은 계획이자 그래서는 안 되는 일이다. 바다 생태계가 벌써부터 소리도 없이 나날이, 쉼 없이 파괴되고 있다는 것을 바닷가에 사는 한 사람으로서 세상에 호소하지 않을 수 없다. 우리가 바다 속에 들어가 볼 수 있는 범위는 기껏해야 10미터 정도로 바다의 아주 작은 부분에 그칠 뿐이다. 수백 미터, 수천 미터에 이르는 바다 밑에서는 지금 인간이 버린 어떤 독극물이 어떤 변화를 일으키고 있을지를 생각하면 새로운 절망감으로 가슴이 무거워진다.

# 이끼와 성서

5월의 우리 섬은 벌써 신록을 넘어서 짙은 녹색의 계절이 된다. 섬 전체가 푸른빛으로 타오르는 듯하다. 날씨가 좋은 날은 나뭇잎이란 나뭇잎은 모두 반짝반짝 빛나고, 그 사이로 스며 나오듯 새카만 제비나비가 소리도 없이 날아오른다.

어느 날, 20년 넘게 친교를 맺어 온 한 친구가 도쿄에서 홀연히 날 찾아왔다. 개인 전시회를 앞두고 우리 섬에서 그림을 몇 장 그리고 싶다고 했다. 오랜 친구가 멀리서 찾아 주는 것만큼 기쁜 일도 없다. 그것은 그동안 그와 맺어 온 교류가 진실했다는 것을 증명하는 일이기도 했고, 또한 앞으로도 그와 새로운 교류가 계속되리라는 것을 뜻하는 일이기도 했기 때문이다.

친구는 아침부터 밤까지 아무 말 없이 그림만 그렸다. 열흘쯤 머물렀는데, 밤에 잠깐 함께 술을 마시는 시간을 빼고는 계속 그렸다. 그림을 그리는 동안, 본인은 어땠는지 모르지만 옆에서 보기에는 무척 즐거워 보였다. '그림이란 저렇게 집중을 할 수 있는가 보구나!'하고 부러운 생각이 다 들 정도였다.

스케치북에 수채로 그린 소품 한 점을 보여 주었는데, A4 크기의 화폭에는 커다란 참나무 밑에 자라는 이끼가 그려져 있었다. 말 그대로 녹색이 불타는 듯한 5월에 우리 섬에 와서 산을 그리지 않고, 또한 소리 높여 흐르는 맑은 강을 그리지 않고, 참나무 아래 돋아난 이끼 같은 것을 그린 것이다. 나는 주제를 고르는 방식에 감동했으나 특별히 놀라지는 않았다. 친구는 그런 사람이었고, 그런 일에서 오히려 그의 진면목이 잘 드러났다. 참나무 밑둥치에 푸른 섬처럼 이끼가 군데군데 무리를 지어 자라는 밝은 느낌의 그림이었다. 큰 나무 밑에 깃들어 사는 이끼의 작지만 싱그러운 삶이 잘 드러나 있었다.

암사슴이 시냇물을 그리워하듯

하나님, 제 영혼이 당신을 이토록 그리워합니다.

제 영혼이 하나님을, 제 생명의 하나님을 목말라합니다.

그 하나님의 얼굴을 언제나 뵈올 수 있겠습니까?

사람들이 제게 온종일

"네 하나님은 어디 계시느냐?" 빈정거리니

낮에도 밤에도 제 눈물이 저의 음식이 됩니다.

영광스러우신 분의 초막,

하나님의 집까지 환호와 찬미 소리 드높이

축제의 무리와 함께 행진하던 일들을 되새기며

저의 영혼이 북받쳐 오릅니다.

네 영혼아, 어쩌하여 녹아내리며 내 안에서 신음하느냐?

하나님께 바라라. 나 그분을 다시 찬송하게 되리라.

나의 구원, 나의 하나님을.

〈구약성서〉시편 42편

　

그 친구는 〈구약성서〉를 읽는 사람이었다. 읽는다고 하기보다는 읊는다고 하는 쪽이 더 정확할지도 모른다. 한 권의 경전을 읽을 때 우리는 읽는다기보다는 자신의 마음을 읊는 것이기 때문이다.

친구는 이렇게 말했다.

"〈구약성서〉의 세계는 문자 그대로 신화의 세계지만 그 세계는 그 시대의 그 세계에만 있는 것이 아니라는 게 내 생각일세. 이 20세기 말에도 눈을 부릅뜨고 살피면 똑같은 신화가 똑같은 방식으로 우리 앞에 나타나고 있다는 걸 알 수 있으니까. 그 신화에서 진지하게 배우고, 그리고 배운 것을 실천하며 사는 것이야말실의 시대를 사는 우리의 임무가 아닐까 하는 것이 구약을 보는 내 시각일세."

그 친구와, 홋카이도에서 온 조용한 성품의 여성 한 사람, 그리고 우리 집 막내 미치토 이렇게 넷이 하루 날을 내어 시라타니운스이 협곡이라 불리는 산에 올랐다. 그곳은 해발 천 미터쯤 되는 경승지로 3천 년을 살아온 거대한 야요이 삼나무(둘레 810센티미터, 키 26미터)의 자생지이기도 했다. 그날은 비가 내려 임도를 따라 차로 올라갈 수 있는 만큼 올라간 뒤에 나는 위아래 비옷 차림으로, 나머지 사람들은 우산을 들고 숲으로 들어섰다. 경승지를 함께 둘러보기에는 맑은 날이 좋겠지만 비 오는 날은 비 오는 날대로 맛이 있으리라는 생각 아래 우리를 빼고는 아무도 없는 원시의 숲을 천천히 걸어서 올랐다.

한 아름, 혹은 두 아름이 되는 큰 나무들이 숲의 주역이었다. 습기를 머금은 더없이 맑은 공기를 즐기면서 오르다 보니 길 여기저기에 흰색과 분홍색 꽃들이 눈에 띄었다. 철쭉꽃이었다. 절로 나 자라는 철쭉은 큰키나무 아래에서 자라는 떨기나무로 이삼 미터쯤 되는 가지 끝에 꽃을 피우고 있었다. 시라타니운스이 협곡의 숲은 야요이 삼나무와 같은 거대한 나무들이 깃든 숲이면서, 또 그렇게 떨기나무인 철쭉의 숲이기도 했다. 그날 숲에는 철쭉꽃이 피어 있었고, 하늘은 밝았다. 밝은 하늘에서 내린 비가 조용히 철쭉 줄기를 타고 흘러내렸다.

길에는 떨어진 철쭉 꽃잎 주변으로 빼곡하게 이끼류가 자라고 있었다. 이끼는 돌이나 바위나 나무 뿌리를 가리지 않고, 친구의 화폭 속에 담긴 이끼처럼 밝고 촉촉하게, 녹색의 작은 별 모양으로 촘촘히 나 있었다.

아아 하나님.

제가 마음 깊은 데서 당신께 부르짖으니

하나님, 저의 소리를 들어 주소서.

하나님, 당신께서 죄악을 살피신다면

그 누가 그 앞에 떳떳할 수 있겠습니까?

그러나 당신께는 용서가 있으니

사람들이 당신을 경외하리이다.

제 영혼이 하나님, 당신을 기다리옵나이다.

당신의 성스러운 말씀에 희망을 품사옵니다.

〈구약성서〉 시편 130편

속이 들여다보일 만큼 투명한 빗물이 한 그루의 커다란 나무 둥치를 따라 떨어졌다. 나는 한 포기 이끼가 되어 그치지 않고 떨어지는 그 빗물을 두 손으로 받아 마셨다.

# 4

## 지구, 우주의 한 마을

# 산에서 사는 즐거움

수국의 원종으로 알려진 산수국의 한철이 지나고 치자나무꽃이 순백의 향기를 내뿜고 있는 요즘 NHK로부터 기묘한 제안을 하나 받았다.

나는 텔레비전이 나오지 않는 지역에 살고 있어 그에 관해서는 아주 어두운데, 그런 내게 〈국보를 찾아서〉라는 방송에 출연해 주었으면 한다는 제안이었다. 텔레비전과 친하지 않을 뿐 아니라 국보 같은 것에는 더욱 어두운 나로서는 무엇을 어떻게 해야 할지 전혀 알 수 없었지만 들어 보니 이야기는 이러했다.

중국 진나라 말기에서 명대 초기에 걸쳐서 활약한 이어라는 문인이 있다. 이어는 도시를 버리고 이산이라는 두메산골에 틀어박혀 요즘 말로 하면 자연생활을 즐겼다. 거기에 벗들이 찾아와 이런

궁벽한 곳에서는 생활에 필요한 것들을 얻기가 불편하지 않느냐고 물었다. 이어는 그 자리에서 '열 가지 편리하고 좋은 점'이라는 시를 지어 친구들의 물음에 답했다. 이 시는 중국 문인들 사이에서도 잘 알려진 것으로, 일본에서는 에도시대에 남종화(문인화) 쪽 사람들 사이에서 널리 사랑을 받았다 한다.

여기서 자세히 쓰기는 어렵지만, 일본의 남화를 대표하는 이케노 다이가와 요사 부손이 각기 이것을 그림으로 그렸다고 한다. 다이가가 '열 가지 편리한 점'을, 부손이 '열 가지 좋은 점'을 맡아 그린 것이 남아 있다고 했다. 이것이 국보로 지정되어 현재는 가와바타 야스나리 기념회가 보관하고 있으니 부디 그것을 취재하는 데 출연해 달라는 것이었다.

편리라는 말은 내가 아무리 해도 좋아할 수 없는 말 가운데 하나다. 하지만 사전을 들춰 보니 편리의 편便이라는 글자에는 평온함, 마음의 여유, 편히 쉼과 같은 뜻이 담겨 있고, 이어의 말대로 시골 생활의 편안하고 여유 있는 세계를 취재하는 것이라면 받아들여도 좋겠다 싶었다.


다이가가 그린 '열 가지 편리한 점' 가운데 하나에는 물에 관한 것이 있다. 시골 생활은 물 끌어들이기가 편리하다는 것이다. 이어의 원래 시에는 "우리 집 부엌은 샘물과 담 하나 거리에 있어 대나무 하나로 물을 끌어올 수 있다. 이보다 어찌 더 편리할 수 있으랴! 그 물로 좋은 차를 우려 손님과 나누면, 차에서는 샘에 있던 돌, 그 돌의 깊은 곳에서 스며 나온 향기가 난다."고 되어 있다. 한문으로 읽으면 더욱 격조가 있겠지만 물맛에 스민, 돌 깊은 곳에서 스며 나온 향기까지 맡는다는 데는 놀라지 않을 수 없었다.

우리 집 물도, 대나무로 끌어오는 풍류까지는 아니더라도, 이 마을에 있는 샘 가운데 하나에서 직접 끌어온다. 큰비로 샘이 탁해지면 수도꼭지에서 나오는 물도 탁해지며, 가는 나뭇잎이나 모래가 섞여 나오는 일이 있기는 하지만, 그래도 우리는 조금도 걱정하지 않는다. 그 샘은 믿을 수 있기 때문이다. 언제나 최고의 물맛이 나기 때문이다. 산에서 나는 물을 그대로 마실 수 있는 이런 편안함과 안도감은 산에 사는 사람들의 아주 큰 행복 가운데 하나다. 나는 차 마시기를 좋아하여 하루에 다섯 잔, 때로는 열 잔씩 차를 마시는데, 이런 즐거움은 차를 좋아하는 손님이 있으면 더욱 깊어진다. 나는 땀을 흘리며 일을 한다는 점에서 일 없이 차를 마시는 이어의 문인 사상에는 동의할 수 없는 처지다. 하지만 돌의 정수에서 스며 나오는 향기 나는 물을 좋아하는 데에는 누구에게도 뒤지고 싶지 않다.

우리가 마시는 산의 샘물조차도 체르노빌 핵발전소 사고 이후에는 아주 적은 양이라고는 해도 방사능에 오염되어 있을 것이 틀림없고 보면 더 이상 그냥 앉아 있을 수만은 없다. 한편으로는 아무리

산간벽지에 살더라도 핵발전에 기댄 오늘을 사는 우리는 지구의 운명에서 도망칠 수 없다는 것도 사실이다.


'열 가지 좋은 점' 중에는 비에 관한 것도 있다. 비 또한 좋다는 뜻으로, 본래 내용은 다음과 같다.

"시냇물이 불며 물소리가 높이 울려 퍼진다. 돌아가는 어부나 나무꾼의 모습이 추워 보인다. 골짜기나 산이 비에 휩싸여 어둑해진다. 자연은 한 시인에게만 이런 풍경을 보여 준다."

올해 장마는 예년과 달리 즐겁게 보낼 수 있었다. 아침에 일어나 비가 내리는 소리를 들으면 비야말로 좋은 것이라는 사실이 느껴진다. 커튼을 열면 창 너머로 뒤뜰에 수백 송이나 되는 산수국꽃이 피어 있는 것이 보였는데, 그것이 내 가슴을 밝혀 주었다.

모든 수국꽃은 다 그렇지만 산수국꽃도 맑은 하늘 아래서는 아름다움이 크게 숙진다. 비가 내리면 내릴수록, 세상이 어두워지면 어두워질수록 꽃들은 본래의 고귀함과 가련함으로 빛난다.

나는 비가 내리는 날에도 비옷을 입고 밭에 나간다. 이어처럼 일 없이 '바라보는 자'의 처지에서는 빗속에서 농사일하는 사람이 추워 보일지 모르지만 실제로 비옷을 입고 밭에 앉아 보면 비의 참다운 맛은 그런 가운데 있다는 것을 잘 알게 된다.

쏟아지는 비를 맞으며 낫으로 풀을 베다 보면 차츰 자신이 인간이기보다는 식물과 비슷한 존재라는 것을 느낀다. 피하지 않고 그 냥 비를 맞는 식물들의 고요와 기쁨이 가슴 안으로 분명하게 전해 지는 것이다. 인간의 의식과 기술이 진화하여 자연을 지배하는 쪽 으로 나아갈 것인가, 아니면 자연과 공생하는 방향으로 나아갈 것 이냐를 선택해야 한다면 나는 물론 후자다.

비를 맞고 있는 식물들의 고요와 기쁨이 그것을 말없이 증명해 준다. 연출자에게 비 내리는 밭의 풍경을 찍자고 제안했고, 그도 그 제안을 반겼지만 아쉽게도 촬영을 하는 사흘 동안에는 장마철이었 는데도 하늘은 한 방울의 비도 주시지 않았다.

# 들꽃을 보며 큰 산에 오르다

도쿄에서 친한 친구 부부가 왔다. 그 부부도 바라고 나 또한 좋아서 오랜만에 조몬 삼나무를 뵈러 가기로 했다.

우리 섬 최고봉인 미야노우라산은 규슈와 오키나와를 통틀어 가장 높은 산이기 때문에 섬이라지만 산에 한 발 들여놓으면 그대로 심산유곡이다.

산이 높은 우리 섬에서는 오랫동안 산악신앙의 전통이 이어져 왔다. 미야노우라산 정상에는 사당이 하나 있는데 이것은 아마도 신과 부처를 함께 섬겨 온 근세 일본 특유의 민속신앙의 자취로 보아야 할 것이다. 그보다 더 오래전에는 산 전체를 신의 몸으로서 숭배하며 기려 왔으리라고 나는 추측하고 있다. 산 그 자체를 신으로 우러르며 모셔 온 옛 전통은 일본의 여러 좋은 전통 가운데서도 특별히 중요하다. 우리 삶의 바탕이 자연에 있다고 보는 오늘날의 생태학적 관점과도 일치하는, 앞으로도 영구히 지켜 가지 않으면 안되는 전통이라고 나는 본다. 신이란 눈에 보이지 않은 어떤 존재를 뜻하지 않는다. 산이 곧 신이고, 바다나 강이 그대로 신인 것이다. 최초에 산이 있고, 그리고 사람이 있는 것이지 그 반대란 결코 있을 수 없다는 것이 산악신앙의 출발점이다.

기소의 온타케산은 일본 열도 여기저기에 흩어져 있는 산악신앙 가운데 특히 눈여겨볼 만한 산이다. 그곳에는 온타케교라는 고유한 신앙 단체가 있다. 온타케교 신자들이 죽으면 그의 영혼이 산으로 돌아가는데, 그 하나하나를 ○○영신靈神이라는 이름의 신으로 모신다. 온타케산 뒤쪽 길에는 이렇게 산의 영혼으로 돌아간 ○○영신들의 돌비석이 무수히 서 있는 것을 볼 수 있다. 그것은 산에서 태어나 산과 함께 살다가 산으로 돌아가는 인간 본연의 모습이 전형적으로 나타난 풍경이라 할 수 있다. 우리 섬의 산악신앙은 그 정도는 아니지만 섬에서 태어나 섬에서 살다가 섬에 묻히는 섬 주민의 삶은 기소의 산악신앙과 본질에서는 다를 바가 없다.

큰 산 참배 관습에 따라 우리는 먼저 바다로 가서 바닷물에 두 손과 두 발을 씻었다. 그 뒤, 차로 오를 수 있는 곳까지 갔고, 거기서부터는 걷기 시작했다.

이번 산행은 처음부터 끝까지 들꽃과 함께였다. 처음에는 수국과 비슷한 야쿠시마산수국의 새하얀 꽃이 길 어디나 피어서 우리를 반겼다. 그 꽃은 이 세상의 것이라고는 생각할 수 없을 만큼 아름다웠다. 산이 산인 동시에 신이라면 산에 피는 꽃은 꽃인 동시에 정령이라고 할 수 있는데, 정말로 꽃이라고 하기보다 정령이라 불러도 손색이 없을 듯한 아름다움이었다. 뒤로는 마가목꽃이 나타났다. 이 꽃도 흰 빛깔 꽃이었다. 마가목은 자귀나무와 비슷한 느낌으로 골짜기와 산비탈 여기저기에 향기 좋은 꽃을 곱게 피우고 있었다. 마가목은 본래 북쪽에서 자라는 나무다. 그것이 섬에서 무리를 지어서 자라고 있는 것은 우리 섬의 산이 그만큼 높다는 뜻이었다.

해발 1천 미터를 지난 순간부터는 노린재나무꽃이 보이기 시작했다. 그 꽃 또한 흰색이었다. 그리고 야쿠삼나무, 전나무, 솔송나무 같은 바늘잎나무가 나타났다. 바늘잎나무와 늘푸른넓은잎나무가 뒤섞여 이루어진 원시림 아래에 떨기나무인 노린재나무가 자라고 있었다. 떨기나무라고는 하지만 큰 것은 삼사 미터나 된다. 노린재나무가 가득 자라는 모습은 우리 섬의 숲이 지닌 특징 가운데 하나라고 해도 틀림없었는데, 그때 한창 나무에 꽃이 피어 있었다. 살짝 어두운 숲속에서 노린재나무꽃은 마치 눈이라도 내린 듯이 하얗게 무리를 지어 피어 있었다.

친구 부부와 나, 이렇게 세 사람 말고는 아무도 없는 산을 우리는 천천히 올라갔다. 산속의 오두막에서 하루를 묵을 예정이라 서두를 일이 없었다. 힘들면 쉬면서 주변을 둘러보고, 나무 내음을 들이마시며, 꽃의 정령과도 만나고, 아래로 콸콸거리며 흘러 내려가는 시냇물 소리도 들으면서 천천히 올라갔다.

목적지였던 조몬 삼나무에 당도한 것은 이미 오후 7시 가까운 시각이었다. 도쿄보다 훨씬 해가 늦게 지는 이 섬에도 저녁 어둠이 내리고 있었다. 수령이 7천2백 년이라고들 하는, 붓다가 깨달음을 얻은 일은 물론 노자가 하늘로 올라간 것, 그리스도가 십자가 위에 못 박힌 일까지 모두 지켜보아 왔을 것이 틀림없는 그 할아버지 삼나무는 어둠이 밀려오는 숲속에서 홀연히 모습을 드러냈다. 숨이 차는 일이 없을 만큼 천천히 걸어온 우리는 그 앞에 이르러 가져온 쌀과 소금을 바치고 곡주 병마개를 따고 그 안의 술을 조몬 삼나무 아래에 뿌렸다. 향을 피워 올린 뒤, 두 손을 모으고 손뼉을 쳤다. 붓다를 뵐 때 제자들이 했던 것처럼 오른쪽으로 그 나무를 한 바퀴 돈 뒤 다시 정면에 무릎을 꿇고 앉아 합장하고 손뼉을 쳤다. 어둠이 밀려오고 있어 200미터쯤 위에 있는 오두막까지 가는 길을 서둘러야 했지만 우리는 산 정상을 오르는 것이 목표가 아니었다. 다음 날 아침 다시 삼나무로 돌아오면 되는 등산이라 아쉬울 것이 없었다.

다음 날은 조금 발을 넓혀 마침 꽃 필 때가 된 야쿠시마석남을 보러 갔지만, 올해는 꽃이 적어 좀처럼 눈에 띄지 않았다. 마침내 단 한 송이 짙은 분홍빛 꽃망울을 만났고, 더 찾아다니다 아직은 꽃망울 상태인 한 무리의 석남과 마주할 수 있었다. 그리고 마지막으로 단 한 송이 담백하게 꽃을 피워 올린 석남을 만났는데, 그것은 꽃 그 자체가 그대로 정령이었다. 동시에 친절한 산의 마음이기도 했다. 그랬다. 한 송이 석남꽃은 산이 자신의 마음을 담아 우리에게 준 선물과 같았다. 조몬 삼나무를 성스러운 노인이라 부른다면 석남꽃은 성스러운 소녀였다. 예부터 산을 신으로 보아온 데는 까닭이 없지 않다. 산에는 눈에 보이는 신비가 넘치고 있기 때문이다.

# 아버지의 죽음

　멀리 머물던 태풍 7호가 무슨 생각을 했는지 북위 30도 부근까지 북상한 뒤로는 그대로 우리 섬이 있는 정서쪽으로 방향을 틀고 전속력으로 몰려왔다. 7년 전 우리가 섬으로 막 이사를 온 해에도 역시 7월 말에 태풍이 왔지만 뒤로는 그런 일이 없어 설마하고 있던 만큼 당황하지 않을 수 없었다. 아직 7월 말이니 태풍은 오지 않으리라고 굳게 믿고 있다가 허를 찔리며 어어, 하는 새에 7호 태풍이 우리 섬에 다가왔다. 그것도 도중까지는 평범한 중형 태풍이었는데 섬과 가까워지면서 기압이 떨어지더니 이웃 다네가섬과 우리 섬을 폭풍우권으로 휘몰아 넣었고, 그때는 950밀리바짜리 강한 태풍으로 발달해 있었다.

　나는 태풍이 가까이 올 때마다 라디오에서 전하는 대로 현재 위치와 방향 따위를 일기도에 써넣어 가며 나름대로 관측을 하고 있는데, 이번 7호 태풍은 섬을 정면으로 덮치며 지나갔다. 섬 기상대 관측으로는 순간 최대 풍속이 초당 38미터라지만, 곳에 따라서는 40미터를 넘긴 곳이 많았을 것이다.

라디오에 따르면 태풍은 7월 29일 한밤중에 우리 섬을 통과했다. 우리 집은 이미 정전이 돼 촛불을 켜고 불어오는 바람 소리와 쏟아지는 빗소리를 듣고 있을 때였다. 풍속 30미터를 넘는 바람이 밀어닥치는 모습은 큰 파도가 바다에서 해변으로 밀려오는 것과 같았다. 바람은 골짜기 아래쪽에서부터 큰 소리를 내며 순식간에 다가와 집을 뒤흔들고 지나갔다. 하나가 지나갔는가 하면 곧이어 또 다른 바람이 불어와 집을 흔들고 지나갔다. 그러면 집이 삐걱삐걱 울며 지진이라도 만난 것처럼 크게 흔들렸다. 그럴 때는 천장에서 검댕과 작은 먼지 따위가 가득 떨어져 내리고는 했다. 그런 충격이 수십 차례 계속되면 아무리 태풍을 계산에 넣고 지은 섬마을 집이라도 마침내는 쓰러져 버릴지도 몰랐다.

고맙게도 이 돌풍은 그렇게 오래 계속되지는 않았다. 서너 차례 밀려와 그 안에 있는 나를 바짝 쪼그라들게 만든 뒤에는 잠시 동안 오지 않고 멀리서 윙윙 울고 있을 뿐이었다. 이것도 파도와 비슷했다. 파도가 치는 데도 주기가 있어 두 번인가 세 번 큰 파도가 밀려오면 그 뒤로는 잠시 작은 파도가 이어지는데, 태풍의 바람도 그와 같았다. 잦아드는 듯한 바람이 잠시 이어지고, 이미 최고점을 넘어 섰나 싶을 때 다시 멀리서 고오, 하는 소리가 들리며 거센 바람이 불어와 집을 거칠게 훑고 지나간다. 그러면 우리 집은 거세게 요동을 치며 크게 비명을 지른다. 이런 일이 몇 시간 계속되다가 조금씩 거센 바람이 오는 간격이 벌어지면 아아, 드디어 한고비 넘겼구나 하고 안심을 하게 되는 것이다.

태풍은 웬일인지 주로 밤에 몰려온다. 그리고 태풍이 오면 반드시 정전이 된다. 촛불에 의지해 하룻밤 집 안에 가만히 앉아 태풍이 지나가기를 기다리는 것이 내가 세울 수 있는 유일한 태풍 대책이다. 그렇게 그 긴 밤이 지나면 한 일이 아무것도 없는데도 몸과 마음이 녹초가 된다. 아무리 집 안에서 마음을 써 봐야 날아갈 기와는 날아가는 것이고, 비가 샐 곳은 샐 것이라는 것을 잘 알고 있으면서도 안절부절못하며 밤을 난다.

날이 샌 뒤 아직도 때때로 거센 바람이 불어오고, 두터운 구름으로 뒤덮인 하늘 아래로 나가 보니 무참하게 망가진 남새밭이 제일 먼저 눈에 들어왔다. 막 한창때를 맞아 밥상을 푸짐하게 해 주던 오이, 가지, 토마토, 피망, 고추, 콩, 오크라, 여주 따위가 마치 전쟁 뒤끝처럼 잎사귀를 뒤집은 채 쓰러져 있었다. 머잖아 밥상에 오를 옥수수도 모두 쓰러져 다시 살리기는 어려워 보였다. 닭장도 한쪽이 납작하게 내려앉아, 그곳으로 비가 샜다. 눈을 가리고 싶은 풍경이었다. 심신에 피로감이 덮쳐 왔다.

꺾인 나뭇가지나 쓰러진 나무가 여기저기 흩어져 있는 길을 따라 아랫마을까지 가 보니 거기서는 사람들이 아무 일도 없었다는 듯한 얼굴로 일찌감치 망가진 집이나 마당 복구에 달려든 참이었다. 놀랍게도 그 낯빛에는 나처럼 실망한 기색이 하나도 없었다. 실망은커녕 톱질을 하고 못을 박는 이들의 얼굴에는 즐거운 듯한 웃음까지 보였다.

그들은 태풍이 오기 전에 자신이 할 수 있는 방비를 다 하고, 밤에는 모든 것을 하늘에 맡기고 푹 잤을 것이다. 그리고 아침을 맞아 피해를 살펴보고 망가진 데를 고치는 일에 덤벼들었을 것이 틀림없었다. 적어도 나처럼 밤새 잠을 설치며 안절부절, 초조해한 사람은 없을 것 같았다.

태풍이 잦은 이 섬에서 선조 대대로 이어서 살아온 사람들이다. 해마다 두세 차례는 반드시 오는 태풍을 상대로 그때마다 낙심을 해서는 살아갈 수 없다는 것을 섬사람들은 이미 잘 알고 있었을 것이다. 태풍이 지나간 다음 날 아침에 웃으면서 일어설 수 있는 것은 우리 섬의, 아니 모든 섬의 깊은 전통이 그렇게 시키기 때문이고, 그것은 흔들림 없는 섬의 한 문화유산이었다. 피할 수 없는 것이라면 그것이 지나가는 사이에는 가만히 그것을 견디고, 지나간 뒤에는 바로 할 수 있는 일을 하면 되는 것이다. 그것이 가장 좋은 태풍

대책이다.

뇌졸중으로 쓰러져 넉 달 정도 입원해 계시던 아버지가 올 7월 21일에 병이 재발하며 갑자기 이 세상을 떠났다. 떠나시는 걸 곁에서 지켜보지 못했다. 달려가 관 뚜껑을 열고 보았을 때, 거기에는 빛나는 부처의 모습이 있을 뿐이었다. 죽음이 아버지를 덮치고, 태풍이 섬을 덮치는 것은 피할 수 없는 일이다. 피할 수 없는 일이라면 따르는 수밖에 없다. 그런 자세가 톱을 손에 들고 웃는 아랫마을 사람들의 햇살에 그을린 얼굴이었다. 달리 길이 없다. 마음 편히 받아들이고, 해야 할 일을 할 뿐인 것이다.

# 정령들의 응답

　터널을 빠져나오자 열차는 규슈에 접어들었다. 하카타에서 서西 가고시마행 특급으로 갈아탄 뒤, 구루메를 지날 무렵에는 창밖 풍경에서 공업지대의 분위기가 차츰 사라져 갔다. 그것만으로도 같은 열차 속에서도 왠지 한시름 놓이는 듯한, 그때까지와는 다른 시간이 흐르기 시작했다. 구마모토를 지나고 미나마타를 지나서 가고시마현에 들어서자 이윽고 지는 해가 비쳐 들며 한갓진 시간은 더욱 농도가 짙어졌다. 공업지대의 웅성거림은 멀찍이 사라지고 자연, 곧 산과 숲과 강으로 되돌아가는 시간이 지배하기 시작했던 것이다. 이즈미, 센다이, 구시키노 같은 역을 거쳐 서가고시마 역 (최근에 '가고시마 중앙 역'으로 이름이 바뀌었다.)에 도착하니 가슴속 에서는 이미 부 ─, 부 ─ 뱃고동 소리가 들려왔고, 저 멀리 외딴섬의 풍경이 보이기 시작했다. 하지만 그날은 배가 더 있을 리 없어 하룻밤에 만 5천 원 하는 단골 숙소에서 묵어야 했다. 우리 섬으로 가는 배는 다음 날 아침 8시에 떠난다.

내가 탄 배는 두 시간쯤 걸려 파도가 잔잔한 긴코만을 지나갔다. 이오우섬과 다케섬을 오른쪽으로 지나 점심때가 되자 입항 30분 전이라는 방송이 나왔다. 선실에서 나와 갑판에 올라가니 눈앞에 어느새 '우리 섬'이 된 야쿠섬이 파란 하늘 아래 조용히 자리 잡고 있었다. 작은 섬이지만 규슈 지방에서 가장 높은 미야노우라산과 나가타산이 눈에 쌓여 하얗게 빛나고 있는 게 보였다. 여기까지 오면 시간은 앞으로 내달리는 공업 문명의 시간도 아닐뿐더러 그저 돌고 도는 자연의 시간도 아니다. 다만 나날이 바뀔 뿐인 또 하나의 더욱 깊은, 무시간이라 불러 마땅한 어떤 것으로 바뀌어 간다. 정령이 사는 산 쪽으로 두 손을 모으고 서서, 내 삶이 산의 정령들과 함께하는 동시에 인류 전체에 도움이 되는 쪽으로 나아가기를 기도했다.


달이 좋은 어느 밤이었다. 그날도 나는 집 밖에 나와 길가에 놓인 나무 의자에 앉아 달을 바라보고 있었다. 달은 저쪽 미타산 위 하늘에 떠서 변함없이 조용히 빛나며 하계를 비추고 있었다. 닭장 안의 닭들은 깊이 잠이 들었고, 산양 우리의 산양도 소리 하나 내지 않고 자고 있었다.

그 어느 순간이었다. 그때 나는 나도 모르는 충동에 사로잡혀 달을 향해서도 아니고, 아무 말이 없는 산을 향해서도 아니고, 또한 수풀이나 강을 향해서도 아니고, 굳이 말하자면 존재하는 모든 것을 향해 "정령들이여!" 하고 불러 보았다. 그러자 그 순간 세계가 변하며 수풀이 사락사락 소리를 냈다. 흐르는 강물 소리도 커졌고, 어둠 속에서는 무엇인가가 조용히 울려 퍼지는 소리가 들려왔다. 나는 그 움직임에 온몸으로 귀를 기울였다.

수풀이 소리치고, 강물이 크게 울릴 뿐 정령들은 더는 어떤 말도 행동도 보여 주지 않았다. 나는 다시 한 번 가슴속으로 '정령들이여!'라고 말없이 불러 보았다. 그러자 이번에는 열매를 맺은 귤나무 잎사귀들이 일제히 달빛을 받고 반짝반짝 빛나는 것이었다. 흠뻑 밤이슬에 젖은 귤나무 잎사귀 수백 장이 모두 금빛이 되어 춤을 추듯이, 하지만 깊은 고요 속에서 빛나고 있었다.

정령들의 세계로 한 발 더 들어가고 싶은 생각이 없지는 않았지만 둘러보면 귤나무만이 아니라 텃밭에도 발밑의 들풀들에도 금빛이 홍수 지고 있었다. 몸을 가진 채 그보다 더 정령들의 세계에 들어가는 것은 내가 할 수 있는 일이 아니었다. 아마미의 유타나 오키나와의 노로처럼 샤먼이라 불리는 이들이라면 그럴 수 있을지도 모른다. 하지만 나는 일개 시인이자 농부에 지나지 않았다. 이 세상이 너무나 쓸쓸해서 나도 모르게 정령들이여, 하고 불러 본 것에 지나지 않았다. 그래도 조용한 금빛 홍수 속에서 나는 나뭇잎 한 장한 장에, 풀에, 돌이나 묵묵히 서 있는 나무 둥치에 정령들이 깃들어 있는 것만은 분명히 알 수 있었다.

정령이라는 이름은 옛날부터 알고 있었다. 님, 혹은 신, 혹은 여래라고 하는 이름을 옛날부터 알았던 것처럼 정령이라는 이름도 알고 있었다. 하지만 어떠한 말이 진실이 되고 그 말의 진실이 빛나는 것과, 그 말을 그저 알고 있는 것 사이에는 넘어가지 않으면 안되는 깊은 여행이 있다.

그날 밤 나는 처음으로 무슨 이유에서인지 정령들이여, 라고 정령을 부름으로써 정령을 만났던 것이다. 그것은 그때까지 내가 걸어온 신을 향한 여행, 관세음보살을 향한 여행, 여래를 향한 여행, 곧 나를 향한 여행과 다른 길에 있는 것이 아니었다. 같은 길 위의 같은 여행이면서 신도 님도 아니고 여래도 관음도 아니고 정령이라 불러 마땅한, 어떤 미묘한 세계의 들머리에 그날 밤 나는 서게 되었던 것이다.

여러 번 되풀이하지만 나는 공업 문명 사회를 모조리 부정하는 자는 결코 아니다. 이 문명사회 속에 머물면서 슬픈 일이 더 적은, 좀 더 인간다운 사회를 좇고 있는 것에 지나지 않는다.

인간은 계속해서 신을 찾아 왔다. 고대부터 수백 수천이나 되는 이름으로 그것을 찾아 왔고, 이윽고 돈이라는 형태로 불완전한 가운데 그것을 손에 넣었다고 여긴다. 돈이라는 현대의 신을 손에 넣기만 하면 그것이 자신의 모든 소원을 이루게 해 준다고 사람들은 굳게 믿고 있다.

하지만 돈 신을 향한 열망이 결국에는 핵무기를 만들어 내고, 핵발전소를 만들어 내고, 전쟁을 일으키고 있다는 것을 알 때 이 신 또한 당연히 만능이 아니라는 것이 확실해진다. 앞으로 우리가 만들어 가야 할 사회는 모든 이가 함께 긍정할 수 있는 '지구'라는 어머니 신에 바탕을 두고 그 말씀을 들으며 부의 불평등을 비롯하여 국경을 해소, 곧 풀어 없애 가는 쪽으로 나아가야 한다.

정령들이여, 라고 불러 보면 그대도 알게 될 것이다. 그 순간 도시 문명이 버리고 온 무수한 생명이 말없이 그대의 부름에 응답할 것이다. 그때 얼마쯤이라도 그것들과 사귈 수 있다면, 그대는 문명이 가져다주는 것보다 훨씬 크고 깊은 기쁨의 세계를 거기서 경험하게 된다는 걸 알게 될 것이다.

## 정토와 예토

올해야말로 자급용 보리를 심자는 목표로 날마다 10킬로미터쯤 떨어진 이웃 마을을 오가고 있다. 그곳에 빌린 밭이 있다. 바다가 내려다보이는 조금 높은 땅으로 넓이가 300평쯤 된다. 평소 산골짜기 좁은 밭만 갈아 온 나로서는 무척 넓고 크게 느껴지는 밭이다. 또한 섬에서는 보통 밭이라면 모두 산속에 있어서 바다가 보이는 밭이 드문데, 그 밭만은 바다가 보여 쉴 때는 먼바다까지 바라볼 수 있어 좋다.

300평 넓이는 괭이로 밭이랑을 타기가 쉽지 않지만 초조해할 것 없이 한 삽 한 삽 천천히 땅을 파 나간다. 돈벌이를 위한 보리 농사라면 이런 비능률적인 작업을 할 수 없겠지만 집에서 먹자고 짓는 것이라, 만약 씨 뿌릴 무렵까지 밭이랑을 다 만들지 못하면 만든 땅에만 보리를 갈고 남은 밭에는 다른 채소라도 심으면 된다. 그런 내 모양을 차마 그냥 볼 수가 없다는 듯 기계로 갈아 주려느냐는 이도 있지만 몸을 쓸 수 있는 한은 내 발과 허리로, 손과 마음으로 밭을 갈고 싶다.

날이 저물 때면 허리가 끊어질 듯이 아플 만큼 괭이질은 결코 쉬운 일이 아니다. 하지만 직접 흙과 함께하는 즐거움을 생각하면 관리기의 도움을 얻을 생각이 들지 않는다. 다른 사람들이야 모르겠지만, 내 발과 허리로 땅을 딛고 서면 아시아나 아프리카의 굶주린 농민과 마음에서 서로 하나로 통할 수 있다는, 그러한 기쁨이 마음속에 깃든다. 기계 자체를 부정하는 것은 아니다. 하지만 기계에 (기계문명 때문에) 수탈을 당하는 이도 있는 것이 사실이고 보면, 나로서는 기계가 아니라 몸으로 일하며 땅과 함께 사는 사람들을 더 가깝게 느끼고 싶은 것이다. 물론 그런 대의명분 때문에 농사를 짓는 것은 아니지만 가끔 바다를 바라보며 한 삽 한 삽 땅을 파다 보면 불가사의하게 그런 경험도 하게 된다.


후쿠오카 마사노부는 시코쿠의 에히메현에서 자연 농법으로 농사를 짓는 이로 이름이 높다. 그는 논밭을 갈지 않고, 비료도 하지 않고, 농약 또한 쓰지 않으면서도 300평에서 쌀 400킬로그램을 거둬들인다고 한다. 그 사람 아래서 오랫동안 자연 농법을 배운 친구가 최근 2년간 무슨 이유에서인지 우리 섬에 와 있다. 아프리카에 가서 아프리카 농민들과 함께 자연 농법으로 농사를 지으며 살고 싶다는 말도 하고 있어 언제까지 이 섬의 주민으로 살지는 알 수 없 지만 때로 얼굴을 마주칠 때마다 그는 내게 후쿠오카 마사노부 선 생의 제자다운 조언을 해 준다.

작년에 있었던 일이다. 내 허리에 자신을 거의 잃은 데다 기력도 떨어져서 중고 관리기라도 하나 사는 것이 좋지 않겠나 망설이고 있을 무렵 그에게 의견을 물은 적이 있다. 그러자 그는 한마디로 이 렇게 말했다.

"가장 편한 것은 괭이 하나로 농사를 짓는 것이다."

그 말을 듣고 내 몸 안에서 깊이 이해가 되는 것이 있었다. 그때 내 기분은 관리기를 사기 직전까지 가 있었다. 이미 관리기 관련 광 고지 따위가 눈에 들어오던 때였는데 그의 그 한마디로 관리기는 순식간에 내게서 흔적도 없이 사라져 버렸다.

신기하게도 그 뒤로 사라졌던 기력이 되살아났고, 여전히 자신 은 없었지만 허리가 부실하면 부실한 대로 일을 해 나가면 되지 않 겠나, 이렇게 정리가 됐다. 이런 일을 겪으며 작년 가을부터 방치해 두었던 이 밭에 올해부터 다시 서게 됐다.


1980년에 세상을 떠난 노부쿠니 준이라는 정토진종의 승려가 있다. 뛰어난 통찰력을 지닌 이였다. 이 스님의 선집이 작년부터 차례로 간행되고 있는데, 인연이 닿아 요즘 즐겨 읽는다. 노부쿠니는 정토진종의 승려라 했는데, 정토란 무엇인가?

정토란 깨끗해진 땅, 혹은 본래 깨끗한 땅을 뜻한다. 우리는 본래 깨끗한 땅에서 살고 있는데, 내 몸, 내 마음이라는 아집에 따라 정토를 더러운 땅, 곧 예토로 만들어 중생을 저버리고 부처를 저버리며 살고 있다고 노부쿠니는 말한다. 이 말만 가지고는 노부쿠니의 깊이를 충분히 전달할 수 없어서 아쉽지만 내 마음을 강하게 울린 것은 "중생을 저버리고 부처를 저버린다."라는, 정토가 예토가 되는 까닭이었다.

우리는 예를 들어 자신의 태만한 행동이 부처를 저버리는 행위라는 것은 때로 희미하게나마 알아채는 일이 있어도, 그것이 중생, 곧 자신의 이웃을 배반하는 일이라고는 대개 조금도 생각하지 않는다. 혹은 자기 행위가 부처를 향한 것이라고는 얼마쯤 생각할지도 모르지만 그것이 대중, 곧 이웃을 향한 것이라고는 그다지 생각하지 않는다. 이 두 가지 지평을 분명하게 열어 보여 준 "대중을 저버리고 부처를 저버린다."는 말은 그만큼 내게 강렬한 것이었다.

밭에 서서 나는 거기가 정토라고 말할 수 없다. 나는 대중을 저버리고 부처를 저버린 아집쟁이인지라, 본래 정토인 밭을 계속해서 더럽히고 있다고 말하는 쪽이 더 정확할 것이다. 하지만 괭이를 손에 들고 일을 하다가 때로는 쉬면서 바다를 바라보고, 혹은 등 뒤의 산을 바라보다가 다시 밭일을 하다 보면 그 땅이 본래 정토이고, 바다나 산들이 본래 정토라는 것이 납득이 된다. 땅이나 바다나 산이 스스로 예토, 곧 더러운 땅이 돼 있는 내 마음을 본래의 정토로 정화시켜 주는 것이다.

오후 4시가 되면 앞바다에 정기 화물선이 모습을 드러낸다. 배는 천천히 커지다가 마침내 곶을 돌아 항구로 들어온다. 그때가 되면 밭일을 끝내야 한다. 꼴을 베어 산양을 먹여야 하고, 닭 모이도 잘게 썰어 주어야 한다. 가을 해는 정말 두레박이 떨어지듯 순식간에 져 버린다.

# 모든 방향에는 저마다 빛이 있다

독일 철학자 쇼펜하우어는 고대 인도의 경전인 〈우파니샤드〉를 좋아해서 그것을 늘 머리맡에 두고 지냈다고 한다. 나 또한 이 세상에서 어느 책을 가장 좋아하느냐 누가 물으면 주저 없이 〈우파니샤드〉를 든다. 〈우파니샤드〉는 다른 책과 다르다. 이 책은 나무아미타불이라는 주문이 그런 것처럼 그 이름을 입에 올리는 것만으로도 놀랍게도 내게 깊은 자유 세계를 드러내 보여 준다.

〈우파니샤드〉는 하나가 아니다. 기원전 칠팔백 년경부터 기원전 이삼백 년에 이르기까지 여러 가지 이름의 〈우파니샤드〉가 하늘의 계시를 받고 쓰여졌다. 가장 오래된 것은 〈찬도갸 우파니샤드〉다. 그 책 제1장에는 '샤티 카마가 암소로부터 배운 브라만의 지혜'라는 이야기가 나온다. 브라만이란 이 지구를 포함한 우주 전체에 퍼져 있는 진리를 뜻하는 말로, 불교에서는 범梵이라는 문자를 써서 표현하기도 한다.

그 브라만을 찾기 위해 나선 샤티 카마라는 소년이 있다. 소년은 스승에게 여윈 소 400마리를 받은 뒤, 소가 천 마리가 될 때까지는 스승을 찾지 않겠다고 다짐하고 정처 없이 초원을 떠돈다. 여러 해가 지나고 소가 드디어 천 마리가 되던 날 저녁, 암소 한 마리가 샤티 카마에게 말을 건다.

"샤티 카마여."

샤티 카마가 "예, 존자님." 하고 대답하며 무릎을 꿇고 앉자 그 암소는 이렇게 말한다.

"그대에게 브라만의 16분의 4를 가르쳐 주겠다."

암소는 샤티 카마에게 브라만, 곧 우주에 고루 퍼져 있는 진리 열여섯 가지 가운데 네 가지를 알려 주겠다는 것이었다.

"동쪽은 브라만의 열여섯 방위 가운데 하나, 서쪽은 브라만의 열여섯 방위 가운데 하나, 남쪽은 브라만의 열여섯 방위 가운데 하나, 북쪽은 브라만의 열여섯 방위 가운데 하나, 이상 네 가지를 '빛이 있는 것'이라 이름한다."

다음 열여섯 방위 가운데 네 가지는 불이 가르쳐 주리라고 이른 뒤 암소는 침묵했다.

이 장은 〈찬도갸 우파니샤드〉 속에서도 백미로 꼽히는 부분으로 이하 16분의 16까지 계속해서 그 모든 것을 들은 샤티 카마는 어느 새 스승처럼 현자가 된다. 여기서는 암소가 말한 최초의 16분의 4만을 이야기하는 데 그치기로 한다.

최근, 이제까지 써 온 서재 겸 예배실이 책 따위가 늘어나며 비좁게 느껴져서 창고로 써 오던 다른 건물을 정리하고 거기로 서재를 옮겼다. 그 건물은 딴채다. 좌향 또한 본채와 달라 이제까지 남서쪽 산을 향해 놓았던 제단을 도리 없이 북서쪽 시냇물 방향, 곧 바다 쪽으로 바꿔 놓아야 했다.

남서쪽에는 나무로 울창한 미타 산이 서 있을 뿐만 아니라 산과 바다를 넘어 저 멀리 인도나 네팔과 같은 〈우파니샤드〉 성전을 낳은 나라들이 있다. 하지만 북서로는 강 끝에 바다가 있고, 더 멀리로는 동중국해를 사이에 두고 중국으로 해서 몽골에 가 닿을 뿐이다. 아쉬운 일이지만 좌향이 그렇게 돼 있고, 또 딴채로 옮긴 이상은 딴채의 앉은 모양에 따를 수밖에 없다고 마음을 정하고 북서쪽에 제단을 두었다.

이 제단은, 일본 가정집에 흔한(최근에는 그것도 적어진 듯하지만) 불단이나 신단과는 다른 것이다. 내게 무엇보다도 소중하고 필연적인 것들을 신으로서 혹은 부처로서 기리는, 나만의 장소를 이르는 말이다. 내가 나 자신을 기리는 장소이자 세계를 기리는 장소,

그것이 나의 제단이다.

예배실 겸 서재를 지난번보다 두 배쯤 넓은 딴채로 옮기고 나니 책더미에 파묻혀 있는 듯한 느낌에서 벗어나게 됐다. 제단은 제단으로서, 서재는 서재로서 안도의 한숨을 쉬었다. 아울러 샤티 카마가 암소에게 들었던 진리, "동쪽은 브라만의 열여섯 방위 가운데 하나, 서쪽은 브라만의 열여섯 방위 가운데 하나, 남쪽은 브라만의 열여섯 방위 가운데 하나, 북쪽은 브라만의 열여섯 방위 가운데 하나, 이상 네 가지를 '빛이 있는 것'이라 이름한다."라고 하는〈우파니샤드〉의 말씀이 한층 진실한 소리로서 새롭게 이해됐다.

동서남북 네 방위가 각기 '빛이 있는 것'이라 불린다는 것은 조금도 추상적인 이야기가 아니다. 내가 살고 있는 마을을 두고 이야기하면 시라강이라 하는 하천이 곧바로 북서쪽으로 흘러 내려가고 있어 방위는 동서남북이 아니라 저절로 북서, 남서가 되어 버리지만, 북서쪽으로는 바다가 있다. 바다에는 결코 산에는 없는 바다만이 지닌 깊이와 빛이 있다. 남서 방향에는 미타라는 이름의 산이 있다. 최근 10년 동안, 직접 예배를 드려 온 산이다. 동남쪽에는 규슈 지방에서 가장 높다는 미야노우라산이 있다. 그 산속에는 7천2백 년을 살아온 조몬 삼나무가 계신다. 조몬 삼나무는〈우파니샤드〉가 만들어지는 것 또한 지켜보아 왔을 것이 틀림없는, 상상조차 하기 어려울 만큼 오래된 나무다. 동북쪽에는 시라강을 건너 붕긋하게 솟은 마을 산이 있고, 그 산 너머에는 바다를 사이에 두고 내가 태어난 땅이자 지금도 어머니가 살고 계시는 도쿄가 있다.

모든 방위에는 그 방위 특유의 사실이 있고 진실이 있는 것이다.

# 보름밤의 줄다리기

해마다 음력 8월 15일 밤이면, 잇소 마을에서는 대보름 줄다리기 행사가 열린다. 굵은 덩굴식물을 심 삼아 둘레를 짚이나 억새, 띠 따위로 엮은 동아줄을 마을 사람들이 모여 마주 잡고 잡아당기는 행사다. 지름 30센티미터, 길이 100미터 남짓한 굵은 밧줄에는 볏짚으로 꼰 새끼줄이 수백 개 이어져 있어, 줄다리기에 참가한 사람은 그 줄을 잡고 당긴다.

평소에는 인적이 없는 조용한 마을 시장 골목도 이날 밤만은 환하게 불을 밝히고 인파로 흥청거린다. 줄다리기 줄을 당기면 한 해 동안 아픈 데 없이 건강하게 지낼 수 있다고 해서 늙은이나 젊은이, 여자나 남자를 가리지 않고 모든 마을 사람들이 줄다리기를 하러 나온다. 줄에 섞인 막 벤 푸른 억새에서 나는 냄새가 얼마나 싱그러운지 굵은 동아줄을 만지는 것만으로도 정말 한꺼번에 1년간 쓸 에너지를 받을 수 있을 것처럼 느껴졌다.

동쪽 산에서 달이 떠오르는 저녁 8시쯤이 되면 확성기에서 줄다리기 노래가 창창하게 울려 퍼진다. 등 뒤로는 온통 어둠이고, 노점 하나 오지 않는 작은 마을의 작은 축제지만 모인 이들의 얼굴은 누구라 할 것 없이 모두 밝은 웃음으로 가득 차 있다.

노래가 한 차례 돌고 나면 줄다리기가 시작된다. 동서로 나뉘어 선 사람들이 다 함께 있는 힘을 다해 줄을 당긴다. 영차, 영차 우렁차게 소리를 질러 가며 노인도 아이도 청년도 장년도 모두가 힘껏 새끼줄을 마주 당긴다. 한판이 끝나면 곧바로 구슬픈 줄다리기 노래가 확성기에서 다시 울려 퍼진다. 그 사이 사람들은 줄에 앉아 쉬며 숨을 가다듬는다. 지나는 이에게 말을 걸거나, 옆 사람과 이야기를 나누기도 한다. 술로 목을 축인다거나 달을 바라보는 사람도 있다. 노래가 한 차례 끝난 뒤에는 수백 명이 힘을 모아 그 굵은 밧줄을 메어 올린 다음 동쪽으로 10여 미터 종종걸음으로 달리고, 다시 서쪽으로 10여 미터 달려 돌아온다. 그렇게 원래 위치에 와서는 다시 줄을 당긴다. 두 번째 줄다리기는 이렇게 시작된다.

애잔한 곡조의 노래 속에서 산 위로 떠오른 보름달을 바라보는 고요한 시간과 온 힘을 다해 서로 동아줄을 당기며 치열하게 맞서는 시간이 번갈아 되풀이되는 사이에 축제의 열기는 차츰 달아오르고 달은 점점 밝아 간다.

옛날에는 그 굵은 밧줄이 끊어질 때까지 밤을 새워 가며 줄을 당겼다지만 최근에는 경기를 지켜보다가 축제의 운영을 맡은 이 가운데 하나가 서로 잡아당기는 줄 한가운데를 손도끼로 잘라 버린다. 그러면 동서를 가리지 않고 줄다리기를 하던 사람은 모두 뒤로 나자빠진다. 그래서 사람들은 있는 힘껏 줄을 잡아당기면서도, 넘어지더라도 노인이나 아이 위로는 쓰러지지 않도록 미리 대비를 한다.

섬에는 물론 공장도 없는가 하면 백화점도 없다. 핵발전소도 없는가 하면 영화관조차 없다. 하지만 그날 밤 거기 모인 사람들의 밝게 빛나던 얼굴을 보면 그런 것들이 기쁨을 얻는 데 꼭 필요한 것이 아님을 분명히 말해 준다. 축제는 분명히 이론이 아니고 제도도 아니다. 사람들 마음이 산 위의 맑은 달과 하나로 녹아들며 빛나면 거기 큰 사랑 하나가 있을 뿐이다. 모두 그렇게 하나가 되어 풀 내음 그윽한 동아줄 하나를 잡아당기며 지상 최고의 시간을 보내는 것이다.


에도시대에 임제종을 중흥시킨 하쿠인 선사는 "척수의 소리를 들어라."라는 공안(선종 불교에서 깨달음을 찾기 위한 문제나 화두를 이르는 말)으로 잘 알려진 이다. 척수란 한쪽 손을 말한다. 양수, 곧 두 손이라면 그것으로 손뼉을 쳐서 소리를 낼 수 있지만 척수, 곧 한 손으로는 소리를 낼 도리가 없다. 그 "척수의 소리를 들어라."는 것이 하쿠인의 공안이었다.

하쿠인은 또한 기해단전에 마음 두기를 누구보다도 강조했던 선사이기도 했다. 기해란 배꼽에서 4센티미터 반쯤 아래인 곳을, 단전이란 배꼽에서 9센티미터쯤 아래인 곳을 말한다.

> 우리의 기해단전, 이것은 우리 본분의 고향이다. 그 고향에서 그대는 어떤 소식을 듣고 있는가?
> 우리의 기해단전, 이것은 한마음의 정토. 그 정토에는 어떤 장엄함이 있는가?
> 우리의 기해단전, 이것은 우리의 아미타불, 그 아미타불은 그대에게 어떤 법을 설하고 있는가?

쿤달리니 요가라 하는 요가의 행법에서도 기해단전이라는 위치를 대단히 소중하게 여긴다. 물라다나 차크라라 부르는데, 에너지의 근원은 이 물라다나 차크라에서 뱀 모양으로 똬리를 틀고 잠을 자고 있다고 한다.

보름밤의 줄다리기는 야쿠섬뿐 아니라 다네가섬이나 가고시마 지방에서도 벌어진다. 규모로는 국도 3호선을 하룻밤 폐쇄하고 이루어지는 사쓰마센다이시의 줄다리기가 가장 유명한데, 내게 이 축제는 기해단전, 혹은 물라다나 차크라와 관계가 깊은 것처럼 느껴진다.

마을 상점가에 길게 늘어진 밧줄은 거대한 뱀을 떠올리게 한다. 그것은 땅의 에너지다. 동서로 나뉘어 맞잡아 당길 때 우리는 지상에 나타난 땅의 에너지를 잡아당기는 셈이라고도 할 수 있는데, 온몸으로 잡아당기는 그 중심은 물론 허리다. 허리에 중심이 놓일 때 힘은 비로소 온몸으로 퍼져 가고, 그때 우리는 줄다리기의 참맛을 볼 수 있다. 이것이 줄다리기의 맛이구나 하고, 그 재미에 놀라게 되는 것이다.

하늘에는 한없이 맑은 보름달이 있다. 그 위치는 상단전, 곧 미간이고, 차크라로 말하면 사하스라라 차크라 자리다. 땅에서 하늘로 에너지를 내려보내는 동시에 하늘에서 내려오는 에너지를 다시 땅에서 퍼 올린다. 멈춤과 움직임, 이 은밀하기도 하고 격하기도 한 에너지의 오르내림이 대보름날 밤 줄다리기에서 벌어지고 있었다. 그것은 온몸으로 온 우주의 힘과 풍요를 경험하는 일이기도 했다. 줄다리기는, 개인에게는 일상에서는 맛볼 수 없는 명상의 하나와 같았고, 마을로서는 신나는 축제였다.

# 고향에는 살모사도 있다

우리 섬의 가을은 해마다 운동회로 떠들썩하다. 벌써 유치원 연합 운동회, 고등학교 체육대회, 중학교 체육대회가 끝났고, 앞으로는 초등학교 대운동회, 면민 체육대회, 초·중 학교 연합 도내 육상 경기 대회, 마을마다 벌어지는 마을 운동회가 이어 벌어질 것이다. 이것만으로도 거의 모든 일요일마다 운동회가 있는 셈이라서 주부들은 점심 도시락 준비로 바쁘다. 섬의 운동회는 어느 것이건 꼭 축제 같다. 그저 구경을 하러 가든 혹은 선수로 뛰러 가든 어느 쪽이 되었든 나는 반드시 도시락을 싸 가지고 간다. 전에는 돗자리였지만 지금은 가져간 비닐 자리를 펴고 관람석 천막 아래에 여럿이 모여 도시락을 먹는다.

가장 성대한 것은 초등학교 대운동회와 마을 운동회인데, 이 두

운동회에는 마을에 사는 사람이 대부분 모인다고 해도 과언이 아니다. 음력 8월 15일, 요컨대 8월 한가위 밤에 벌어지는 보름밤의 줄다리기라는 행사도 마을 사람이 모두 모이는 축제지만 숫자로 보면 초등학교 대운동회와 마을 운동회가 현재 우리 섬에서 가장 큰 축제라고 해도 좋을 것이다.

면민 체육대회(마을 대항으로 우승 마을을 결정한다.)나 초·중학교 연합 육상 경기 대회에 선수로 선발된 사람들은 낮일이나 학교 수업이 끝난 뒤에 잇소 초등학교 운동장에 모여 매일 날이 저물 때까지 연습을 한다. 해가 서산으로 기울어 가는 저녁 하늘 아래서 남녀노소가 함께 모여 있는 힘껏 몸을 단련하는 모습을 보고 있으면 나는 이상하게도 늘 감동을 하게 된다. 그렇게 해서 섬의 아이들이 자라 청년이 되고 어른이 되리라는 사실이 절절하게 느껴지기 때문이다.

어느 날 저녁, 운동장에서 친구인 효도 씨를 만났다. 운동화를 신고 있어서 선수로 뽑혔냐고 물어보니 40대 100미터 시합에 나가게 됐다고 했다. 자신은 없는데 나가기만 해도 마을에 득점이 된다고 해서 나왔다고, 입으로는 난처한 시늉을 했지만 내심은 그렇지 않은 듯했다. 운동화가 어찌나 싱싱해 보이는지 나도 한번 신어 보고 싶을 정도였다. 효도 씨와 이야기를 나누고 있을 때 역시 친구인 히데시 씨가 알고 왔다. 그도 같은 40대 100미터 시합에 나간다는 말을 듣고 놀랐다. 히데시 씨를 처음 만난 것은 그가 막 30대가 됐을 때라 벌써 아이까지 둔 가장이었는데 내 눈에는 꼭 청년처럼 보였다. 그 히데시 씨가 40대 선수라고 하는 것이었다. 서로 마음은 아직 청년이었지만 나이만은 성큼성큼 앞질러 가고 있었다. 세월의 덧없음이 서서히 날이 저물어 가는 학교 운동장 하늘 아래에서 새삼스럽게 느껴졌다.

데려다 키우는 친구의 아들 요가가 살모사에 물렸다. 요가는 부모가 사고로 함께 이 세상을 떠난 뒤 우리 집에 와 사는 아이다. 곧바로 병원으로 데리고 갔는데, 의사의 말이 입원을 하지 않으면 안 된다 했다. 다른 뱀도 아니고 살모사에 물린 이상 의사의 지시를 따르지 않을 수 없었다. 유혈목이에 물려서 죽는 사람도 있다는 말을 들었기 때문이다. 친구 히데시 씨 또한 몇 년 전인가 살모사에 물린 일이 있다. 그때 히데시 씨는 발 전체가 전봇대처럼 부어올라 한 달 동안 입원해 치료를 받아야 했다. 얼마나 아팠는지 히데시 씨는 눈물을 흘리며 울었다. 요가는 오른쪽 손가락을 물렸는데 다행히 별로 부기도 아픔도 없는 듯, 1주일쯤 지난 지금은 벌써 얼굴빛이 좋아지고 병상에서 일어나 앉아 만화 따위를 읽으며 시간을 보내고 있다.

1주일 동안 실로 많은 사람들이 병실을 들여다보았다. 요가는 고독한 아이로 친구도 없이 반에서도 주로 홀로 지내는 아이였는데 여학생, 남학생 할 것 없이 같은 학년 친구들이 줄을 지어 병문안을 왔다. 아이들이 들고 온 과일이나 과자로 병원에서 마련해 놓은 병상 곁의 수납장은 더 넣을 곳이 없을 정도였다. 꽃을 들고 오는 사람, 만화를 가져오는 사람, 바지나 셔츠를 사 오는 학생까지 있어 작은 수납장 하나로는 도저히 다 넣어 둘 수가 없었다.

병실에 들를 때마다 병문안 온 같은 학년 아이들이나 선생님들을 만났다. 그때마다 고운 마음에 고마웠는데, 그 마음은 그저 동급생의 마음이기만 한 것이 아니라 섬의 마음이기도 했다. 그런 아름다운 마음을 대할 때마다 나는 이런 섬이 어디 있겠나 싶어 감격하지 않을 수 없다.


'본래 고향'에 대해 계속해서 생각해 보고 있다. 그것은 우주왕복선이라든가 다른 별에 가 보겠다는 식의 진화와는 대비되는 말로서, 내면으로 눈을 돌리는 것, 땅 위에서 이웃과 더불어 사는 방향을 뜻하는 말이다.

'본래 고향'이라는 말을 쓰면 인도나 네팔의, 예를 들어, 그것이 콜카타나 델리나 카트만두처럼 대도시더라도 그곳에는 '본래 고향'이라 불러도 되는 어떤 것이 있다. 시골에 가면 그것은 더욱 진해진다. 아직 가 본 적은 없지만 아시아의 여러 나라나 아프리카의 여러 나라들, 남아메리카의 여러 나라들에서도 같은 것이 느껴진다. 미국이나 캐나다에는 드넓은 땅이나 산이 펼쳐져 있다고는 하는데, 아메리카 인디언의 세계를 빼고는 왠지 거기서는 '본래 고향'이 느껴지지 않는다. 대지 그 자체가 '본래 고향'이 아니라 거기에 사는 사람들이 어떤 생각을 품고 사느냐가 '본래 고향'이냐 아니냐를 결정하기 때문이다.

예전에 시코쿠의 시골에서는 어느 집에서나 산양을 길렀고, 주식은 고구마였다. 고구마를 쪄서 잘 으깨고 거기에 산양 젖을 곁들여 먹었다 한다. 그런 말을 듣고 나는 곧바로 밭에 가서 아직 조금 이르다 싶은 고구마를 한 이랑만 캐서 배운 대로 만들어 먹어 보았다. 귀리죽을 더 부드럽게 간 듯한 느낌이 드는 대단히 맛있는 음식이었다. '본래 고향'이란 예를 들면 고구마의 맛이자 거기에 깃들어 있는 정령의 미소이며 흙에 깃들어 있는 의식이기도 하다. 흙과 나무와 맑은 공기와 물과 불, 그것들이 무엇보다 사랑을 받는 곳을 '본래 고향'의 땅이라고 나는 부른다.

거기에는 물론 살모사도 있는 것이다.

## 땅에 뿌리박은 다양성의 문화

오키나와 나하시에서 열리는 오키나와 국민 체전에 맞서 주민의 힘으로 진짜 축제를 만들어 보자는 뜻으로 제2회 '우루마 축제'가 열렸다. 그 축제의 여러 행사 가운데 '섬·자연·축제'라는 심포지엄에 참여하게 되어 9월 19일부터 24일까지 5박 6일 동안 오키나와에 다녀왔다.

축제는 9월 15일부터 금환식이 일어난 23일까지로 9일 동안 이어졌다. 음악·춤·도자기·그림·사진 등의 예술가, 심포지엄의 발표자, 그 밖에 여러 분야 출연자 수만으로도 3천 명이 넘는 대규모 축제였다. 나하항 가까이 있는 해안 광장 일대가 축제 장소였다. 연일 만 명이 넘는 관람객들이 몰려들었다. 입장료는 무료로, 입장객들은 날마다 주 무대에서 벌어지는 음악이나 춤을 비롯한 여러 공연을 넓은 잔디밭에 앉아 자유롭게 즐길 수 있었다. 바닷가를 따라 이어진 넓은 공터에는 100개가 넘는 가게들이 처마를 마주하며 늘어섰고, 한가운데에는 여럿이 모여 춤을 출 수 있는 공간이 마련되어 있어 매일 밤늦게까지 오키나와 곳곳에서 참가한 여성들이 무리를 지어 전통 춤을 추었다. 또한 광장 끝에 마련된 작은 무대에서는 오키나와 중·고등 학교 학생들로 이루어진 전자음악 밴드가 매일 밤 마음껏 자신들의 음악 세계를 선보였다.

각지의 마을 청년단원들은 밤마다 '에이샤'라는 오키나와 전통 무용을 선보였다. 그때 쓰인 산신이라는 악기 소리가 무척 인상 깊었다. 주 무대에서는 개발을 주제로 한 마을 연극이 벌어지는가 하면 공원의 바다 위에 설치된 무대에서는 날마다 영화가 상영되었다. 낮시간 동안 바다 위에서는 역시 오키나와의 전통 행사인 '하리'라는 이름의 통나무배 경주가 펼쳐지는 한편 지상의 대형 천막 속에서는 각종 심포지엄이 벌어졌다.

'우루마 메시지'라는 이름으로 된 축제 취지문에는 이런 글이 들어 있다.

지구의 자연을 사랑하고 평화를 바라는 모든 친구 형제자매 여러분! 오는 9월 23일, 오키나와에서는 달과 태양이 하나로 겹쳐지는 금환식이 벌어집니다.

유구한 대자연이 펼치는 드라마의 권고에 따라 이 신비한 날 막을 내리는 우루마 축제를 개최합니다. 우루마란 평화의 정토를 나타내는, 모든 생명이 조화를 이루도록 애쓰는 활동을 뜻합니다. 아시아와 일본, 중국과 아프리카가 교차하며 세계로 뻗어 가는 요충지인 이 섬, 독자적인 문화를 키워 온 오키나와에 북쪽의 선주민족인 아이누 형제자매를 불러 세계 평화와 만물의 공생을 꿈꾸며 이 금환식 날에 기도를 거행하려 합니다.

9월 23일, 오전 11시 22분 51초부터 26분 40초(3분 49초간)까지, 이 섬 오키나와에서 지구와 달과 태양과 우리의 마음이 하나가 됩니다. 그 시간에 당신의 마음을 '평화와 자연과 지구에' 모아 주시기 바랍니다. 함께 세계 평화와 지구 생명을 위해 기도합시다.

국경을 넘어, 인종이나 언어, 종교, 이데올로기의 차이를 넘어 새로운 인류 생명의 르네상스를 일구어 봅시다. 부디 여러분. 이 섬에서 시작된 생명과 평화의 운동을 당신이 살고 있는 곳에서 당신의 이웃과 함께 실천해 주시기 바랍니다.

이 지구에는 자연을 사랑하고, 평화를 바라고, 땅과 함께 살아온 사람들의 기도 소리가 끊이지 않고 울려 퍼지고 있습니다. 그 소리에 귀를 기울이며 여러분도 각자의 자리에서 동참하여 우리 모두 아름다운 조화를 만들어 갑시다.

우루마 축제의 이런 메시지가 이 우주와 당신의 마음에 전해지기를 바라며 여기에 봉헌합니다.


이 전언에도 담겨 있듯이 9월 21일에는 아이누 민족 대표단 마흔세 사람이 홋카이도에서 오키나와로 왔다. 축제의 마지막 날인 23일에는 축제 장소를 오키나와 중앙에 있는 만자모 해안이라는, 전역이 잔디로 뒤덮인 공원으로 옮겨 거기서 기도 의식을 거행했다. 기도 의식은 아이누의 장로를 중심으로 하는 곳과 오키나와의 신녀를 중심으로 하는 두 곳으로 나눠 각자 독자적인 전통 의식에 따라 금환식이 일어나는 시각이 정점이 되도록 이루어졌다.

그날 오키나와는 강수 확률 80퍼센트라는 전날 밤 예보가 있었지만, 아침부터 활짝 갠 한여름 날씨였다. 덕분에 태양이 이지러지기 시작하는 데서부터 금환, 그리고 일식이 마무리될 때까지 그 모든 과정을 통째로 선명하게 볼 수 있었다. 나로서는 멀리서 온 아이누 의식도 보고 싶기는 했지만 그곳이 오키나와였기 때문에 오키나와 사람들의 기도에 참여해 처음부터 끝까지 의식을 함께했다.

불볕더위 아래, 바다가 내려다보이는 잔디밭 위에 자리를 깔았다. 태양이 바라보이는 쪽으로 제단을 차리고 그 위에 쌀, 소금, 꽃,

과일, 생선을 놓았다. 그리고 오키나와 특유의 향을 피우고 흰옷을 입은 신녀 넷이 기도를 올렸다. 기도를 끝낸 뒤에는 노래를 바쳤다. 노래를 마친 뒤에는 또 기도였다. 사이에는 느릿한 춤도 들어갔다.

신녀들은 가까운 섬에서 초대를 받고 온 이들로, 각자 자신의 섬을 대표하는 무녀들이었다. 의식인데도 일상성을 조금도 잃지 않는 신녀들의 행동은 오키나와 섬들의 '노로'나 '지카'라고 불리는 신녀의 전통이 얼마나 깊은 것인지를 깨닫게 해 주었다.


오키나와에서 비롯해서 대만, 동남아시아, 인도, 아프리카로 이어지는 대지에 뿌리를 둔 문화는 다양성의 문화다. 현대 과학 문명은 오직 단 한 가지 모양만이 있을 뿐이다. 하지만 지금이야말로 다양성의 문화가 그 본래의 숨결로써, 과학 문명이 생명에 지배가 아니라 봉사해야 한다는 것을 자각시키지 않으면 안 되는 지점에 우리는 와 있다.

우루마라는 이름은 본래는 오키나와의 옛 이름이라 했다. '우루'가 산호를 뜻한다고 하니, 우루마는 산호의 섬이라는 뜻이다. 금환식이라는 자연현상을 맞아, 기나 마사요시 같은 이들의 제안으로 이 축제가 열렸다. 한 번 개최되고 말아서는 안 되는 축제다. 이는 사랑에 바탕을 둔 생명 문화가 핵무기와 핵발전소로 상징되는 이 과학 문명을 되몰아친 첫 시도였기 때문이다.

# 톱니바퀴에서 벗어난 삶

얼마 전에 아이치현 안조시에서 W라는 한 독신 여성이 나를 찾아왔다. 독신이라지만 벌써 30대에 접어든, 말하자면 전문직 여성으로 분명한 자기 일이 있는 사람이었다. 이야기를 들어 보니 이대로 안조시에서 일을 계속하는 것은 인간으로서 견딜 수 없기 때문에 집이고 뭐고 다 팔아 버리고 우리 섬으로 옮겨 와 이 섬에서 새롭고도 참다운 삶을 찾고 싶다는 것이었다. 그는 낚시를 좋아해서 당분간은 그것에 몰두하며 오랜 기간 일하며 쌓인 피로를 풀고, 취미인 양란 재배를 새로운 일로 삼을까 생각하고 있다고 했다.

아이치현의 안조시라면 내가 중학생이던 30년 전쯤에는 '일본의 덴마크'라 불리며 닭 키우기에서는 최고로 꼽히던 곳이었다. 요즘은 어떠냐 물어보니 지금은 양계 농가 따위는 전혀 볼 수 없거니

와 세계에 이름난 자동차 회사 도요타의 본거지 도요타시를 가까이 두고 있는 탓에 그야말로 곤혹스러운 일들이 여럿 벌어지고 있다 했다. 도요타는 세계에서 으뜸가는 기업이 되기까지 특유의 생산 방식이라는 것을 밀어붙여 왔는데, 그것을 간단히 표현하면 고효율 저비용이다. 이 지상 명령을 위해 모든 인간적인 것, 인간성의 풍요로움 들이 희생양이 되어야 했다. 도요타를 성공으로 이끈 생산 시스템은 현대의 신화가 되었고, 그것은 도요타시만이 아니라 가까운 중소 도시의 모든 중소기업에 이르기까지 깊이 침투해 온갖 기업이 크든 작든 도요타 방식을 모방하고 있다는 것이었다.

남은 삶을 도요타의 부품으로 마치고 싶지는 않기 때문에 도요타와 같은 방식이 가장 오기 어려운 지역, 예를 들어 우리 섬과 같은 곳으로 이주해 더 늦기 전에 인생을 새롭게 시작하고 싶다는 것이 그이의 꿈이었다.

우리 섬과 같은 곳에 살면 과연 절로 도요타스러운 것과는 완전히 다른 삶을 살 수 있을까? 어쩌면 그것은 안이한 몽상이 아닐까? 하지만 그것과는 별도로 그이가 온몸으로 털어놓은 문제 속에는 단순히 '아, 탈도시!'라는 말로 치부해 버리고 말 수 없는 현대 사회의 근본 문제가 숨어 있는 것만은 틀림없었다.

나바산에서

나바산 어린 복숭아나무밭에서

당신은 오후 내내 풀을 베고 있었다

당신 키보다 큰 억새 양치류 떼 같은 풀을

사박사박 베고 있었다

낫은 잘 들어 몹시 기분이 좋았다

당신은 사흘 전에 아킬레스건을 접질려서 다리를 절고 있었고

이런저런 가시나무의 가시에 무수하게 찔려

손등 여러 곳에 피가 났지만

그런 일은 조금도 당신의 행복에 흠을 내지 않았다

거기에는 조용한 겨울 산이 있었고

어린 복숭아나무가 있었다

당신 손에는 손만큼 민첩한 낫이 들려 있고

당신은 도구를 가진 인간이었다

당신은 도구를 가진 인간인 것이 좋아서

그때 비로소 당신은 당신 자신의 호흡을 하는 것이었다

나바산 산비탈 밭에서

오후 내내 당신은 홀로 풀을 베고 있었다

거기에는 인적이 전혀 없고

다만 산들이 숨을 쉬고 있었다

산들은 소리 하나 없이 조용하고

때로 바람이 불고 새가 노래하고 갈 뿐이었다


## 비와 강


당신은 비가 좋았다

그 중에서도 한밤중에 조용히 내리는 비를 좋아했다

어두운 하늘에서 모양도 소리도 없이 내려와

나무들과 땅에 떨어져

소리의 모습으로 사라져 가는 비가 당신은 좋았다

당신이 빗소리를 듣고 있으면

이윽고 그 밑에서는 강이 흐르고 있었다

그 강은 비와 같이 어두운 산에서 흘러 내려와

캄캄한 골짜기를 달려 마침내 칠흑의 바다로 흘러가는 강이었

다

강은 낮고 깊게 우는 소리를 감추지 못했다

강은 울면서 흐르고 있었다

하지만 그 소리의 모습은

울음소리이면서 하나의 빛이었다

빛이면서 울음소리였다

빛이 우는 소리였다

당신은 비가 좋았다

비는 당신에게 들을 것을 가져다주기 때문에—

당신은 강이 좋았다

강은 당신에게 울음을 우는 빛을 가져다주기 때문에—

한밤에도 비는 그치지 않고 내리고 있었다

한밤에도 강은 끊임없이 흐르고 있었다


우리 섬은 외딴섬이지만 산으로 한 발 발을 들이면 깊은 원시림으로 뒤덮인 섬이다. 규슈와 오키나와 지역에서 가장 높은 봉우리를 비롯해 둘째, 셋째로 높은 산도 모두 우리 섬이 차지하고 있다. 덕분에 물도 풍부해서 섬 안에는 크고 작은 무수한 강과 시내와 개울이 있다. 원시림 속에는 수령 천 년을 넘는 야쿠삼나무라 하는 삼나무 고목이 수십, 수백 그루씩 무리 지어 자라고 있다. 그 가운데는 수령이 7천2백 년이나 되는 조몬 삼나무도 있어 섬사람들의 긍지가 되고 있다. 최근 이삼십 년 사이 산림청이 나무를 마구 베어내면서 산이 황폐해져, 그 황량한 모습에 눈을 가리고 싶을 정도다. 하지만 섬사람들의 격렬한 반대 운동에 힘입어 살아남은 숲은 숨이 막힐 만큼 아름답다.

섬에서 발굴된 토기로 오랜 옛날부터 이 섬에 사람이 살아온 것이 증명되고 있다. 마치 일본 열도를 조그맣게 줄여 놓은 것 같은 이 섬은, 높은 산은 울창한 숲으로 뒤덮여 있고 맑은 물은 흘러서 바다로 들어간다. 이 섬에서 강 하구 언저리 얼마 안 되는 평지에 사람들이 모여 마을을 이루고 살아온 것이다. 앞서도 썼듯이 산림 청이 원시림 대부분을 남벌해 버렸지만 일본 열도의 다른 지역이 겪고 있는 무참함에 견주면 아직 여기에는 그래도 사람의 손이 닿지 않은 산과 강이 남아 있는 편이다. 바다도 크게 오염되지는 않아서 청록색 바다가 오키나와와 대만까지 끝없이 펼쳐져 있다.

이처럼 자연이 풍요롭고 풍경이 아름다운 섬이지만 다른 외딴섬이나 벽지들과 마찬가지로 이 섬의 인구는 해마다 줄어들고 있다. 최근에는 도시에서 되돌아오는 사람도 적지 않아 감소율이 낮아지고는 있지만 계속 줄고 있는 것만은 변함이 없다. 그 이유는 간단하다. 섬에는 일자리가 없기 때문이다. 아니, 산에는 산의 일이 있고, 밭에는 밭의 일이 있고, 바다에는 바다의 일이 있다. 하지만 그 일들은 고생만 많고 수입은 적어 하고 싶지 않은 것이다.

우리가 살고 있는 지구는 우주선 지구호라고 불린다. 이 지구호를 유지하는 에너지에는 한도가 있다. 그것은 이미 누구나 다 아는 사실이다. 한도 정도가 아니다. 우리는 이미 말할 수 없이 위험한 핵에너지에 기대지 않고서는 이러지도 저러지도 못하는 데까지 와버렸다. 이와 같은 시대에 우리는 상반되는 두 가지 꿈을 꾸고 있다. 하나는 미국 대통령이 연초에 발표한 유인 우주정거장으로 상징되는, 합리주의와 과학기술에 기대 살아가려는 꿈이다. 반대편에는 대규모 기근에 시달리며 사하라사막에서 불모의 모래를 파헤쳐, 먹을 수 있는 나무나 풀뿌리를 찾는 부시맨이 있다. 일반적으로 말하면 부시맨의 꿈은 악몽이고, 레이건의 꿈은 신년 벽두를 장식하기에 어울리는 현대의 꿈이다.

그런데 정말 그럴까. 레이건이 꾸는 꿈 쪽으로 우리가 우리도 모르는 사이에 이끌려 간다면 도요타와 같은 기술 문명의 부품 인생은 말할 것도 없고, 나아가 이 지구에서 모든 목숨붙이의 존속 자체를 말살하는 핵무기의 작열로 이어지리라는 것이 불을 보듯 뻔한일 아닐까.

오히려 한때 악몽으로 여기던 부시맨의 꿈 쪽을 참다운 꿈으로 선택하는 것이 우리에게는 더 현명하고 더 현실적인 것이 아닐까. 아프리카에서는 한 해에 수백만 명이나 되는 사람이 굶어 죽어 간다고 한다. 핵으로 죽는 것이나 굶어서 죽는 것이나 인간에게는 같은 죽음이다. 그와 같은 죽음을 피해야 함은 두말할 필요가 없다. 그렇지만 죽음을 눈앞에 두고 선택을 해야 한다면 나는 분명히 레이건의 꿈에서 등을 돌린 채 저 슬프지만 평화로운 부시맨과 함께, 다른 민족을 결코 상처 입히지 않는 부시맨의 편에 서서 죽음을 맞고 싶다.

내가 말하고 싶은 것은 합리주의에 기초를 둔 기술 문명에는 이미 미래가 없다는 것, 더욱 큰 자연의 섭리로 눈길을 돌리고, 그 소리를 듣고, 그 숨결과 하나가 되어 사는 것이 바람직하다는 것이다. 거기에 참다운 인류의 미래가 있다는 것이다. 다행스럽게 우리 섬은 산림청의 마수에 걸리지 않은 풍요로운 자연이 아직은 꽤 남아 있다. 일본 또한 아직 사하라사막 정도는 아니다. 우리는 현실 속에서 자연을 지키기 위한 싸움을 자기 지역에서, 자신이 사는 곳에서 끊임없이 해 나가야 한다.

# 미국을 쫓지 말라

이삼 년 전 일이다. 마을의 쓰레기장이 되어 버린 절벽 아래 공터에 용설란 한 뿌리가 버려져 있는 것이 눈에 띄었다. 반쯤은 시들어 있어서 주워다 심어도 살지 어떨지 알 수 없었지만 혹시나 해서 주워 왔다.

어릴 적에 전쟁 피해를 면하고자 야마구치현의 한 시골 마을에 가서 지낼 때, 그 마을에 자라던 용설란에 마음을 빼앗긴 일이 있었다. 집 둘레로 쌓은 돌담 따위에 용설란이 가시 돋친 멋진 잎을 펼치고 있는 것을 보고 나도 언젠가 길러 보고 싶다는 소망을 품었던 것이다.

절벽 아래 공터에 줄기가 꽤 굵은 용설란이 뿌리째 뽑혀 버려져 있는 것을 보았을 때, 놀랍게도 40년도 더 지난 그 추억이 떠올랐다. 추억과 함께 용설란을 향한 동경도 되살아났고, 동시에 그 마을 집집마다 있던 그 헌걸차다 해도 좋을 만한 풍경이 떠올랐던 것이다. 마을의 모든 집이라고는 할 수 없지만 대부분은 집에 용설란이 있어 큰 것은 잎 길이가 1미터에 이르기도 했다. 내가 가 있던 할아버지 댁에는 용설란이 없어서 용설란 있는 집이 굉장히 부러웠는데, 그때의 그 감정까지 떠올라 살지 죽을지 알 수 없었지만 주워들고 온 것이다.

본능적으로 돌담 위가 좋겠다는 생각이 들어 집 앞에 있는 낮은 돌담에 그것을 심었다. 한 달쯤 지나자 고맙게도 그것은 무사히 뿌리를 내리고 육질이 투명하게 느껴지는 잎을 조금씩 내보이기 시작했다. 뒤에 안 일이지만 잎 속에 든 즙은 술의 원료로도 좋다 했다. 용설란은 알로에만큼 즙이 많지는 않지만 알로에보다 크고 가시도 한층 날카롭다.

이 식물은 용설란과의 여러해살이풀이라고 하는데, 그다지 크게 자라지는 않는다. 1년이 지나고 2년이 지나도 눈에 띌 만큼 자라지 않았다. 포기 한가운데에서 날카로운 가시가 난 긴 원추형 속잎이 위로 돋고, 속잎에서 한 장 또 한 장 잎이 나누어지며 그루를 이루어 가는데, 속잎 길이는 3년쯤 지난 지금도 거의 변함이 없을 정도다.

올봄, 키는 자라지 않았지만 어린 싹이 세 포기 나와서 그것을 떼어 세 곳에 나누어 심었다. 세 포기 다 잘 살아 작지만 저마다 제자리에서 뿌리를 내려 가고 있다. 어릴 때 소원이 이제 이루어진 셈이다. 우리 집은 이제 용설란이 있는 집이 됐다.

어느 날 흐뭇한 기분으로 용설란을 둘러보고 다니다가 새로운 사실 하나를 깨달았다. 우리 마을은 물론 가까운 마을이거나 먼 마을이거나 이 섬에는 용설란을 심은 집이 거의 없다는 것이었다. 만 4천 명이나 사는 섬이니만큼 찾아보면 어딘가 심어 가꾸는 집이 있을 테지만 내 기억에는 용설란이 있는 집이 떠오르지 않는다. 그 정도로 이 섬에서는 용설란이 홀대를 받고 있다.

이 사실을 깨닫고 기억을 더듬어 보니 옛날에는 야마구치현의 내가 가 있던 마을만이 아니라 간토 서쪽의 따뜻한 지방을 여행하다 보면 그 지방 풍경을 이루는 귀한 것 가운데 하나로 꼭 용설란이 있었던 듯 싶다. 학생 때 걸었던 규슈 남쪽 지방 풍경 속에도 틀림없이 용설란이 있었다. 그렇다면 내가 이 섬에 와서 살기 시작한 10년 전보다 더 옛날에는 용설란이 하늘을 뚫을 듯한 기세로 집집이 자라던 시절이 이 섬에도 있었을 것이다. 올 2월에 오키나와에 갔을 때도 용설란을 보았다. 조사를 한 것은 아니어서 보았다는 기억이 정확한지는 모르지만 오키나와 풍경에는 지금도 역시 용설란이 있다.

용설란이 있는 풍경이란 마을 공동체가 아직 확실히 유지되던 시기의 풍경이다. 젊은이들이 도시로 떠나지 않고 태어난 땅에서 살아가던 시대의 풍경이었던 것이다. 먼저 혼슈에서 그것이 사라지고, 이어서 시코쿠에서도 사라지고, 우리 섬을 비롯한 규슈 지방에서도 그것이 사라지고, 오키나와만이 가까스로 지금도 그 풍경이 남아 있는 것이다.

그것은 우리 야쿠섬은 가고시마를 쫓아가지 않으면 안 되고, 가고시마는 후쿠오카를 쫓아가지 않으면 안 되고, 후쿠오카는 도쿄를, 도쿄는 뉴욕을 쫓아가지 않으면 안 되는 지구 전체를 아우르는 산업 문명의 운명과 정확하게 반비례하고 있는 풍경이었다. 그렇다면 내 정신의 위치는 용설란과 함께 오키나와에 있는 것이다.

그런 생각이 드는 순간, 올 2월에 오키나와에 갔을 때 만난 시인 다카라 쓰토무 씨의 말이 생각났다. 그는 '야마노구치 바쿠 상'이라는, 시단에서는 그다지 알아주지 않지만 실은 대단히 영광스러운 상을 받은 사람이다. 최근에 낸 시집 《류큐호》에서 그는 "나는 내가 사는 곳에서 세계를 향해 수직으로 날아오른다는 자세로 살고 싶다."고 쓰고 있다.

식물은 천 년을 하루처럼 변함이 없지만 산업사회는 끊임없이 바뀌어 간다. 사회는 부단히 변하는 것이기 때문에 어쩔 수 없다 해도, 그것에 따라 인간이 바뀌어 간다면 그것은 어리석은 일이라고 하지 않을 수 없다. 내 어릴 때 염원인 용설란이 있는 집, 그 집에 사는 나는 이미 쉰한 살을 눈앞에 두고 있다. 나는 앞으로도 천 년을 변함없는 마을이라는 시점에 서서 저 용설란처럼 천천히 이 땅의 풍경이 되어 가고 싶다.

# 아들과 함께한 밤낚시

10월에 접어들면서는 가을 기운이 완연해 아침저녁으로는 긴팔 옷을 걸치게 된다. 낮은 산에는 야생이 되어 버린 차나무가 흰 꽃을 피우기 시작했고, 무리 지어 자라는 야쿠시마부용의 희고 붉은 꽃은 요즘 한창때를 맞고 있다.

저녁 무렵 밭일에서 돌아오며 보는 부용꽃은 특별히 아름다워 신비하다는 느낌마저 든다. 몸 안에 아직 얼마쯤은 남아 있던 여름이 선선한 저녁 공기 속에서 보는 부용꽃에 완전히 녹아 사라지며, 이미 가을이 왔다는 것을 몸으로 받아들이게 된다.

부용은 꽃망울일 때는 짙은 붉은색이지만 꽃망울이 부풀어 오르며 조금씩 색깔이 옅어진다. 꽃으로 피어 버리면 거의 흰색에 가까워져 버리는 나무도 있고, 분홍빛을 띠는 나무도 있다. 왜 그렇게 되는지는 알 수 없지만 흰 꽃과 분홍 빛깔의 꽃, 거기에 연분홍이거나 짙은 붉은색 꽃망울이 무리 지어 핀 모습은 일본에서 우리 섬과 다네가섬을 빼고는 볼 수 없는 풍경이라고 한다. 그래서 두 섬의 이름을 따서 '다네야쿠부용'이라는 아종명으로 불리는데, 우리 섬 사람들은 앞의 '다네'는 빼 버리고 그냥 '야쿠시마부용'이라 부른다.

부용꽃은 송이가 크고 붉은색과 분홍색과 흰색이 뒤섞여 있어 한눈에도 화려한, 혹은 우아한 인상이지만 저녁 햇살 속에서 보면 오히려 그 반대로 속이 깊고 청초한, 어떤 때는 쓸쓸한 느낌이 들기도 한다. 그것을 보며 사람들은 '가을이 왔구나.'라고, 그것도 '진짜 가을이 왔구나.' 하고 마음 깊이 인정을 하지 않을 수 없다. 왜냐하면 가을이라는 계절의 진실은 청초함과 쓸쓸함에 있는 것이기 때문이다.

가을이 된 것은 좋지만 한 가지 딱한 일이 있다. 해마다 이 무렵에는 고기잡이배가 바다에 나가지 않는다. 그래서 먹을 물고기가 집에 들어오지 않는 것이다. 내가 사는 마을은 산속이지만 여기서도 물고기를 잡으러 다니는 어부가 셋이나 있다. 이들이 고기잡이에서 돌아올 때 차례로 물고기를 얼마쯤 가져다주기 때문에, 이 계절을 빼고는 1년 내내 물고기가 떨어지는 일이 없다. 상품으로 팔아야 하는 고급 생선은 아니지만 다랑어랄지 고등어랄지 갈고등어쯤이라면 다 먹을 수 없을 정도로 충분하게 가져다주어서, 그 물고기들이 얼마나 우리 집 밥상을 풍요롭게 해 주는지 모른다. 그것이 어업을 쉬어야 하는 이 무렵에는 딱 끊겨 버려, 아내는 마을 어부들이 돌아가면서 가져다주는 물고기로 어떤 요리를 만들어 먹어야 하나로 즐거운 고민에 빠지는 대신 무엇으로 반찬을 해야 하나를 걱정하게 된다. 자연히 가게에서 찬거리를 사들이는 쪽으로 눈길이 가지 않을 수 없어 이때는 지출이 커진다. 마을 어부들로부터 물고기가 들어오고 채소가 밭에서 나와 겨우 꾸려 가던 가난한 우리 집 살림이 잠시도 지탱을 못 하고 어려운 처지에 빠지게 되는 것이 이 계절이다.

중학교 3학년인 셋째가 요즘 낚시에 몰두하고 있다. 아니, 몰두는 전부터 해 왔다. 그랬던 것이 자기가 낚아 오는 물고기가 우리 집 밥상에 보탬이 된다는 것을 알고는, 놀이 반 기술 습득 반이었던 자세가 물고기만을 잡으러 가는 자세로 바뀐 것이다. 그동안에는 물고기를 다섯 마리나 열 마리쯤 잡아 와도 아무도 반기지 않았다. 외려 놀기만 하고 입시 준비도 하지 않는다며 눈을 흘기는 편이었는데, 요즘에는 분위기가 뒤집혀 부엌일을 맡은 아내가 진심으로 셋째의 낚시 결과를 기대하는 데까지 왔다.

셋째도 그 기대가 몸으로 느껴지는지 요즘에는 빈손으로 돌아오는 일이 없다. 이런저런 물고기, 기껏해야 15센티미터나 20센티미터가 고작인 물고기지만 적어도 한 사람 앞에 한 마리씩은 돌아갈 만큼을 날마다 낚아 오고 있다.

물고기가 있으면, 또 밭에서는 오이나 호박이나 가지가 나오고, 닭장에서는 몇 개쯤 달걀이 나오고, 감자는 아직 충분히 저장해 둔 것이 있고 하여 부엌은 그것으로 어떻게든 버텨 나갈 수 있다. 조몬 시대 이후로 계속되어 온 낚시라는 이 단순한 지혜가 어려움에 빠진 이때에 위력을 발휘하고 있는 셈이다.

셋째가 어느 날 밤, 나를 보고 밤낚시를 함께 가자고 했다. 낚시는 서투르지만 조몬 문화 운운해 온 처지이기도 하고, 물고기가 필요하기도 해서 흔쾌하게 그러자, 하고 함께 차로 집을 나섰다.

지금은 쓰지 않는 옛 부두에 가서 손전등 불빛을 비춰 가며 아이가 미끼를 끼워 준 낚싯대를 물속에 던져 넣었다. 물고기들은 좀처럼 입질을 하지 않았다. 셋째는 사 준 기억이 없는 질 좋은 릴낚시를 손에 들고 솜씨 좋게 물속으로 낚싯바늘을 던져 넣고 있었다. 나도 어렸을 때는 낚시를 좋아해 어느 정도 자신이 있었지만 릴낚시가 나온 뒤로는 낚시에 흥미를 잃어버렸다. 하지만 지금은 그런 말을 하고 있을 때가 아니었다. 내 쪽으로는 도무지 기별이 없어 셋째의 릴낚시가 몇 마리라도 좋으니 물고기를 잡아 올리기만을 앙망했다.

결과부터 말하자면 그날 밤낚시는 허탕이었다. 아이가 새우 비슷한 작은 물고기를 한 마리, 내가 날치 비슷한 역시 조그만 물고기를 한 마리 잡았을 뿐이고, 먹을 수 없는 불가사리 한 마리가 걸렸을 뿐이었다. 불가사리를 낚았다는 말은 들은 적조차 없었는데 말이다.

하지만 나는 대만족이었다. 자식 놈과 단둘이 캄캄한 부두에서 어두운 바다를 바라보고 앉아있던 그 두어 시간은 이제까지 내게 없었던 귀중한 시간이었다. 자식 놈이 놀이가 아니라 식구들을 위해 낚시를 하게 됐다는 것, 그놈에게 이끌려 왔고, 겨우 한 마리라지만 물고기를 낚았다는 것, 그것만으로도 주변은 캄캄하게 어둠에 뒤덮여 있었지만 내 가슴속에는 환한 불이 켜져 있었다.

# 거기서 죽고 싶은 곳

수평선 저쪽에 순백의 거대한 구름이 모습을 드러내며 바다 색깔이 비췻빛으로 짙어지면 섬에는 여름이 시작된다. 차나무 같은 늘푸른넓은잎나무로 뒤덮인 산은 내리쬐는 햇살 아래서 더욱 싱그러워진다.

섬사람들은 뜨거운 햇살을 따갑다고 표현한다.

"햇살이 참 따갑네!"

"그러게, 정말 따갑구먼."

만나는 사람끼리 이런 인사를 나눈다. 뙤약볕 아래 기온은 가볍게 50도를 넘는다. 그런 태양 아래서는 인간의 생활이 절로 과묵해진다. 쓸데없는 이야기에 에너지를 쓰지 않도록 일에 마음을 모으고, 움직임도 최소로 줄인다. 아침 10시부터 오후 2시까지는 일이 안 된다고 섬사람들은 말한다. 그렇게 말하면서도 그 시간에 낮잠을 잘 수도 없어 저마다 나름의 방법을 찾아서 몸을 놀린다.

내가 살고 있는 마을에는 한가운데로 시라강이 흐르고, 동·서·남쪽 세 방향을 산이 둘러싸고 있다. 그래서 오전에는 해가 비치지 않는 동쪽 산에 가서 일을 하고, 오후부터는 해가 숨는 서쪽 산에서 일을 할 수 있게 하루 일정을 짠다. 그렇게 해도 해가 머리 위에 있는 아침 10시부터 오후 2시까지는 골짜기 어디를 가나 뜨거운 햇살에서 벗어날 수가 없다. 태양은 아름다운 것이자 건강한 정신을 갖고 사는 데도 꼭 필요하다고 여기고 있지만, 햇살은 몸을 놀리며 일하는 사람을 동정하지 않는다.

요즘 내 하루 일은 산양 세 마리를 먹일 풀을 베고, 40마리쯤 되는 닭 모이를 주고, 철 따라 돌아오는 밭일과 개간 따위가 주된 것이다. 이 가운데 가장 힘든 것은 역시 산을 개간하는 일이다.

어른 팔뚝만 한 가는 것에서 한 아름은 될 듯한 큰 나무를 거기에 얽혀 자라는 굵은 덩굴식물과 함께 톱질로 베어 내는 일은 쉬운 일이 아니다. 온몸에서 곧바로 땀이 쏟아지듯이 흐르고 그 냄새를 맡았는지 어디라고 할 것이 없이 등에가 날아와 맨살을 문다. 여름 산일과 등에는 서로 뗄 수 없다. 등에에 사로잡혀 마음이 어수선해지면 여러 마리가 한꺼번에 날아와 내가 등에 지옥이라고 부르는 상태를 만들어 버린다.

마음을 안정시키고, 낮은 자세로 천천히 한 그루 한 그루 나무를 대해 가다 보면 등에도 붕붕거리며 날아서 돌아다니지 않고 안심하고 살에 와 앉는다. 등에가 살에 앉아 침을 꽂기까지는 셋을 셀 만큼의 여유가 있다. 등에는 굵은 침 끝을 잘게 흔들며 찌를 곳을 찾는다. 그 뒤, 등에가 침을 찔러 넣는 순간이 기회다. 그때 이쪽에서 철썩 때린다. 등에는 벌과 달리 맞는 순간 쏘는 일은 절대 없다. 또한 등에 쪽에서는 침을 꽂는 순간에는 온 신경을 그 일에 쏟고 있어 그때를 노리면 피할 길이 없다.

마음이 고요하면 그렇게 해서 등에를 잡고, 그런 뒤에는 그 마음 그대로 하던 일로 돌아갈 수 있다. 하지만 얼마 뒤 다시 등에가 날아온다. 오면 그것을 쳐서 잡고, 다시 일로 돌아간다. 이렇게 쓰면 마치 등에 천지인 것 같지만 등에가 살에 앉아 있는 시간은 삼사 초이고 다시 등에가 날아오기까지는 이삼 분은 걸리기 때문에 마음만 흔들리지 않는다면 반 시간 정도는 쉽게 흘러가 버린다.

남의 일이 아니라 내 일이니 반 시간쯤 일을 했다면 그것으로 충분하다. 앉아 쉬기 적당한 나무 그늘을 찾아 잠시 쉰다. 목에 두른 수건으로 땀을 훔치고 나면 그곳은 완전히 별천지이다. 더없이 맑은 공기가 흐르고, 불어오는 바람에 몸속까지 시원하다.

뙤약볕 아래가 아무리 더워도 나무 그늘만 있으면 고생할 것이 없다. 물론 태양이 뜨거우면 뜨거울수록 나무 그늘은 시원하고, 나무 그늘의 매력은 깊어진다. 몸에서 땀이 더 이상 흐르지 않으면 불가사의하게도 등에가 덤비지 않는다. 그때는 정말 편히 쉴 수 있다.

아침에 요란하게 우는 말매미 소리도 한낮에는 적다. 저녁때가 가까워지면 파도처럼 덮쳐 오는 쓰르라미 소리도 한낮에는 별로 들리지 않는다. 참매미와 기름매미가 어디선가 낮게 울고 있을 뿐이다. 가까운 골짜기에서 조용히 흐르는 물소리가 들려온다. 목이 마를 때는 거기까지 내려가 마시면 되지만 여름에는 되도록 물을 적게 마시는 쪽이 좋다. 마신 물이 모두 땀으로 나와 버리기 때문이다. 물은 소리로만 듣고 참는 것이 최상이다.

이 섬이 고마운 것은 어느 산엘 가더라도 시냇물이 있다는 것이다. 시냇물만 있으면 더위를 피할 수 있다. 더워서 견딜 수 없을 때는 거기 내려가 신발을 벗고 맨발을 물속에 넣으면 된다. 찬물은 금방 더위를 쫓아 준다. 아울러 힘이 다시 살아나게 한다. 하지만 이 것도 너무 자주 하지 않는 것이 좋다. 자주 하다 보면 시냇물에 사로잡혀 뙤약볕 아래로 돌아오는 것이 고통스러워진다.

쉴 때는 말없이 구름을 바라보며 시원한 바람결에 몸을 두는 것이 가장 좋다. 물소리에 귀를 씻고, 시냇물의 흐름과 함께 나를 흘려보내는 것이다.

서두를 일은 하나도 없지만 너무 오래 쉬는 것도 좋지 않다. 잠시 쉬고 눈부신 태양 아래로 돌아간다. 그리고 또 반 시간쯤, 상태가 좋으면 한 시간쯤 나무를 벤다. 그렇게 조용히 일을 계속해 간다.

　해가 서산 저쪽으로 넘어가며 밤이 오면 우리 마을은 어둠과 별과 달에 둘러싸이며 정말로 시원해진다. 추울 정도다. 마을 한복판을 흐르고 있는 시라강의 물소리가 한층 높아지며, 이 강이 있는 한 더는 살 곳을 찾기 위해 떠도는 일은 없을 것이라는, 그런 여행은 더는 하지 않아도 되리라 싶은 생각에 마음이 한없이 편안해진다.

# 5

## 아내가 떠나다

# 티베트 사자의 서

〈이집트 사자死者의 서〉와 나란히 세계 2대 사자의 서로 불리는 〈티베트 사자의 서〉를 처음 읽은 것은 십삼사 년 전 일이다. 카트만두 교외에 있는 한 사원, 그 언덕에 있는 집을 하나 빌려 살며 매일 아침 티베트 사람들과 함께 염주를 들고 사원 기슭으로 난 길을 한 바퀴 돌고 난 뒤 사원에 올라가 사원의 여러 건물을 돌며 예배를 하는 것이 일과이던 때였다.

아침 예배가 끝나면 아내가 등유 풍로를 이용해 만들어 준 채소 카레로 함께 밥을 먹고, 그 뒤로는 힌두교 샤크티파의 근본 경전인 〈마하 니르바나 탄트라〉라고 하는 두꺼운 책을 영어에서 일본어로 옮기는 일을 했다. 오후는 자유시간이었지만 가지고 간 인도 관련 책이나 현지에서 구한 책을 읽으며 지내는 일이 많았다. 가져간 책

속에는 옮긴 이 오에 마사노리 씨에게 직접 받은 사가판《티베트 사
자의 서》가 있어 매일 조금씩 읽어 나갔다. 티베트 경전을 본뜬 듯
붉은 천으로 표지를 감싼 데다가, 길이가 80센티미터나 되는 특이
한 모양의 책이었다.

날마다 티베트 사람들과 얼마쯤 행동을 함께하면서 읽은 그 책
의 인상은, 한마디로 하면 대단히 두려운 것이었다. '사자의 서'라
는 이름 그대로 사람이 죽은 뒤부터 49일까지, 중음이라 하는 기간
을 죽은 이와 함께 여행해 가는 내용이다. 책이란 문헌으로서가 아
니라 여행의 한 형태로 읽어야 한다고 여기던 내게, 그 책은 정말로
나 자신의 죽음과 함께하는 여행이자, 죽음의 실습과 같은 느낌이
었다.


그렇게 1년 동안 인도와 네팔의 성지를 순례하는 여행을 마친 뒤
로는〈티베트 사자의 서〉를 다시 펼쳐 볼 기회가 없었다. 중요한 경
전으로 늘 가까운 곳에 두기는 했지만 상자에서 빼서 펼쳐 보지는
않았다.

이번에 그것을 다시 펼쳐 볼 생각을 한 것은 물론 아내의 죽음에
맞닥뜨렸기 때문이다.

불교에서는 사람이 숨이 끊어진 뒤부터 49일까지를 중음 혹은
중유라 부른다. 영혼이 현세도 아니고 내세도 아닌 중간쯤을 방황

하는 기간이다. 그렇게 떠도는 영혼을 안내자가 하루빨리 성불할
수 있도록 인도해서 더없이 좋은 정토로 가도록 격려하는 것이 〈티
베트 사자의 서〉의 내용이다.

이 책에 따르면 죽은 자를 인도하는 일은 죽기 직전부터 벌써 시
작된다.

지금 땅이 물속으로 가라앉는 듯한 기미가 보이고 있다.

오, 기품 있게 태어난 자여. 그대의 마음이 방황하지 않도록
주의하라.

오, 기품 있게 태어난 이여. 지금 그대에게 온 것은 죽음이라
부르는 것이다. 그대여, 이렇게 결심하라. '지금은 죽을 때다. 나
는 이 죽음으로 말미암아 신들을 향한 사랑과 자비를 결심하고,
유일하고 완전한 존재에게 내 온 힘을 기울임으로써 모든 인류
의 선을 위해 가없는 하늘로 옮겨 가 살며 완전한 부처님의 땅
(불성)을 이루고자 노력하리라.'

갑자기 떠난 아내에게 '사자의 서'를 읽어 줄 기회는 없었다. 하
지만 '사자의 서'는 위와 같은 말을 죽음을 앞두고 있는 자 귀 가까

이에서 낮은 목소리로 강하게 명하는 것이다. 그리고 사자가 숨을 멈추는 그 순간 안내자는 마찬가지로 사자의 귀에 입을 가까이 대고 이렇게 이야기한다.

오, 기품 있게 태어난 자여. 들어라. 지금 그대는 참 실재인 눈부신 빛을 경험하고 있다. 그것을 알라. 오, 기품 있게 태어난 자여. 본래 공이라 할 수 있는, 아무런 특징이나 색깔이 없는 지금 그대의 지성은 진정한 실재, 온전한 선이다. 아무것도 없다는 뜻의 공이 아니라 방해받지 않고 빛나며 피는 돌고 살은 춤추는 행복으로 가득 차 있는 공이다. 지금 그대의 지성은 참다운 의식, 선함만이 있을 뿐인 붓다 상태다. 본래 비어 있어 아무런 모양도 갖고 있지 않는 그대 자신의 의식과 최고의 행복으로 가득한 지성, 이 두 가지는 서로 나눌 수 없다. 이 두 가지가 아우러진 것이 법신(진리의 몸) 상태다. 빛나며, 비어 있고, 그 위 없는 몸에서 나누기 어려운 그대의 의식은 탄생도 죽음도 없는 불변의 빛, 곧 아미타여래이다.

〈티베트 사자의 서〉를 보면 사람은 누구나 죽는 순간에 눈부신 빛이라 부르는 광명 속에 든다고 한다. 그러나 그것을 눈부신 빛이라 깨닫지 못하고 시간을 보내면 곧 생전의 나쁜 업(카르마)이 나타나고, 그 영향으로 오히려 눈부신 빛을 겁내고 피하며 탁한 빛에 사로잡혀 눈부신 빛이 있는 곳에 머물지 않고 중음을 떠돌게 된다 한다. 사흘째, 이레째, 열나흘째 이렇게 날이 지날수록 신들은 더욱 눈부신 빛이 있는 곳으로 사자를 이끌어 가려고 하지만 생전의 업 탓에 사자는 그 빛이 곧 자신이 좋아야 할 빛인 것을 잊고 지상의 탁한 빛 쪽으로 끌려간다 한다. 물론 눈부신 빛을 깨달은 영혼은 눈부신 빛이 있는 곳에 머물며 성불하여 두 번 다시 이 세상으로 돌아오지 않는다. 한편 49일이 지나는 동안에도 눈부신 빛을 자각하지 못한 영혼은 아기집을 찾아 방황하며 고통 속에서 인간으로 다시 태어나게 되는 것이다.

이번에 〈티베트 사자의 서〉를 다시 읽으며 안 것은 이 책이 '사자의 서'인 동시에 '뒤에 남은 자를 위한 책'이기도 하다는 것이었다. 왜냐하면 아내는 죽는 순간 눈부신 빛 속으로 녹아들어 가 버렸다. 두 번 다시 돌아오지 않을 것이 분명했다. 그런 한편으로 아내와 함께 죽음이라는 여행을 해 온 나는 저 본래의 눈부신 빛을 잃고 하루하루 이 지상에서 외로운 인간 고계苦界를 다시 살아가지 않으면 안 되기 때문이었다. 그런 뜻에서 그 책은 남아 있는 나를 위한 책이기도 했다.


조각가 겸 도예가인 이시세키라는 친구에게 도자기로 만든 풍경 하나를 선물로 받았다. 풍경 한쪽에는 "불생불멸 불구부정 부증불감不生不滅 不垢不淨 不增不減"이라는 글자가, 다른 쪽에는 "색즉시공 공즉시색色卽是空 空卽是色"이라는 글자가 남색으로 새겨져 있는 풍경이었다.

 잠시 두 손으로 들고 바라보다가 아내의 사진 앞에 놓았다. 우리 집에는 제단 위의 상반신 사진, 내가 매일 차를 마시는 식탁 옆의 환하게 웃고 있는 사진, 그리고 들보에 어느 밤 바닷가에서 춤을 추고 있는 사진, 이렇게 아내의 사진 세 장이 놓이고, 걸려 있다. 그 가운데 들보 위에 걸린 춤을 추고 있는 사진 아래에 풍경을 매달았다. 그러자 마치 그때를 기다렸다는 듯이 열어 놓은 창문에서 바람이 불어 들어오며 풍경이 차르랑, 차르랑 맑은 소리를 내며 울었다. 그 소리는 이시세키 씨를 도예가로서 사랑했던 아내가 마치 기다리고 있기 힘들었다는 듯이 바람이 되어 와 손뼉을 친 듯한 느낌이었다. 그때 나지도 않고 죽지도 않는다는 뜻의 불생불멸이라는 글자가 빛을 내며 내 가슴으로 스며 들어왔다. 정말 아내는 불생불멸로, 바람이 되었다. 아내는 내가 무엇보다 사랑하는 이 마을의 강물 소리가 되었고, 이 여름밤의 시원한 골짜기 바람이 되었다.

 밤이 이슥할 때, 아직 묘지를 만들지 못해 아내의 뼈를 안치해 둔 서재 겸 예배실에 가서 오랜만에 흰 천을 걷고 유골함 두 개 가운데 한 개를 꺼내 가장 위에 놓여 있던 아내의 두개골 뼈 일부를 먹었다. 화장터 사람이 여기가 가장 중요하다며 발 쪽에서부터 차례로 옮기라고 일러 주어 맨 위에 두개골의 둥근 부분을 넣어 놓았다.

아내의 뼈를 먹은 것은 화장을 한 날 밤과 초이렛날 밤을 합쳐서 그 밤이 세 번째였다.

화장을 한 날 밤과 초이렛날 밤에는, 한 조각이라도 남기지 않으려고 두 개에 나누어 담아 놓은 것 가운데 작은 쪽 통에서 내어 먹었다. 무엇보다 화장장 사람이 말하는 가장 중요한 부분을 먹기는 꺼려졌기 때문이다.

하지만 이번에는 왠지 그 제일 중요한 부분이 먹고 싶어서 손바닥만 한 둥근 두개골에서 손톱만큼을 떼어 내어 관음상 앞에 정좌하고 앉아 천천히 먹었다. 뼈는 다 타서 군데군데 분홍빛을 띠고 있었고, 과자처럼 가볍고, 입속에서 부서져 가루가 되었다. 조금 짠 바다 맛이 났다. 아내는 뼈가 되어서도 바다 맛을 그 안에 간직하고 있었다. 고마운 느낌이 드는 감촉이었다. 이전의 두 번은 너무 쓸쓸한 나머지 앞뒤 생각 없이 먹었던 터라 맛을 볼 여유가 도무지 없었다. 그로부터 아홉 달이 지난 지금은 외롭다는 것은 전과 다름이 없지만 그것에 이미 익숙해져 천천히 맛을 보는 것도 가능했다. 뼈는 아직 통 두 개에 가득해서 조금씩 먹는다면 내가 살아 있는 동안 부족하지 않으리라는 생각이 문득 들 정도로 바다 맛이 나는 아내의 뼈는 맛이 있었다.

이시세키 씨가 보내 준 풍경에 바람이 돼서 온 것은 색즉시공의 준코였다. 뼈가 되어 납골함 상자에 든 것은 공즉시색의 준코였다.

# 아내가 떠나다

　뇌졸중의 일종인 지주막하출혈로 갑자기 아내가 세상을 떠난 지 열흘째 되는 날은 아침부터 구름 한 점 없는 맑은 날씨였다.

　의식이 없는 아내를 밤새워 간호하고, 장례식장에서, 화장터에서, 그리고 그 뒤 초이렛날까지 상주이자 승려로서 주어진 일을 다 하느라 거의 잠을 이룰 수 없었다. 죽고 싶을 만큼 잠을 자고 싶었지만 잠이 오지 않았다. 마침내 몇 시간이나마 푹 잘 수 있었던 하룻밤을 지내고 맞은 열흘째 날 아침, 맑은 하늘 아래 죽을 수도 울 수도 없는, 어디에도 마음을 둘 수 없는, 그런 가운데서 살아가지 않으면 안 되는 내가 있었다.

　아내가 쓰러지기 전부터 조금씩 신경이 쓰이기 시작하던 뒷간이 그 사이 드나드는 이가 늘어 넘칠 지경이라 하루라도 더 그냥 둘 수 없는 상태가 됐다. 아내를 잃고 나서 내가 해야 할 첫 번째 일은 그러므로 뒷간의 똥오줌을 치는 일이었다. 그 일로부터 다시 시작하지 않으면 안 되었다.

하룻밤 푹 잤다고 하지만 몸은 아직 천근만근 무겁고 가슴에는 건드리면 터져 버릴 것 같은 슬픔의 얼음덩어리가 있어 나 자신이 허깨비처럼 느껴졌다. 하지만 뒷간 치는 일은 내가 싫어하는 일이 아니었다. 아름답게 활짝 갠 11월 태양 아래서 그런 일로부터 다시 한 걸음을 내디뎌 갈 수 있다는 것이 오히려 다행스러운 일처럼 느껴졌다.

똥오줌을 퍼 담은 거름통을 멜대 앞뒤로 걸어 메고 나무로 갔다. 첫 번째는 가까이 있는 차나무였다. 자루가 긴 바가지로 똥물이 튀지 않도록 조심하며 차나무 아래에 뿌린다. 문득 다시 봄이 와도 아내와 함께 찻잎을 딸 수는 없다는 생각이 들었으나 그 생각을 이어서는 안 된다고 필사적으로 다짐을 하면서 묵묵히 똥오줌을 퍼다가 나무에 주었다. 차나무 다음에는 역시 뒷간 가까이 있는 복숭아나무 세 그루 차례였다. 복숭아나무는 심은 지 올해로 네 해째로 내년부터는 제대로 열매를 맺기 시작할 듯하다. 하얀 꽃이 피어도 또 열매가 열려도 그것을 함께 기뻐할 유일한 사람이 이미 내 곁에 없다는 것이 슬펐지만 그것은 최근 열흘 동안에 수없이 맛보아 온 온갖 고통 가운데 하나에 지나지 않았다. 중요한 것은 이런 슬픈 생각에 지지 않고 똥오줌을 퍼다가 나무에 주는 것이었다.

집 뒤로 작은 개울이 흐르고 있는데, 거기에는 내가 손수 놓은 다리가 있다. 다리 건너에는 매실나무가 열 그루쯤, 귤나무와 배나무가 한 그루씩 있다. 밤나무도 두 그루 있다. 그 나무들에도 똥오줌을 퍼다가 주는 사이에 어느덧 3시가 됐다. 이제 빨아 넌 옷가지를 걷어들여야 하고, 목욕탕 물을 데울 채비를 해야 하고, 저녁밥 지을 준비를 시작해야 하는 시간이었다. 직장 일로 바깥에 나가 사는 세 아들은 놔두고라도, 집에 있는 아들 둘과 딸 하나를 위한 따뜻한 밥상을 차리지 않으면 안 된다.

이것을 마지막이라 생각하며 거름통 둘에 똥오줌을 채워 메고 다리를 건너 배나무 아래로 갈 때였다. 그때, 문득 이렇게 똥을 퍼서 똥통이 깨끗하게 비더라도 더는 기뻐해 줄 사람이 없다는 생각이 들었다. 아울러 내가 뒷간 치기를 좋아하는 것은 똥을 퍼내는 그 자체도 나쁘지 않았지만, 그보다는 비워진 뒷간을 아내가 몹시 좋아했기 때문이라는 사실을 갑자기 깨달았다. 그 새로운 사실에 놀라 비틀거렸다. 거름통 두 개에 든 똥오줌의 무게를 합치면 아마 60킬로그램 정도는 될 것이었는데, 그때 나는 그것들을 내팽개치고 그 자리에서 가슴속 얼음덩어리를 모두 쏟아 내고 싶었다. 그동안 그런 일이 두 번 있었다. 그때처럼 터져 오르는 오열에 몸을 맡기고 싶은 충동이 걷잡을 수 없었다. 하지만 나는 간신히 비틀거리는 몸을 바로 잡으며 어떻게든 이 시기를 견뎌 내야 한다고 온 힘을 다해 이를 악물었다.

새롭게 주어진 일상의 일들 말고 이제까지 해 오던 일들도 있었다. 산양에게 풀을 베어다 주고, 닭을 돌보는 일이 그것이었다. 나중에는 필요한 물건 몇 가지를 사야 해서 아랫마을까지 갔다 왔는데, 아직 밝은 산길을 바라보며 이것이 얼마 만에 보는 풍경인가 싶었다. 강가로 휘돌아 난 길에서는 반원형으로 아름다운 메시모리산이 보였다. 메시모리란 고봉밥이라는 뜻인데, 최근 들어 갑자기 마음이 쓰이기 시작했다. 이제까지 10년 넘게 매일같이 봐 오면서도 거기에 그와 같은 산이 있다는 것을 잘 몰랐던 산이었다.

그 메시모리산에서 갑자기 아내 모습이 보였다. 나는 깊은 안도감에 젖어 산을 바라보았다.

아내가 숨을 거둘 때 나는 분명히 보았다. 아내의 영혼은 섬에서 가장 높은 미야노우라산으로 날아갔다. 우리 섬에는 구급병원이 없어서 군 헬리콥터를 타고 가고시마로 갈 때, 구름이 잔뜩 낀 하늘 속으로 뚜렷하게 미야노우라산이 드러나던 순간의 일이었다. 인공호흡기는 가고시마시에 있는 병원에서 뗐지만 아내의 심장은 우리 집에서 이미 한 번 멈췄고, 그 영혼은 헬리콥터 안에서 그때 미야노우라산을 향해 떠났던 것이다.

그때처럼 아내는 갑자기 메시모리산에서 모습을 나타냈다. 해거

름녘의 맑은 공기 속에서 메시모리산은 푸르른 모양새를 뚜렷이 내보이고 있었고, 그 산에는 미야노우라산에서처럼 이미 아내의 영혼이 살고 있는 것이 분명했다. 나는 자동차 속도를 최소한으로 늦추고, 산을 보며 한 손으로 합장을 하면서 앞으로는 그 산의 보살핌을 받으며 살아가게 되리라는 것을 알았다. 그것을 깨닫고 나는 산을 향해, 아내를 향해, 오늘 나 뒷간을 쳤어, 라고 말을 걸었다. 그 순간 울음이 터져 나왔고, 나는 그것을 막을 수가 없었다.

아내는 그렇게 미야노우라산에서 눈앞의 메시모리산으로 옮겨와 모습을 드러냈다. 그것은 미야노우라산에서는 나의 일상을 지켜볼 수 없기 때문이었으리라. 그래서 가까운 산으로 옮긴 것이리라. 그곳에서 아내는 내가 뒷간 치는 모습을 지켜보며 기뻐하고 치하를 하고 있었던 것이다.

앞으로 몇 번이나 더 울어야 할지 모른다. 삶을 이어 나갈 힘을 잃을 때가 당분간 이어질 것이다. 하지만 내가 바르게 서서 아이들이나 마을 사람들, 섬사람들을 비롯하여 나 자신을 위해 아내가 기뻐할 무엇인가를 하면, 아내는 반드시 나만이 아는 징표로 나를 위로해 주리라는 것을 나는 안다.

# 부부 묘

　이렇다 할 까닭 없이 나는 아내보다 먼저 죽을 것이라 믿고, 가끔 아내에게 내가 죽으면 뼛가루의 3분의 1은 조몬 삼나무 아래에, 3분의 1은 가까운 바다에, 나머지 3분의 1은 묘지든지 어디든지 마음에 드는 곳에 묻어 달라고 부탁을 해 두었다. 아내는 내 부탁에 대해서도 자신이 죽은 뒤에 대해서도 한마디도 하지 않았다. 그러나 말이 없는 가운데에도 내가 죽으면 아내는 반드시 내 소원을 들어 줄 것이라는 확신이 있어 나는 홀로 마음을 놓았다.

　갑자기 아내를 앞세워 보내고, 흰 천에 덮인 아내의 유골과 함께 사는 몸이 된 지금, 살아서 그 일에 대해 아내가 아무 말도 하지 않았던 만큼 어떻게 하면 아내의 뜻을 가장 잘 이루어 줄 수 있을까 생각하지 않으면 안 되게 되었다. 하지만 우리 둘이 함께 산 세월이 이십칠팔 년인지라 직접 말은 없었지만 나는 아내가 어떻게 해 주기를 바라는지 잘 알고 있다.

우리가 이 섬에 와서 산 것은 꼬박 10년으로, 그것은 마흔일곱 해에 이르는 아내의 생애에서 보면 5분의 1도 채 되지 않는, 시간으로 보자면 오래 산 곳이 아니다. 하지만 내가 분명하게 알 수 있는 것은 아내는 여기를 빼고 아무 데도 가고 싶어 하지 않았다는 것이다.

9월에 오키나와에서 벌어진 우루마 축제에 갔다가, 그만 오키나와의 바다와 산과 들의 문화에 매료된 내가 매일처럼 기나 쇼키치가 부르는 오키나와 민요에 빠져 지내는 것을 보고 아내는 내게 "당신, 오키나와로 옮길 생각이야?" 하고 물은 적이 있다. "그럴 마음 없어."라고 대답하니 아내는 무척 안심한 듯한 표정으로 내가 오키나와 민요를 듣는 것을 흔쾌히 받아들이고 동조해 주었던 것이다. 지금 와 생각하면 그것은 아내가 이 땅에 평생 머무르기로 정했다는 분명한 암시였다.


아내는 세 번 죽었다.

최초의 죽음은 우리 집에서였다. 그때 이미 아내의 심장도 멈추고 호흡도 멈췄다. 의사의 심장 마사지와 인공호흡기로 다시 숨을 쉬기 시작했지만 그때는 이미 뇌사가 시작되고 있었다. 두 번째는 가고시마의 어느 병원으로 가던 헬리콥터 속이었다. 이상한 느낌이 들어 문득 뒤를 돌아보니 헬리콥터 창 너머로 규슈 지방에서 가장 높은 미야노우라산의 모습이 줄기차게 내리는 빗속에서도 뚜렷하게 보였다. 그리고 그 순간 미야노우라산으로 아내의 영혼이 곧바로, 눈에도 잘 잡히지 않는 속도로 돌아가는 것이 보였다. 그 순간 가고시마에서 헬리콥터를 타고 마중을 나와 준 젊은 의사가 내 귀에 입을 바짝 대고 "가고시마로 가 봐도 별 소용이 없을 겁니다." 하고 말했다. 헬리콥터 안은 굉음으로 가득해서 입을 귀 가까이 대지 않으면 말이 잘 들리지 않았다.

세 번째는 물론 가고시마의 한 병원에서였다. 가고시마에 도착한 이틀 뒤, 내 뜻에 따라 인공호흡기를 떼었을 때였다.

가고시마에서는 유체를 태울 마음이 없어서 열 사람 몫의 뱃삯을 내고 배에 싣고 우리 섬으로 돌아왔다. 관 속에서는 그것이 좋아 아내가 당장이라도 춤을 추며 나올 듯한 낌새가 느껴졌다.

화장터에서 아내를 태우는 동안, 그 긴 듯도 하고 짧기도 한 듯한 하얀 시간에 우리는 대합실에 있었다. 그곳에서 묘지는 우리 마을의 산 어딘가에 만들어야 한다는 말이 자연스러운 일처럼 내 입에서 나왔다. 나와 친한 섬 친구들은 그 결정을 환영했다.


아내를 태우면서 우리는 묘지에 대해 이야기를 나눴다. 누구나 하는 문중 묘라는 방식에는 그다지 의미가 없지 않겠느냐는 의견이 나왔다. 물론 그것은 가나가와현 가마쿠라시의 한 납골당에 있는 우리 집안 문중 묘를 두고, 내가 이 섬에 아내의 묘를 쓰려는 데 힘을 실어 주는 말이었다.

그 자리에는 나가이 사부로라고 하는 매우 따뜻한 인품을 지닌 이가 있었는데, 그는 부부 묘는 어떻겠느냐고 제안했다. 100년, 200년, 300년이 가는 사이에 부모도 사라지고 자식도 사라지고, 거기다 묘의 형체마저 사라져 가도 부부 두 사람의 뼈는 흙 속에서 언제까지고 함께하며 조용히 이야기를 나눌 수 있으니 부부 묘가 가장 좋지 않겠냐고 나가이 씨는 물었다.

아내의 유체를 태우는 동안이라서였을까, 그때 그의 그 말은 내게 꿈처럼 아름답게 들려왔다.

이 섬의 산속에는 3천 년을 살아왔다는 '부부 삼나무'가 있다. 나무 두 그루가 마치 한 그루처럼 하나로 붙어 자라 그런 이름으로 불린다. 부부 삼나무처럼 3천 년이라는 세월을 조용하고 따뜻한 흙 속에서 소곤소곤 이야기를 나누면 생전에 다 하지 못한 이야기 가운데 얼마쯤은 나눌 수 있을지 모른다.

초이레가 지나고, 열나흘이 지나고, 스무하룻날이 되던 밤 그 자리에 모인 사람들 앞에서 나는 나가이 씨가 제안한 그 부부 묘 이야기를 했다. 그러자 거기 와 있던 한 친구가 그런 것을 부부 바보라 한다며 농담을 던졌다. 그는 평소에는 우스갯소리 따윈 전혀 하지 않는 성실한 인품의 사내다. 그런 사람이 그 자리에서 그런 말을 한데는 나를 깊이 위로하고자 하는 마음이 있었기 때문이었다.

생각해 보면 흙 속에서 마음이 흡족할 때까지 우리 부부가 함께 이야기를 나누는 그림 속에 어버이가 있고 아이들이 있다면, 거기에 수많은 친구가 있다면 아내나 나나 더욱 즐거울 것은 두말할 필요가 없는 일이다. 아내는 좋아서 참지 못하고 춤을 추며 나설지도 모른다.

살아서 아내는 자신이 죽은 뒤의 일들에 대해 한마디도 하지 않았지만 모든 것이 아내가 바라던 대로 진행되고 있다고 나는 느낀다. 물론 유골 일부는 아내의 동생 손에 들려 후쿠시마현에 있는 고향으로, 또 일부는 가마쿠라시의 우리 문중 묘로 돌아갔다.

아내의 영혼은 미야노우라산으로 돌아갔고, 거기서는 나를 날마다, 혹은 하루 종일 볼 수 없어 일부러 메시모리산까지 내려왔다. 그것을 보면 본래 묘지 따위는 어떻게 되어도 좋은 것이다. 그런데 묘지를 만들고 거기에 아내의 뼈를 넣어 두는 일이 지금은 내가 살기 위해 할 수 있는 유일한, 그렇게 말해도 좋은 희망이 되어 있다. 이렇게 되리라고는 이렇게 되기까지는 조금도 상상하지 못했다.

# 나를 찾아온 사람들

요즘 먼 곳에서 오는 손님이 이어지고 있다. 그런데, 계속해서 내리는 비로 밭일을 할 수 없는 데다 손님이 모두 매우 흥미로운 사람들이라서 비 오는 오후 시간을 대부분 그들과 차를 마시며 이야기를 나누는 일로 보내고 있다.

그 가운데 한 일행은 사이타마현에 있는 '자유의 숲 학원'이라는 학교 선생님 두 분이었다. 자유의 숲 학원은 아마도 일본에서 가장 독창적이면서 의미 있는 교육을 시도하고 있는 학교(중·고 병설)로 창설 초기부터 세간의 주목을 받아 왔다. 이번에 두 선생님은 고3 학생들이 수학여행으로 우리 섬에 오게 되며, 그 사전 답사를 하러 온 것이었다. 역시 자유의 숲 학원답게 학생들은 상하이로도 가고, 한국으로도 가고, 오키나와로도 가고, 이렇게 저마다 선택을 할 수 있는데, 우리 섬을 고른 학생도 그 가운데 18명이나 된다고 했다. 적은 숫자이기는 했지만 수령 7천2백 년이 된 조몬 삼나무를 뵈러 간다거나 이 고장 어부들 이야기를 듣는다거나 하고, 일정 중 하루는 바닷가에 나가 손수 물고기를 잡고 조개를 따서 그것으로 손수 밥상을 차려 본다거나 할 계획이라 했다.

　두 사람과 하룻밤 소주를 마시며 이런저런 이야기를 하는 사이에 이 섬에 '자연 대학' 같은 것을 만들면 어떨까 하는 제안을 했다. 바로는 어렵겠지만 이상적인 후보지 중 한 곳인 것은 분명하다는 대답을 듣고 나는 대단히 기뻤다. 지금 섬에서는 조몬 삼나무를 찾아오는 관광객을 위해 케이블카를 설치하자는 어리석은 계획이 진행 중이다. 그런 눈앞의 관광 시설이 아니라 원시 늘푸른넓은잎나무 숲을 관찰하거나 동식물 생태를 관찰할 수 있는 '야쿠섬 야외 박물관 구상'이나 비에 관한 세계의 자료나 사진을 모아 한자리에서 볼 수 있게 하는 '비 박물관 구상' 같은 쪽이 우리는 바람직하다고 보는데, 그런 구상 가운데 하나로 '야쿠섬 자유 대학'을 넣는 것도 좋겠다는 기획이었다. 술을 마시는 자리에서 나눈 이야기이기는 했지만 대학을 비롯해서 모든 학교 교육이 본래의 뜻을 잃어버린 지금, 생태에 대한 올바른 시각에 바탕을 둔 '자연 대학'이 하나 정도는 이 나라에 있어도 좋지 않겠느냐는 것이 우리 생각이었다.

다음으로 온 손님은 기후현에 있는 한 원숭이 연구 센터에서 일하는 야마기와 주이치의 가족이었다. 그 연구 센터에서는 교토 대학 영장류 연구소와 공동으로 야생 원숭이 관찰을 15년 이상이나 계속해 오고 있다고 한다. 야마기와 씨와는 10년쯤 전에, 그가 대학원에 다닐 때부터 알고 지냈다. 지금은 이학박사가 되었는데, 그림을 그리는 아내와 두 살 된 아이를 둔 처지이지만 뿌리부터 야인으로, 원숭이 연구 센터와 르완다의 야생 고릴라 숲을 오가며 사는 사람이었다. 이번에는 아내와 함께 만들었다는 《안녕, 고릴라》라는 재미있고 아름다운 그림책까지 들고 왔다.

나는 아프리카까지는 좀처럼 가기 어렵고, 게다가 고릴라가 출몰하는 오지 같은 곳에는 갈 수 없을 것 같다. 하지만 그런 땅에 부부가 함께 가서, 이 세상의 여러 가치관 사이에서, 야생 고릴라와 함께 산다는 것, 오히려 고릴라한테서 배우며 사는 삶을 실천하는 모습은, 역시 확실한 희망의 하나임이 분명하다.

이야기를 들어 보니 서양 문명에 면역이 안 된 아프리카는 그만큼 빠른 속도로 물이 들어 가고 있는 듯하지만 한편에서는 아프리카 사람들 속에서도 아프리카를 가치로 삼는 이들이 빠르게 늘어나고도 있다고 했다. 야마기와 씨는 그런 사람을 만나면 진심으로 기쁘다고 말했는데, 그런 눈을 가진 이가 우리 집을 찾아 주었다는 것이 진심으로 나는 기뻤다.

내 생각은 늘 일관되고 변함이 없다. 서양 문명은 지구상의 생명을 100번 절멸시키고도 남는 핵무기와 독성이 2만 4천 년 동안 남는다는 방사성물질을 만들어 내고 있는 핵발전소로 대표된다. 서양 문명은 아시아, 아프리카, 남아메리카, 그리고 오세아니아의 모든 생물 앞에서 그것을 폐기하고, 두 번 다시 그와 같은 것을 만들어 내지 않도록 감시해야 할 의무가 있다.

일본에서도 멸종했거나 위기에 처한 동식물이 적지 않다고 듣고 있지만, 야마기와 씨가 조사한 바로는 마운틴고릴라라 불리는 르완다의 고릴라도 지금은 불과 280마리밖에 남지 않았다고 한다.


다음에 온 이는 야마카타현에서 농사를 짓고 있는 사이토 시게무라는 분이었다. 농사를 짓는 한편 해마다 겨울이 되면 시가현에 있는 한 좌선 전문 사찰로 가서 수행을 하며 지내는 이다. 그리고 무슨 이유에서인지 그 기간을 끝내고 나서는 이 섬에까지 와서 누추한 우리 집을 찾는다.

작년은 빼먹었으니 이번에는 2년 만에 만나는 셈이었는데, 머리카락을 싹 깎아서 처음에는 누구인지 알아보지 못했다. "사이토입니다." 해서 자세히 보니 과연 승려도 아니고 속인도 아닌, 보고 싶던 그 사람이었다. 스승 격인 스님이 머리를 깎아 주며 승복도 입으라고 권했지만, 아직 가사 장삼까지는 그렇더라며 수줍은 듯 웃었다. 수행자는 가사 장삼을 동경하기 마련이고, 게다가 스승이 그렇게 하라고 했으면 해도 좋으련만 그러지 않는 것이 사이토라는 분이었다.

작년에 포도밭에 석회 소독을 하다가 두 발에 화상을 입었는데, 그 일로 자연 농법으로 유명한 후쿠오카 마사노부의 농법에 진심으로 관심을 갖기 시작했다는 말도 했다. 나쁜 일이 나쁜 일로만 끝나지 않고 좋은 일로 가는 실마리가 되기도 한다고 그분은 웃으며 앞엣말에 토를 달았다.

내게는 그 사이 아내의 죽음이라는 생각지도 못했던 일이 일어났다. 내게는 아주 나쁜 일인데, 그 일이 내게 앞으로 어떻게 살라고 일러 주고 있는 것인지는 아직 알 수 없다. 다만 아내가 한울님의 뜻(自然法爾, 자연법이)이라는 말을 남기고 간 것만은 잘 알고 있다. 자신의 죽음을 자연스러운 일로, 한울님의 뜻으로 말없이 맞았던 아내를 지켜본 만큼 나 또한 그처럼 살고 죽어 갈 수 있을 것이다. 아직은 너무 외로워 안정이 안 되지만 날 찾아 주는 손님들에게 아내의 도움 없이 차를 끓여 대접하는 일쯤은 어느새 나도 할 수 있게 되었다.

# 멈추지 않은 눈물

1

산과 산 사이로 아주 조금 바다가 보이는 마을 뒷산에 아내 무덤을 만들었다. 비가 오는 날이나 구름이 낀 날에는 안개가 짙게 끼어 거기가 바다인지 무엇인지 알 수 없을 정도지만 맑은 날에는 그곳에서 분명하게 바다가 보인다.

묘지 만들기는 가는 길을 다듬는 일로부터 시작됐다. 풀로 뒤덮인 폭 50센티미터 남짓한 오솔길은 굽이가 많고, 툭 튀어나온 곳이나 푹 패인 곳이 있고, 나무뿌리가 크게 뻗어 있기도 했다. 그 길을 자재를 옮길 작은 운반기가 다닐 수 있도록 평탄하게 닦고, 도로 폭도 넓혀야 했다. 짐차가 다닐 수 있는 임도에서 200미터쯤 되는 거리였다. 마을 사람들의 도움을 받아 가며 오솔길을 정비하는 데에만 1주일이 걸렸다. 그런 불편한 곳에 꼭 묘를 써야 되느냐는 이도 있었으나 나는 어떻게든 바다가 보이는 곳이어야 했다.

가고시마에서 와 준 지인이자 업자인 가쿠 씨가 얼추 닦은 길 위로 조그만 운반기를 몰아 보았다. 놀라운 성능이었지만 도중에 두 번 넘어지고 세 번째는 골짜기 아래로 굴러떨어지는 작은 사고가 났다. 사람이 다칠 만한 높이는 아니어서 다행이었다. 쇠사슬로 끌어올리고 다시 도로를 닦았는데, 거기에 또 이틀이 걸렸다.

100킬로그램 정도까지는 작은 운반기로 싣고 올라갈 수 있었지만 400킬로그램이 넘는 묘지석이나 그것이 놓일 받침돌 따위를 가파른 곳에서 옮길 때는 운반기에 줄을 걸어 여럿이 함께 끌어야만 했다. 가쿠 씨는 10년 넘게 묘지를 만들어 왔지만 이런 일은 처음이라며 때로 투덜거렸다. 하지만 동네 사람이 돈 한 푼 안 받고 힘을 모아 제 일처럼 일하는 것 또한 처음 보는 일이라며 입으로는 툴툴거리면서도 실제로는 일을 즐겼다.

우리 마을에서는 아이가 태어날 때는 마을 여자들이 모두 무엇인가 저마다 필요한 일을 거들거나 물건을 가져와 산모를 돕는다. 우리가 섬으로 들어온 뒤 지금까지, 이미 마을에서 10명 가까운 아이가 그렇게 태어났다. 그리고 이번에는 묘지 만들기였다. 사내들이 중심이 돼서 모두 함께 무덤을 만들고 있는 것이다. 12년 동안 이곳에 살며 마침내 요람에서 무덤까지의 한 주기가 돌아온 셈이었다.

사방 1미터 정도 크기에 무게 400킬로그램이 넘는 받침돌을 날라 올리는 작업이 재료를 운반하는 일 가운데 가장 힘들었다. 도로 폭 자체가 대략 1미터밖에 안 되기 때문에 돌에 부딪히지 않고, 또 소형 운반기가 옆으로 쓰러지지 않고 올라가려면 남자 여남은 사람이 신중하고도 필사적으로 힘을 써야 했다.

비석을 옮기는 일도 어렵기는 마찬가지였다. 하지만 중량은 엇비슷해도 폭이 좁아 바위 따위에 부딪혀 귀퉁이가 떨어질까 하는 걱정은 적었다.

마지막으로 어려웠던 일은 어떻게 비석을 세울 것이냐였다. 가쿠는 물론 체인블록(무거운 물건을 들어 올리는 기계) 같은 기계를 가져왔지만 산비탈을 깎아 내고 마련한 자리라 디딤 터가 마땅치 않아 그것을 쓸 수 없었다.

사람 손밖에 달리 방법이 없었다. 운반기에 놓인 비석을 굴림대를 써서(굴림대도 물론 그 자리에서 만들었다.) 받침돌 위에 놓인 9센티미터짜리 나무토막 두 개 위로 옮긴 뒤, 여럿이 힘을 합해 똑바로 세웠다. 그 다음 비석을 기울여 9센티미터 각재 하나를 6센티미터 각재로 바꿔 넣고, 이어서 반대편으로 기울게 받쳐서 남은 9센티미터 각재마저 6센티미터 각재로 바꿔 넣었다. 그리고 이어 3센티미터 각재로, 1센티미터 각재로 바꿔 넣고, 마지막에는 그것마저 빼냈다.

내리는 봄비 속에서 비석 본체가 놓여야 할 자리에 놓이는 순간, 자연스럽게 모두에게서 손뼉 소리가 터져 나왔다.


일을 하는 동안은 나도 힘의 원 안에 있었다. 비석이 똑바로 서고, 이어 아래에 놓인 받침 나무가 하나하나 얇은 것으로 바뀌어 가는 동안 나는 비석을 끌어안고 온 힘을 다 썼다. 그리고 이윽고 비석이 본래 자리에 놓였을 때 내가 있는 힘을 다해 끌어안고 있던 것은 비석이면서 동시에 아내 그 자체였다는 것을 갑자기 깨달았다. 그리고 동시에 아내가 비석으로 바뀌어 거기에 서 있는 것이 느껴지며 눈물이 흘러나오기 시작했다.

그날 밤, 모두의 노고에 감사하는 뜻에서 작은 잔치를 마련했다. 술이 돌자 노래도 나왔다. 비석이 섰을 때 흘린 눈물이 마중물이 되어 그 밤 나는 어떤 노래를 들어도 눈물이 났다. 오래된 유행가나 민요같이 그곳에 모인 사람들이 부르는 노래 하나하나가 내 눈물샘을 자극했다. 작년 추석날 밤에 여러 사람과 함께 춤을 추던 날도 그랬다. 그날도 나는 내내 울었다. 그 뒤로 마른 줄 알았는데, 눈물샘이 아직 거기 남아 있었던 모양이다.

오키나와의 거북이 등 묘라 하는 커다란 묘는 죽은 자가 되살아

나기를 바라는 뜻에서 아기집 모양으로 만든다. 다른 지역에서는 영원성에 뿌리를 두고 바위로 무덤을 만든다. 하지만 내가 바라는 것은 재생도 아니고, 영원성도 아니다. 힘들었지만 묘지 만들기를 끝낸 지금에 와서 내가 느끼는 것은 그곳에 나의 분명한 의지처가 생겼다고 하는 것이다. 많이 울었지만 한편 깊은 안도감 또한 있었다. 무덤이라는 것은 죽은 자를 위해서가 아니라 오히려 뒤에 남은 자를 위해 만들어지는 문화임이 내 손으로 그것을 만들어 보며 비로소 이해가 됐다.

물론 사자와 전혀 관계가 없다고 하는 것은 아니다. 아내는 바다에도 살고, 산에도 살고, 조몬 삼나무에도 살고 있지만 무덤이 만들어진 뒤부터는 기쁘게 그곳에서도 살아 줄 것이 틀림없다.


2

산비탈에 무덤을 만들었지만 아내의 뼈는 아직 내 서재에 그대로 안치돼 있다. 서둘러 납골을 해서 한 단락을 짓고 싶은 기분도 없지 않았다. 하지만 4월 28일이 아내의 생일이라 그날 납골 의식을 하려고, 한 달가량 만든 묘를 그대로 비워 둔 채 하루하루 아내와 기어이 헤어져야 할 날을 기다리며 지내고 있다.

주변 사람들에게는 28일에 납골을 한다고 알렸는데 마침내 그날이 가까이 오자 평일 오후는 모이기 어렵다는 걸 알고 서둘러 휴일인 다음 날로 일정을 바꿨다. 28일은 날씨가 좋았지만 29일은 아침부터 비였다. 억수같이 오는 비는 아니지만 우산 없이는 걸을 수 없는 날씨였다. 빗속에서는 향조차 피울 수 없어 커다란 천막을 쳤다.

모인 사람들은 마을 사람들을 중심으로 어른 아이 합쳐 삼사십 명쯤 됐다. 그래도 천막 아래 다 들어가지 못하고, 쏟아지는 빗속에서 우산을 쓰고 서 있는 사람 쪽이 더 많았다.

장례식 때도 그랬지만 이번에도 스님 노릇을 내가 맡았다. 참가자 가운데는 전에 스님이었던 여행자가 있었다. 자신의 승복을 벗어 그것으로 꽃다발을 싸서 인도 갠지스강에 흘려보내고 환속을 한 뒤 인도에서 가장 오지에 있는 성스러운 산 카일라스까지 순례하고 왔다는 이였다. 그이에게 〈법화경〉의 '여래수량품'을 읽어 달라고 할까 하는 생각도 잠시 했지만 역시 그 역할도 내가 맡기로 했다. 처음에는 〈아미타경〉을 읽었다.

〈아미타경〉은 여러 경전 가운데서 투명하게 느껴지는 경전이라는 점에서 좋아한다. 〈아미타경〉은 단순 소박하게 '행복이 있는 곳'이라는 말로써 극락세계를 묘사하고 있다. 그곳을 '극락'이라고 부르지 않고 '행복이 있는 곳'이라 부르는 것이 나는 기쁘다. 그중에서도 특히 좋은 것은 거기에 있는 일곱 가지 보석으로 만들어진 연못에 차바퀴만 한 크기의 연꽃이 피어 있다고 하는 1절이다. 그곳을 한문 경전에서는 "지중연화 대여차륜 청색청광 황색황광 적색적광 백색백광 미묘향결池中蓮華, 大女車輪, 靑色靑光, 黃色黃光, 赤色赤光, 白色白光, 微妙香潔"이라고 그려 내고 있다. 이것을 풀어 읽으면 '연못 속 연꽃은 차바퀴만 한데, 청색 꽃에는 푸른빛, 황색 꽃에는 노란빛, 적색 꽃에는 빨간빛, 백색 꽃에는 흰빛이 피어 모두 맑고 고운 향기를 내뿜고 있다.'쯤이 될 것이다.

드러내어 이야기할 게 못 되는 내용이라고 생각하는 분이 있을지 모르지만, 이 청색청광, 황색황광, 적색적광, 백색백광의 풍경에는 그곳이 참으로 '행복이 있는 곳'이라는 걸 수긍하게 만드는 미묘한 바람이 불고 있다. 성스러운 바람이라 불러도 좋다. 경전 속에서는 보통은 이런 투명한 바람이 불지 않는 것도 있지만〈아미타경〉을 읽어 거기까지 오면 그 바람이 불어오는 것이다.

색깔로 말하면 아내는 황색인 사람이었다. 해바라기처럼 노란색을 좋아하는 사람이었는데, 그것은 아내가 바로 그 색깔이었기 때문이다. 나는 청색을 좋아한다. 그것은 나의 본질이 색깔로 말하면 바다처럼 푸른빛이기 때문이다.

경전에는 네 가지 색깔만 나오지만 물론 네 가지 색에 그치는 것은 아니다. 모든 사람이 자기 색깔을 가지고, 그 색깔에 물들고, 그 빛이 될 때 그의 빛은 빛난다. 서쪽으로 십만억 불국토를 지난 곳에 있다고 하는 '행복이 있는 곳'이란 사실은 죽어서건 태어나서건 청색청광, 황색황광, 적색적광, 백색백광을 내뿜는, 우리들이 사는 이 세계를 빼고 달리 없다. '연못'이란 곧 이 지구를 말한다.

묘지를 만들고 난 밤에도 그랬듯이 납골 의식을 마친 밤에도 작은 잔치 자리를 마련했다. 아내는 특히 춤추기를 좋아하는 사람이었다. 그래서 그 밤은 '춤과 함께하는 밤'으로 하기로 했다. 그렇게 공지를 했다. 저마다 좋아하는 음악 테이프를 가지고 모여 춤을 추자고 했는데, 그 밤은 초등학교 여학생들이 완전히 주도권을 쥐는 모양새였다.

마을 게시판에 오륙 학년 여학생들이 붙인 종이에는 이렇게 쓰여 있었다. "아무것도 생각하지 않고, 인간인 것도 잊고, 잠깐이나마 오로지 춤만을 바라보지 않겠습니까?"라고. 그만큼 앞서 마음을 다져 먹고 있었기 때문인지 밤 9시부터 시작되어 새벽 1시가 지나서 끝이 날 때까지 오륙 학년 여학생 넷은 내쳐 춤을 추었다. 물론 저학년 아이들도 추었고, 어른들도 각자 춤을 추었지만 그 초등학교 여학생 넷을 도저히 따라갈 수 없었다.

이제까지 우리 마을에서는 여러 차례 춤을 출 일이 있었지만 초등학교 학생들이 그렇게 중심이 됐던 적은 아직 없었다. 6학년인 노이를 앞장으로 네 여자아이가 어느새 춤에 눈을 뜬 모양이었다. 비틀스, 오키나와 민요, 밥 말리, 펑크 록, 그 밖에 무엇이든 음악이기만 하면 아이들은 거기에 맞춰 내키는 대로 자유자재로 춤을 추어 댔다. 마지막에는 다다미에 발이 쓸려 아프다면서도 음악이 시작되면 춤을 추지 않고서는 배길 수 없다는 듯이 추었다.

'춤을 바라본다.'고 하는 것은 물론 춤을 추고 있는 사람을 본다는 뜻이 아닐 것이다. 자신도 잊고 춤을 추는, 이미 춤 그 자체가 되어 있는 자신을 바라보자는 뜻일 것이 분명하다. 그때 저절로 청색청광, 황색황광, 적색적광, 백색백광의 세계는 실현된다. 노이는 무슨 색일지, 미호는 무슨 색깔일지, 아즈키는 무슨 색일지, 가이는 무슨 색일지 나는 아직 모른다. 납골식을 한 날 밤에는, 하지만 그런 일도 일어났던 것이다.

# 여름풀에도 지지 않고

올여름은 밭이 엉망이었다.

7월 말부터 8월 중순까지 2주쯤 섬을 떠나 새로 나온 책 출판기념회에 참석했고, 나가노현에 있는 한 산기슭에서 '핵 반대 큰 사랑 No Nukes One Love'이라는 주제로 펼쳐진 축제에 갔다가 돌아와 보니 그다지 넓지 않은 밭 전체가 여름풀로 가득 뒤덮여 있었다.

이제까지는 물론 아내가 돌보아 왔다. 여러 날 집을 비웠다가 돌아오면 그동안 밭작물이 놀랄 정도로 크게 자라 있고는 해서, 나는 그것을 보고 즐거웠다. 그것이 아내가 떠나며 토마토나 옥수수나 수박이나 참외나 콩이나 모두 전멸 상태였다. 맥이 빠짐과 동시에 너무나도 기운이 넘치는 여름풀의 번식력에 어안이 벙벙하여 풀을 벨 의욕도 잃어버린 채 방치에 가까운 상태로 한동안 내버려 두었다.

　그렇게 두고 보다 보니 여름풀과 맞서 지지 않고 자라는 것이 있었다. 바로 차조기와 토란이었다. 토란은 그 커다란 잎으로 다른 여름풀을 누르고 지기는커녕 잡초를 압도하며 쑥쑥 자라고 있었다. 차조기는 비록 잎은 작지만 무리를 지어 높이 자라는 기세가 다른 풀에 결코 뒤지지 않았다. 차조기가 무리를 지어 사는 곳에서는 다른 풀이 힘을 못 쓰고 있었다.

　일본 문화의 본류를 벼의 문화에 있다고 보는 야나기타 구니오 설에 이의를 제기하면서 벼에 더해 더 오랜 옛날부터 일본에 서류(토란, 감자, 고구마, 참마 따위) 문화의 흐름이 연면히 이어져 왔다고 처음 주장한 것은 쓰보이 히로후미였다. 이 설은 오늘날 일본 민속학계에서도 대체로 인정받고 있는데, 여름풀을 압도하고 당당하게 자라고 있는 토란이 쓰보이 설의 정당성을 여실하게 보여 주고 있었다.

　그 사이 9월이 가고 10월이 되었다.


　어느 날이었다. 여기저기서 무리 지어 자라던 차조기들이 꽃 피우기를 마치고 모두 열매를 맺고 있는 것이 보였다. 차조기꽃은 이삭 모양으로 아래에서부터 피기 시작해 차례로 열매를 맺어 가며 끝에 이른다. 이삭 끝부분 꽃까지 다 피고 났을 때가 열매를 거둘 때다.

가득 열매를 맺은 차조기 무리를 보면서 이 열매를 따 모아 반찬 거리로 쓰면 어떨까 하는 생각이 불쑥 들었다. 말린 물고기를 끓여 국물을 낸 뒤 간장과 술을 넣고 걸쭉하게 조리면 의외로 아이들도 좋아하는 요리가 될지도 몰랐다.

그렇게 여기고 곧바로 차조기 열매를 훑어 모으기 시작했다. 이삭 모양을 하고 있는 열매를 아래에서 위로 훑어 올리면 강한 향기와 함께 100알쯤 되는 열매가 손바닥에 모이고는 했다. 그것을 대나무 바구니에 모아 갔다.

저녁 해가 비치는 오후의 단조로운 작업이었다. 하지만 그러고 있자니 여름 이후로 밭을 대할 때면 불편했던 기분이 차츰 사라져 갔다. 아울러 이것도 또한 자연의 풍요로움이라는 생각이 조금씩 강해져 갔다. 오이와 토마토만 채소가 아니다. 차조기 열매도 훌륭한 채소인 것이다. 마치 벼만 주식이 아니라 토란을 주식으로 삼았던 문화도 있었던 것처럼.

그것은 이 여름에 내가 수확한 사소한 자유의 지평이었다. 자그마한, 소위 잡초와 진배없을 만큼의 수확이었다. 하지만 그것은 적으면 적을수록 그 아래 무한이라고 해도 좋을 만큼의 깊이를 숨기고 있는 땅의 자유였다.

한 시간쯤 차조기 열매를 훑어 모으는 사이 손가락에는 검은 물이 들었는데, 그 무렵 나는 온전한 행복 속에서 잠시 쉬려고 손을 놓았다. 곁에 있는 돌에 앉아 천천히 주위를 둘러보았다. 그러자 먼저 흰색과 붉은색이 뒤섞인 여뀌꽃이 눈에 들어왔다. 눈에 잘 띄지 않는, 서글픈 아름다움을 지닌 꽃이다. 다음에는 이질풀꽃이 보였다. 짙은 분홍빛 이질풀꽃은 내가 가장 좋아하는 가을 들꽃 가운데 하나다. 밭 여기저기에 돋아난 이름을 모르는 잡초가 어느새 흰 꽃을 가득 피우고 있는 것도 보였다. 조금 떨어진 덤불에서는 아직 여름 하늘타리가 새하얀 꽃을 피우고 있었다. 덤불 바깥으로 가지를 펼친 누리장나무에는 붉고 흰 꽃이 빽빽했다.

땅 바로 위에서부터 높은 데까지, 밭에는 물론 밭을 둘러싼 수풀에도 여러 가지 가을꽃들이 아무 말 없이 가득 피어 있었다.


저녁 무렵, 현관 마루 위에는 날마다 그날 거둔 것들이 놓인다. 먼저 달걀이 열네댓 개쯤 작은 바구니에 담겨 있다. 그 옆에는 내가 직접 짠 산양 젖이 세 홉 정도. 그리고 대나무 소쿠리에 반 남짓 찬 차조기 열매. 거기에 간에 약이 된다기에 산양에게 줄 풀을 베며 뜯어 온 칡꽃이 또 한 자루 가득. 마지막으로 올해부터 본격적으로 열리기 시작한 밤이 한 되쯤.

날마다 똑같은 것은 아니다. 나날이 다른데, 어찌 되었든 땅은 날마다 이 게으름뱅이에게도 무엇인가 먹을 것을 내어 준다. 수확 철인 가을에 거둬들인 양을 두고 스스로를 나무라는 일은 자신은 물론 밭에게도 면목 없는 짓이다.

나를 지탱하고 있는 것은 밭이지만 밭을 지탱하고 있는 것은 땅이다. 밭을 통해, 혹은 밭을 넘어서 직접 산이나 들을 통해 더욱 깊이 땅의 본질을 마주해 가는 여행이 내가 이제까지 해 왔고, 앞으로도 하고 싶은 여행이다. 그것은 곧 나 자신에게 정착해 가는 여행이기도 하다. 벼를 문화의 본래 줄기로 보는 야나기타 구니오의 민속학에 견주어 벼뿐 아니라 감자나 고구마나 토란과 같은 서류도 소중했다고 보는 쓰보이 민속학에서 내가 알 수 있는 것은, 땅을 향한 여행 중에 있는 내게 쓰보이라는 강력한 길동무가 생겼다는 것이었다.

# 과학 문명 사회의 커다란 착각

일이 있어 야마가타현에 다녀오는 길이었다. 야마가타시에서 센다이시로 가는 길이었다. 내가 탄 열차는 바쇼의 시로 이름이 높은 야마데라 역을 지나갔다.

고요하구나
바위에 스머드는
매미의 울음

야마데라 역은 이런 바쇼의 하이쿠가 태어난 곳이었다. 산 중턱에 있는 사찰은 눈으로 뒤덮인 차창으로 희미하게 보일 뿐이었다. 마음속으로 오래 그리던 곳이었다. 잔잔한 기쁨 속에서 나는 그 역을 뒤로했다.

도쿄에서는 야간 침대차를 바꿔 타야 했는데, 출발 시각까지 반나절쯤 시간이 났다. 그 시간에 오랜만에 간다 헌책방 거리를 걸어보기로 했다. 그 거리도 옛날 모습이 거의 없었다. 다행히 간쇼도나 고미야마 서점이나 잇세이도 책방 같은 오래된 서점은 그대로였는데, 그 사이 나도 쉰에 이르러 있었다. 나이 50이란 조동종을 연 승려 도겐의 〈정법안장正法眼藏〉이나 정토진종을 연 신란의 〈교행신증教行信證〉을 다시 천천히 읽어 보기에 맞춤한 나이다. 그런 깨달음에 따라 한 헌책방에서 〈정법안장〉 상하권을 샀고, 다른 책방에서는 〈교행신증〉을 구했다.

책을 사고 난 뒤로는 30년 전 학생일 때 가끔 가던 한 탱고 음악 전문 찻집을 찾아보았다. 있었다! 옛날과 다름없이 뒷골목에 그 집은 있었다. 하지만 학생처럼 보이는 손님은 찾아볼 수 없고 온통 중년의 남녀들뿐이었다. 마치 30년 세월을 건너뛰어 옛날의 우리가 거기에 그대로 앉아 있는 것 같은 느낌이었다. 찻집이나 그곳을 찾은 사람이나 젊은 날의 꿈을 내팽개치지 않고 간직한 채 거기 머물고 있는 듯한 조금 이상한 광경이었다.

찻집을 나온 뒤로도 시간이 꽤 남아 어릴 때 살던 집이 있던 곳에 가 보기로 했다. 오차노미즈 역에서 니콜라이 성당을 오른쪽으로 보고 걷다가 오른쪽으로 돌아서니 이미 거기는 눈에 익숙한 집이 몇 채인가 옛날 모습 그대로 남아 있었다. 하지만 내가 스물두 살까지 살았던 집은 이미 흔적도 없이 사라지고 주차장이 들어서 있었다. 주차장에는 승용차 두 대가 세워져 있었다. 어릴 적 집은 초등학교 바로 옆이었는데, 학교 담을 따라 조금 가면 오른쪽에 작은 공원이 있었다. 날마다 거기 가서 지치도록 놀았다. 4년 전에 돌아가신 아버지가 아직 강건하실 때 심은 벚나무가 죽지 않고 살아 있어 반가웠다. 나무에 잠시 기대어 서 있었다.

그 뒤로는 큰길로 나와 우체국 앞을 지나서 간다 역까지 걸었다. 한 시간 남짓한 산책이었는데, 그때 알게 된 것은 그 잊기 어려운 풍경이 얼마나 자주 내 꿈속에 등장해 왔던가, 하는 것이었다. 꿈에서 보았다고 해도 꿈이란 대부분 꿈에서 보았다는 것조차도 자각할 수 없을 만큼 금방 잊혀지게 마련이다. 그렇게 잃어버렸던 꿈들이 그날 내 눈앞에 되살아났다. 내가 다니던 길, 다무라 기름집, 기무라 씨, 사미센(일본의 전통 악기)을 가르치던 미에사키 선생님 집, 늘 닫혀 있던 초등학교 뒷문, 시모다 씨네 집, 나카지마 씨네 집, 아구쓰 병원, 공원의 은행나무, 그네. 그리고 오가와에서 크게 휘어지는 37번 전철.

길을 걸으며 나는 내가 그 광경 하나하나를 꿈속에서 얼마나 자주 보아 왔는지를 분명하게 알 수 있었다. 눈에 보이는 풍경 하나하나가 꿈에서 보았던 것들이었다. 그곳에 없는 것은 사라진 어릴 적 집과 오가와에서 크게 휘어지던 37번 전철, 그 두 가지였다. 어릴 때 살던 집이 자주 꿈에 나오는 것은 당연한 일이겠지만 37번 전철이 왜 그렇게 자주 꿈에 등장했는지는 이해할 수 없다. 물론 지금은 전철 따위가 올 리 없는 곳이었다. 간다 우체국 앞 큰길을 걸으면서 쓰러질 듯이 기울어지면서 휘돌아 오는 37번 전차의 모습을 나는 보고 있었다.

버리고 버리고 버리더라도 어릴 때의 경험은 꿈이라는 형태로 의식 깊은 곳에 짙게 남아 있다는 것을 그때 알았다. 오지 않았더라면 좋았을 걸 하는 생각이 없지 않았다. 하지만 어둠 속에서 어둠 속으로 자꾸 사라져 갈지도 몰랐던 내 영혼의 토대가 그와 같은 모양으로 분명해진 것은 새로운 경험이었다. 나는 의심할 바 없이 도쿄의 간다라는 거리에서 태어나 거기서 자란 과거를 가진 사람이었다.

야쿠섬으로 돌아오는 야간 침대차 속에서 〈아사히 신문〉의 한 논설위원이 1973년에 쓴 《반문명의 섬》이라는 책을 읽었다. 류큐 열도(오키나와에서 이리오모테섬에 이르는 일본 최남단의 여러 섬)와 폴리네시아 문화를 비교한 책이었는데, 둘의 유사성을 말하면서 그 특징을 반문명적인 것으로 보았다. 그는 두 문화를 무척 사랑하고 있었다. 1973년이라는 시점에서 그는 류큐네시아와 폴리네시아 문화에 깊은 애착을 보였지만 결국은 류큐 열도가 아니라 도쿄의 〈아사히 신문〉본사로 그는 돌아갔다.

내 경우는 1988년 말, 도쿄의 간다 거리에 애착을 느끼면서도 나의 섬 야쿠시마로 돌아왔다. 나는 내 섬에서 내 삶을 꽃피워 갈 것이다. 단련해 갈 것이다. 물론 내가 아무리 노력해도 나는 오랜 옛날부터 이 섬에서 살아온 섬사람처럼 이 섬과 조화롭게 살아갈 수 없을지 모른다. 하지만 문화란 서로 교류하는 것이라는 점만은 분명하다. 충분치 않더라도 섬사람 쪽에 서서 섬이야말로 희망이고, 참다운 풍요이자, 내가 죽을 땅이라는 사실을 잊지 않고 나날의 삶 속에서 내가 섬과 하나로 동화되어 갈 수 있기를, 그 노력을 게을리 하지 않기를 기원하고 있다.

9월이 되면 우리 마을에서는 사슴 우는 소리가 들리기 시작한다. 올해는 9월 1일에 첫 울음소리를 들었다. 우는 것은 수컷이고, 암컷은 울지 않는다. 뀨어—, 뀨어— 이렇게 뒤를 길게 끌며 우는데 아름답고도 쓸쓸한 느낌이다. 한 번 우는 것은 외뿔 사슴이고, 두 번 우는 것은 두 뿔 사슴이라는 말이 있지만 정확한 것은 알 수 없다. 그러고 보면 세 번 넘게 이어서 우는 소리를 들은 적은 없는 듯하다. 사슴이란 한 번이나 두 번밖에 울지 않아서 그런 말이 생겼는지도 모른다.

이삼십 년 전까지는 섬에 사람 2만, 원숭이 2만, 사슴 2만이라고 했는데, 지금은 사람은 만 5천 명, 원숭이나 사슴은 그것보다 훨씬 줄어 저마다 1천 마리도 안 되는 것이 아니냐고 한다. 사람이 줄어드는 것도 쓸쓸한 일이지만 원숭이나 사슴과 같은 야생동물이 줄어드는 것은 더욱 쓸쓸한 일이다. 사람은 다른 곳으로 살러 가느라 줄어든 것이지만 동물은 그렇지 않다. 야생동물이 그렇게 큰 폭으로 줄었다는 것은 인간에게도 그만큼 좋지 않은 일이라는 것을 사람들은 대개 모르고 있다. 원숭이나 사슴이 멸망해 가더라도 인간만은 계속해서 번영을 누리리라는 생각은 과학 문명 사회의 커다란 착각이다.

숲이나 숲에 사는 동물은 인간과 완전히 같은 생명권에 속해 있다. 인간이 숲을 파괴해 야생동물이 줄어 간다는 것은 이미 인간도 거기에 비례해서 멸망의 길에 접어들었다는 뜻으로 보면 틀림없다.

하루 일을 마친 뒤에는 집 앞에 나와 그곳에 있는 큰 돌에 앉아 지내는 일이 많다. 그곳에서 나는 어둠이 점점 짙어져 가는 것을 본다. 어제는 산 위에 초승달이 떠 있었다. 막 태어난 듯한 초승달의 투명한 빛은 시간을 넘어선 존재만이 줄 수 있는 돌연한 계시이자 선물이었다. 그것은 막 태어난 영원이자 늘 다시 태어남으로써 결코 없어지는 일이 없는 자비 그 자체였다.

그때 사슴이 우는 소리가 들려왔다. 꿔어—, 꿔어— 숲에서 숲으로 퍼져 가는 맑고 가는 울음소리는 생명의 소리였다. 남이 아니라 우리의 생명의 소리였다.

우리 시대의 문명은 얼마 남지 않은 숲조차 베어 내며, 막 태어난 갓난아이처럼 싱그럽게 빛나는 초승달이 뜨는지 지는지 전혀 관심을 두지 않은 채 어디를 향해 진화 발전해 가려고 하는 것일까?

# 없어서 더 성스러운 곳

2월 초순에 오키나와에 다녀왔다. 이번이 두 번째였다.

이시가키섬에서 바다를 지키기 위해 훌륭하게 싸워 나가고 있는 야마자토 세쓰코 씨. 이리오모테섬에서 역시 살기 좋은 섬을 만들고자 애쓰는 이시가키 긴세이 씨. 그 섬으로 옮겨 와 새로 섬 주민이 된 시인 미야자키 사유리 씨와 나. 이렇게 네 사람이 모여 '바다여 강이여 섬이여'라는 시 낭송회를 갖기 위해서였다. 주최는 나하시에 있는 어린이 책 전문 서점 '꿈이 있는 공간'이었다.

낭독회 말고도 류큐 대학 영문학과에서 게리 스나이더(1930년~. 미국의 시인이자 대학교수. 1960년대 후반부터 공동체 생활과 환경 보호 운동의 중요한 대변자가 된 사람이다.)를 연구하고 있는 야마자토 가쓰미 교수한테서도 부탁을 받았다. 게리가 1960년대부터 1970년대까지 교토에 있는 한 절에서 참선 수행을 할 때의 이야기를 류큐 대학 학생들에게 해 달라는 것이었다.

　게리는 교토에 살 때 일본인 친구가 참 많았다. 나도 그 가운데 한 사람으로 오키나와 출신인 그의 아내가 첫 아이를 낳았을 때는 도쿄에서 교토까지 지나가는 자동차를 얻어 타 가며 축하하러 갔던 일도 있다.

　놀랍게도 그때 태어난 카이가 이미 성인이 되어서 1년간 류큐 대학 일본어학과에 단기 유학생으로 와 있다고 했다. 막 태어났을 때 본 뒤로 본 적이 없는데, 카이는 섬세한 느낌을 주는 훌륭한 청년으로 자라 있었다. 처음 만난 셈이었으나 역시 그런 느낌은 들지 않고, 반갑게 악수를 하며 빠르게 흘러간 세월에 놀라지 않을 수 없었다. 들어 보니 캘리포니아 대학 환경학과에 적을 두고 있지만 정말 하고 싶은 일은 환경학적 인류학이라 했다. 그런 뜻에서 어머니 고향인 오키나와를 유학지로 골랐다고 했다. 역시 게리의 아들이구나 싶어 반가운 한편 새로운 세대가 만물과의 공생을 탐구 목표로 삼고 있는 모습을 보게 되어 기뻤다.

　카이를 만난 것도 그랬지만 이번 오키나와 여행에서는 기쁜 일이 많았다. 그 가운데 하나가 섬 남쪽에 있는 세이화 우타키에 갈 수 있었던 일이었다. 오키나와에는 섬 안 어느 곳이나 우타키라 하는 성소가 있지만, 그 가운데서도 신의 섬인 구다카섬을 한 눈으로 내려다볼 수 있는 자리에 있는 세이화 우타키야말로 가장 전통이 깊은 우타키의 하나였다.

류큐의 통일은 5세기 상왕조 시대에 이루어졌는데 그 왕제 속에는 '문득대군聞得大君'이라는 남다른 제도가 있었다. 문득대군은 물론 여성으로 오래전 오키나와의 샤머니즘 사회를 이끌어 온 노로라는 여성 샤먼들의 우두머리였다. 동시에 그 특이한 듣는 능력에 힘입어 때로는 왕권보다 위에 서기도 하는 직무였다. 문득대군에는 왕의 누나나 여동생이 올랐다. 여기에 자세히 쓰기는 어렵지만, 새 문득대군이 자리에 오르는 장소가 세이화 우타키였는데, 내가 전부터 무척 가 보고 싶던 곳이었다. 우타키라고 하면 높은 산을 상상하기 쉬운데 오키나와의 우타키는 작은 바위산이거나 조금 높은 언덕, 혹은 평지에 있는 숲인 경우도 많다. 바다 위로 솟아오른 산호 더미가 그대로 우타키라 불리며 예배소가 된 곳도 있다.

세이화 우타키는 숲이 깊고 무성한 곳으로 해발 100미터 정도 되지 않을까 싶었다. 정상 가까이에는 수직으로 깎은 듯이 솟은 거대한 바위와 거기에 쓰러지며 기대어 선 또 하나의 거대한 바위로 이루어진 통로가 있었다. 그 건너에 세이화가 있었다. 통로를 빠져나오면 놀랍게도 눈앞에 바다가 펼쳐지며 신의 섬으로 유명한 구다카섬이 내려다보였다. 앞은 더 나아갈 수 없는 절벽이었다. 그 얼마 안 되는 절벽 위 공터가 문득대군의 취임식을 거행하는 세이화였다. 솟아오른 산호 조각들이 쌓여 있을 뿐 성소다운 조각도 장식도 하나 없었지만 타고 남은 오키나와 특유의 납작한 향만은 산더미처럼 쌓여 있었다.

문은 물론 집도 없고 석탑도 없었다. 사람이 만든 것은 아무것도 없었다. 다만 숲속의 거대한 바위 통로를 지나 눈 아래 바다와 구다카섬이 내려다보이는 자리에 있다는 것만으로도 그곳은 오키나와에서 가장 유명한 성소 가운데 한 곳이 된 것이다.

바다와 섬과 자신이 서 있는 자리. 거기에서 강한 기운이 나온다는 이유만으로도 그곳을 세이화로 삼은 오키나와 사람들의 깊은 애니미즘에 나는 마음속 깊이 공감하는 한편 전율하지 않을 수 없었다.

신앙이라는 인간의 가장 원초적인 감정은 늘 종교 조직이나 사원, 혹은 권력에 짓밟혀 왔다. 천황제는 그 가운데 으뜸가는 것이다. 최근 일련의 일들(쇼와 덴노의 죽음)에 따라 전후의 정치적 민주주의도 상당히 모호했다는 것이 드러났다. 아울러 또 하나 분명해진 사실은 사람들의 가장 깊은 감정인 신앙심을 수탈하고 하나로 통일함으로써 국가라고 하는 장치를 강화하고자 했던 과거 일본 정부의 의도였다.

하지만 오키나와 전통에서는 우타키에 권력과 관련이 있는 어떤 장식이나 상징도 쓰이지 않는다. 다만 거대한 바위가 있고, 바다가 내려다보이고, 섬이 있고, 깊은 숲이 있고, 절벽이 있고, 솟아오른 산호 쪼가리가 있을 뿐이다.

불상에도 물론 불성이 있을 것이다. 신사의 본전에도 신이 있을지 모른다. 하지만 모든 이에게 차별 없이 마음의 평화와 기쁨을 가져다주는 신은 자연 그 자체, 곧 숲이나 나무, 바다나 강, 산들이나 언덕, 꽃이나 풀이나 바람을 빼고 달리 없다. 자연스럽게 기쁨을 되찾게 해 주고, 사람을 경건하게 만들고, 힘을 주고, 다시 걸을 수 있게 에너지를 주는 것을 우리는 신이라 부르고 부처라 부른다.

오키나와에는 신이나 부처의 '본래 고향'이라고 해야만 할 '님'의 세계가 본래 모습 그대로, 곧 바다와 섬, 바위와 나무, 불이나 물의 모습으로 지금도 우리 앞에 있다. 우리는 오키나와에서 'Think globally, act locally.' 곧 '세계적으로 생각하고, 지역적으로 행동하라.'는 이상적인 생활로 우리의 삶을 새롭게 다시 시작할 필요가 있다.

오키나와 여행은 이것으로 끝이 아니었다. 한 시골 마을의 어느 도예가 집에서 나는 아궁이 신을 뵐 수 있었다. 아궁이 신은 제단 아래 장 속에 놓여 있었다. 단순한 돌이었으나 그 돌은 서너 대에 걸쳐서 아궁이의 돌로 이어 쓰여 온 돌이었다. 그렇게 아궁이 돌로서의 일을 마치고 지금은 방으로 옮겨져 신으로서 모심을 받고 있다고 했다. 유일신God도 본래 좋은 것이지만 님a god은 더욱 좋은 것이라는 걸 그때 나는 절실하게 깨달았다.

# 에코토피아 보고서

일요일 오후에 다른 일도 있고 해서 아랫마을 효도 마사하루 씨의 집을 찾았다. 효도 씨는 최근 10여 년 동안 우리 섬의 원시림 남벌을 막기 위한 일에 앞장서고 있다.

올해 초부터 섬 서쪽에 남아 있는 원시 늘푸른넓은잎나무 숲 800헥타르(약 240만 평)의 나무를 벨 계획이라고 하는 산림청의 방침이 섬사람들에게 알려졌다. 효도 씨를 중심으로 한 '야쿠섬을 지키는 모임' 사람들이 크게 떨치고 일어나 우리 섬만이 아니라 일본에서도 귀중하게 여겨야 하는 이 원시림을 지키기 위한 운동을 펼쳤고, 다행스럽게 농수산부 장관의 현명한 결정으로 벌채 계획은 중지가 됐다.

하지만 나무를 베는 일로 살아가는 이들의 생계는 어찌할 것이며, 벌채가 중지된 원시림을 앞으로 어떻게 활용해 나갈 것이냐 하는 커다란 문제가 섬에 남았다. 그것은 우리가 이 섬에서 어떻게 살아가야 하느냐는 문제와도 깊이 얽힌 문제였다.

효도 씨의 아내가 직접 만든 과자를 먹으며 여러 가지 이야기를 나눴다. 효도 씨는 이런 말을 했다.

" '야쿠섬을 지키는 모임'이라는 생각은 이미 낡은 발상이다 싶어요. 앞으로는 그와 반대로 우리 모임도 우리 섬의 지킴을 받는 모임, 그러니까 야쿠시마, 곧 우리 섬이 우리를 지켜 준다는 방향에서 살아가는 길밖에는 없다고 봅니다."

맞는 말이다. 우리 섬만이 아니라 가고시마나 도쿄처럼 대도시 사람들도 결국은 자연이 지켜 주어서, 자연이 살 수 있게 해 주어서 살아가는 데 지나지 않는다. 우리가 무엇을 지킨다고 하는 태도와 그 무엇이 우리를 지켜 준다고 하는 태도 사이에는 서양 사상과 동양 사상의 차이와 같은 커다란 관점의 차이가 있다.

자연을 파괴하는 쪽과 맞설 때는 '지키는' 것을 피할 수 없지만 우리는 한 발 더 나아가 '자연이 지켜 주고 있다.', 곧 '자연이 있어 내가 살 수 있다.'는 자각과 실천을 나날의 생활 속에 하지 않으면 안 된다는 걸 요즘 자주 느낀다.

얼마 전에 올해 아흔여섯인가 하는 시마토 요코 씨가 세상을 떠났다. 연세가 정확하지 않은 것은 호적에는 아흔하나로 돼 있지만 출생신고를 잊었고, 그것도 여러 해 잊어서 그렇게 됐다고 한다. 자식 중 막내지만 대를 잇고 있는 올해 쉰이 된 나오키 씨와는 평소 가까이 지내는 사이여서 부음을 듣고는 바로 밤샘을 하러 갔다.

향이 타며 나는 연기가 방 안으로 퍼져 가는 속에서 상주와 함께 밤을 새우기 위해 온 사람들이 조용히 술을 마시고 있었다. 아흔을 넘긴 호상인지라 모두 밤샘이야 하지만 참을 수 없는 슬픔은 없었다. 조용한 애도의 감정이 향 연기와 함께 흐르는 평온한 분위기였다.

이야기 중에 돌아가신 분에게 자손이 몇이냐가 화제가 됐는데 아무도 정확하게는 헤아리지 못했다. 상주인 나오키 씨조차 30명은 되겠지 하며 한동안 손가락을 꼽아 보다가 도중에 헷갈려 그만둬야 했다.

화제는 옛날이야기로 돌아가 나오키 씨가 어렸을 때는 40킬로그램이나 되는 숯 가마니를 등에 세 가마니, 앞에 한 가마니씩 들고 숯가마 터에서 길까지 걸어 내려오는 사람들이 있었다고 했다. 그러자 다른 손님이 자기네 마을에서는 시멘트가 한 포대에 50킬로그램일 때 네 포대, 그러니까 200킬로그램을 짊어지는 사람이 있었다고 했다.

160킬로그램, 혹은 200킬로그램이나 되는 짐을 인간의 육체가 일상적으로 짊어지던 시대가 과거에는 있었다. 시마토 요코 씨는 그런 시대를 살다가 지금 조용히 아미타불의 품으로 돌아간 것이다.

인간의 생활이 점차 두뇌 중심으로, 곧 관념적으로 변하며 육체 노동은 로봇이 대신해 주는 시대가 되어 가고 있다. 하지만 인간의 행복은 한 발도 나아가지 못하고 있다. 오히려 후퇴해 가고 있는 게 아닌가 싶기조차 하다. 대개의 현대인은 땅을 밟고 일하는 것을 잊었다. 오직 편한 쪽으로만 몸을 두고 살며 실은 불안과 허무를 향해 나아가고 있다. 스스로 자신의 삶을 돌아봐야 한다.


캘리포니아 대학교 출판부에 근무하는 어니스트 칼렌바크라는 사람이 1975년에 《에코토피아》라는 책을 썼다. 이 이야기는 1980년에 캘리포니아 서해안 지역인 워싱턴주, 오리건주, 캘리포니아 북부가 미합중국에서 떨어져 나와 독립을 하고, 20년이 지난 시점(2000년)에 한 기자가 그 이상 국가, 곧 에코토피아의 실정을 조사해서 보고한다는 형식을 취하고 있다.

수도가 된 샌프란시스코의 거리는 산중처럼 고요하다. 큰길은 가로수 수천 그루가 자라는 보행자 도로로 바뀌었다. 땅속으로 들어가 있던 하천도 다시 모습을 드러냈고, 거기에는 맑은 물이 흐른다. 차는 없다. 차 대신 전기 자동차와 전기 버스가 몇 대 소리도 없이 달리고 있다.

이와 같은 거리 묘사를 시작으로 에너지, 정치, 경제, 문화처럼 모든 면에 걸쳐 에코토피아라는 나라에 대한 보고가 이루어진다. 그 속에서 가장 흥미로운 것은 그 나라에서는 재생 가능한 자원이라는 점에서 식물을 무엇보다도 소중하게 다룬다는 점이었다. 이를테면 온갖 나무가 어우러져 자라는 자연림을 나라 전체가 귀중하게 가꾸고 있다. 나무를 벨 때는 먼저 기도부터 올린다. 그런 다음, 숲의 모습을 망가뜨리지 않도록 수동 톱으로 한 그루 한 그루 알맞게 솎아 베어 나간다. 그 나라 사람들은 목조 주택을 무엇보다도 사랑하고, 필요한 양을 베면 자른 사람이 그만큼 나무를 심어야 한다고 법으로 정해 놓았다.

우리 섬 에이다 지역에서는 3년 전에 대규모 산사태가 일어났다. 주민들은 산림청의 상류 지역 전면 벌채를 원인으로 보고, 나라를 상대로 손해배상을 요구하는 재판을 청구했다. 재판 결과는 정부의 양식에 맡길 수밖에 없지만 같은 섬 주민의 한 사람으로서 내 생각은 이렇다. 올해도 태풍이 몰려올 때마다 정전이 되고는 했는데, 어둠 속에서 나를 문득 사로잡은 것은 '산사태가 지면 어떻게 하나?' 하는 두려움이었다. 그 불안감은 겪어 보지 않은 사람은 모른다. 우리 섬은 지금 어느 지역 산속이든 나무를 베어 내지 않은 곳이 거의 없다. 나무를 베지 않았다면 이런 공포에 시달리는 일은 분명 없었을 것이다.


하늘이 맑게 갠 토요일 오후, 데라다 씨와 드라이브를 즐겼다. 해두라 부르는 콩과식물 풀과 쓰키이게라는 벼과의 풀을 찾아보기 위해서였다. 해두나 쓰키이게나 다 열대식물로, 어느 것이나 우리 섬이 북방 한계선이다.

특히 해두는 큰 것은 꼬투리 길이가 90센티미터에 이를 만큼 매우 큰 열매를 맺는다. 꼬투리 속에는 지름이 5센티미터쯤 되는 콩이 들어 있다. 섬 동남부를 흐르는 안보강 하구 가까이의 덤불을 헤치며 다녀 보니 해두가 무리 지어 자라는 지역이 있었다. 그곳에는 해두 수십 포기가 굵은 덩굴과 무성하게 자란 잎으로 굉장한 수풀을 이루고 있었지만 기대와 달리 커다란 해두 열매는 찾지 못했다. 길이 30센티미터 남짓한 작은 꼬투리 두 개가 눈에 띄었을 뿐이다.

쓰키이게는 섬 남서쪽 끝에 있는 구리오 해안의 모래 언덕에 절로 자라고 있었다. 꼭 작은 억새 같았지만 이삭은 '쓰키(달이라는 뜻)'라는 이름 그대로 둥근 달 모양을 한, 좀처럼 보기 어려운 식물이었다.

"해두나 쓰키이게나 저 바다를 하염없이 떠다니다 이 섬에 뿌리를 내린 것으로 봐야겠지요!"

데라다 씨는 눈앞에 펼쳐져 있는 동중국해를 바라보며 감개무량

한 듯 이렇게 말했다.

돌아오는 길에는 시도치 상륙지라 부르는 해안에 들렀다. 거기는 솟아오른 퇴적암이 겹겹이 쌓여 있는 바위 바다로 사람이 살지 않았다. 지역 사람들이 가르쳐 준 표적에 의지해서 가다 보니 어느 순간 조금 넓은 공터가 나왔다. 시도치 상륙지에는 십자가 표시가 있다 하여 여기저기 찾아보았다. 있었다. 흰색으로 바위 위에 직접 그린 십자가는 그 바위 바다에 남아 있는 단 하나의 사람의 흔적이자, 멀리 유럽에서 금지된 것을 알고도 선교를 위해 온 그리스도교 무리의 아름답고도 슬픈 표식이었다. 데라다 씨와 나는 그 앞에서 깊이 머리 숙여 절을 했다.

생각해 보면 나도 이 섬의 거친 바닷가로 흘러온 해두나 쓰키이게와 같은 존재다. 섬에서 어떻게 뿌리를 내리고, 무엇을 위해 살 것이냐 또한 두 풀과 다를 것이 없었다.

## 아내의 제단에 놓은 꽃

돈나무라는 식물을 두고 나한테 있는 오래된 식물 사전은 이렇게 적고 있다. "바닷가에 자생하는 갈잎떨기나무로서 오뉴월쯤 다섯 잎짜리 향기 나는 꽃을 피운다. 처음에는 흰색이다가 나중에는 노란색으로 바뀌는 꽃이다."

바닷가나 산기슭에 절로 자라는 돈나무라면 삼사 년 전부터 이름을 알고 있었다. 늘푸른나무지만 봄에 새싹이 나고, 그해에 난 잎이 아니라 이태 전에 난 잎 사이로 꽃을 피우고, 가을에는 루비처럼 아름답고 붉은 열매를 맺는다는 것도 알고 있었다. 또 하나, 돈나무 잎은 산양이 먹는다는 것도 알고 있었다. 하지만 식물 사전에는 잎에서 나는 특유한 냄새가 산양의 체취나 젖에까지 밴다고 해서, 이제까지는 알고만 있을 뿐 한 번도 손을 댄 적이 없는 나무였다.

어느 날, 해안 지대에서 산양 꼴을 베고서는 아내의 제단에 놓을 꽃을 찾을 때였다. 그때 흰 돈나무꽃이 눈에 띄었다. 돈나무인 걸 알고 처음에는 눈을 돌렸지만 혹시나 하는 생각에 높이 3미터쯤 되는 그 나무 언저리로 가서 꽃을 잘 살펴보았다. 흰색이라고 해도 아주 희지는 않고 생각 탓인지 노르스름한 빛이 섞인 흰 꽃이었다. 작은 꽃이 모여 풍성한 꽃 하나를 이루고 있는 데다, 꽃에서 풍기는 냄새도 좋아서 그냥 두고 가기 아까웠다. 나뭇잎이 많다는 것도, 게다가 질감이 충실하다는 것도 호감이 갔다. 꽃만 좋은 꽃도 물론 나쁘지 않지만 잎도 무성한 꽃이 요즘은 더 좋다.

그래서 나는 그 나뭇가지 네 개를 베어 집으로 가져와 아내의 제단에 꽂았다. 제단의 화병에 돈나무 가지를 꽂으며 나는 놀랐다. 잎은 물론 꽃 모양도 좋아 실로 호화로운 분위기였다. 마치 다른 꽃을 보는 듯했다. 이제까지 열한 해 동안 계절마다 들꽃을 꺾어다 현관에 있는 관음상 앞에 헌화를 해 왔지만 돈나무는 이번이 처음이었다. 어느 해 가을에 루비처럼 붉고 반투명한 열매가 대단히 아름답게 보여 그것을 가져다 꽂았던 일은 있었지만 꽃은 이번이 처음이었다. 그만큼 돈나무꽃에는 관심을 두지 않고 지냈다.

돈나무 가지를 그날 그렇게 꽂고 보니 이제까지 꺾어다 꽂아 온 다른 어떤 풀과 나무에도 뒤떨어지지 않을 뿐 아니라 호화롭기도 하고 또 함초롬했다. 단연 뛰어난 꽃이었다. '아아, 이렇게 돈나무

꽃과 만났구나!'하고 나는 마음속으로 중얼거리며 아내 사진을 앞에 두고 합장을 하고, 돈나무를 보고서도 그렇게 했다.

이삼일 뒤 우리 섬보다 훨씬 남쪽에 있는 도카라 열도의 여러 섬 가운데 하나인 스와노세섬에 사는 한 친구가 나를 찾아왔다. 술을 좋아하는 이였는데, 관음상 앞에서 "돈나무군!" 하고 곧바로 그 꽃을 알아봤다. 돈나무라는 꽃은 그다지 널리 알려진 식물이 아니었던지라 그가 이름을 알고 있다는 것에 놀라 "자네가 사는 섬에도 돈나무가 있나?" 하고 물어보니 크게 고개를 끄덕이며 이런 이야기를 들려주었다.

그가 사는 섬에서는 사람이 죽으면 죽은 자를 묘지까지 옮길 때 죽은 자와 가까운 사람이 돈나무 가지로 관을 두드리며 간다고 했다. 인구가 모두 합해 50명밖에 안 되는 섬이라 차가 아니라 사람들이 관을 메고 묘지까지 옮기는데, 반드시 친척 가운데 한 사람이 무슨 이유 때문인지 돈나무 가지로 관을 계속해서 치며 간다는 것이었다.

스와노세섬에는 화장터가 없어 지금도 모두 땅에 묻는다. 구덩이를 파고, 관을 넣고, 흙으로 봉분까지 쌓은 뒤에 다시 고인과 가까운 사람이 돈나무 가지로 봉분 위를 가볍게 몇 번인가 두드린다 했다.

"왜 그러는지는 나도 몰라. 아마도 내 생각에는 죽은 자가 방황하지 말고 편안하게 잠들라는 뜻이 아닌가 싶어."

스와노세섬이 가고시마 문화권에 드는 섬이라는 점을 감안하면 아마 그것은 아마미 군도의 장례 의식 가운데 하나일 것이다.

친구의 이야기를 들으며 돈나무꽃은 더 운명처럼 느껴졌다. 앞날은 알 수 없지만 만약 아무 탈이 없다면 올가을에는 일부러라도 붉은 돈나무 열매를 보러 갈 것이고, 내년 봄에는 가슴 설레며 돈나무에서 꽃이 피기를 기다리게 될 듯하다. 다른 야생식물이나 꽃처럼 돈나무와 맺은 인연도 그렇게 깊어져 갈 것이다.

사람이 산다고 하는 것은 그 대상이 무엇이든 그것을 티 없이 사랑하는 데서 깊어진다. 나는 물론 핵무기와 핵발전소가 없는 세상이야말로 희망이라 여긴다. 그런 세상을 위해 내 사랑의 에너지를 불태워 가고 싶다. 인간이나 동물들은 물론 산과 들에 피는 야생 풀꽃이나 식물들을 위해서도 핵무기나 핵발전소를 없애야 한다.

요즘은 루핀꽃이 밭 한가득 피기 시작했다. 루핀은 얼마 지나지 않아 풋거름이 되어서 밭으로 돌아갈 것이다. 돈나무 다음에는 루핀꽃을 제단에 올리려고 한다. 얼마 뒤면 산에는 다정큼나무꽃이 피기 시작할 것이다. 그때가 되면 가장 먼저 그 꽃을 제단에 바칠 것이다. 계절과 함께하는 한 절망 속에서도 희망은 이렇게 이어지는 것이다.

## 나무의 위로

올 장마 기간에도 해마다 그랬듯이 산수국꽃을 보며 지내고 있다. 13년 전에 도쿄에서 이 섬으로 이사를 올 때 왠지 그것만은 두고 올 수 없어서 화분에 심었던 두 그루를 그대로 이삿짐 속에 넣어 온 나무들이다. 그것이 어느새 뿌리를 뻗고 지금은 커다란 나무로 자라 집 앞을 아름답게 꾸미고 있다. 마음 가는 대로 해마다 가지 몇 개를 잘라 내어 뒤뜰 여기저기 꺾꽂이를 해 왔는데, 그것이 또한 어느새 보기 좋게 자랐다.

산수국은 장마철에 꽃을 피운다. 꽃잎은 희고, 중앙의 꽃대 부분은 푸른빛이다. 수국보다 절반쯤 작은 꽃이지만 그루 전체에서 꽃이 피면 아무리 심한 빗속에서도 환한 빛을 잃지 않고, 놀랍게도 비가 오래 내리면 내릴수록 그 아름다움이 깊어진다.

아침에 일어나 커튼을 열면 유리창 너머 바로 눈앞에 그 꽃이 보인다. 빗발이 강하면 강할수록 마음 편히 이부자리 속에서 흰색과 푸른색이 뒤섞인 산수국꽃 더미를 바라볼 수 있다. 이슬비나 가랑비 정도라면 그래도 하지 않으면 안 되는 밭일 따위가 있지만, 빗방울이 굵은 비가 쏟아질 때는 마음 편히 꽃의 아름다움을 지켜볼 수 있는 것이다. 비가 오면 올수록 꽃은 푸른 하늘에 흰 구름이 흘러가듯 밝게 빛이 난다.

집 주변 어디랄 것 없이 산수국이 자라고 있어서 어딜 가나 그 꽃과 만난다. 아내를 잃고 난 뒤로 이 집은 몹시 쓸쓸해졌지만 쓸쓸하면 쓸쓸할수록 산수국꽃 더미는 밝은 빛으로 집을 둘러싸고 있다. 올 장마는 내가 막연하게나마 바라던 집 모양을 마침내 갖추게 됐다는 것을 일러 주었다. 나는 산수국에 둘러싸인 집을 꿈꿔 왔던 것이다.

6월 상순의 일이었다. 나는 하코네의 산중에 자리 잡은 '한마음의 집'이라는 곳에 갔다 왔다. 거기는 학교나 사회에 적응할 수 없어서 마음고생을 하는 젊은이들을 모아 농사일 같은 공동 작업을 하면서 학생들이 가치관의 전환을 꾀할 수 있게 돕는 곳이었다. 뛰어난 한 선지자가 오랜 기간에 걸쳐 그 집을 주재하며 월간 〈닭〉이라는 교육 잡지도 내고 있어 그 회원이 일본 전국에 걸쳐 있다.

한마음의 집에서 하룻밤 신세를 지고 난 다음 날 아침, 아침밥을 먹은 뒤 집 주변 밭을 둘러보며 걸었다. 겉으로 보기에는 몸이나 마음이 병을 앓고 있는 사람처럼 보이지 않는 젊은이들 몇 명인가가 밭일을 한다거나 닭 모이를 준다거나 하며 무척 활발하게 움직이고 있었다. 즐거워 보였다. 계단식 밭으로 이루어진 그곳의 밭을 다 둘러본 뒤 그대로 산으로 이어진 숲속으로 들어가 잠시 그 속에서 홀로 머물렀다.

위쪽으로는 인가가 더는 없었다. 둘레로 둘러선 험한 산들은 깊은 고요와 아침 햇살, 이슬로 반짝이고 있었다. 숲의 고요는 각별했는데, 그때 문득 영감과도 같은 생각 하나가 떠올랐다. 그것은 마음에 병이 든 사람은 나무한테서 위로를 받는 게 아닌가 하는 것이었다. 거꾸로 말하면 마음에 병이 없는 사람은 나무에게 위로받을 일이 없고, 식물들과 진심으로 마주 대할 일도 없으리라고 하는 것이었다.

몸과 마음이 깊이 병이 들었을 때 사람은 비로소 나무를 본다. 식물을 본다. 꽃을 본다. 한순간 이런 새로운 깨달음이 내 가슴속을 지나갔다. 그때 나는 뭔가 대단히 소중한 것을 깨닫게 됐다는 기분이 들어 그것을 가슴에 깊이 새겨 두었다.


한마음의 집만큼 깊은 곳은 아니지만 내가 사는 마을 또한 뒤로는 더 이상 인가가 없는 깊은 산이 이어지는 산골짜기 마을이다. 마을 둘레로는 바로 산이 솟아 있고, 우리 집만 해도 집 뒤뜰이 바로 산으로 이어져 있다.

꽃나무를 심지 않아도 철마다 산과 들에서 절로 나고 자란 풀과 나무가 꽃을 피운다. 그래도 역시 어떤 종류든 꽃나무를 심지 않고 지낼 수는 없는 일이다. 이사를 온 지 3년째인가 되는 해에 심은 열댓 그루의 매실나무가 지금 해마다 아름다운 꽃을 피우고 있고, 몇 해 전에 심은 협죽도도 잘 자라 꽃이 드문 한여름이면 한낮을 환하게 밝혀 준다. 대여섯 종이 되는 밀감류도 초여름에 눈에 뜨일 만큼 아름다운 꽃을 피우게 됐다.

하지만 내 마음속에는 아마도 아직 아픈 데가 있어, 작년 봄부터 올봄에 걸쳐서 몇 가지 꽃나무를 심었다. 작년에 심은 것은 도치기 현에서 나무 농원을 꾸리는 한 친구가 보내 준 나무들로 목련, 산딸나무, 칠엽수 따위였다. 북쪽의 식물이라 뿌리를 내릴까 걱정이었는데 두 해째에 접어든 지금까지 모두 죽지 않고 순조롭게 자라고 있다. 올봄에 심은 것은 금목서와 백목련이다. 섬 안의 다른 곳에서 자라고 있는 것을 보고, 북쪽 지방의 식물이지만 가고시마의 나무 가게에서 사다가 심은 것이다. 몇 년 지나면 가을에는 금목서의 달콤한 향기가 집 주변을 떠다니고, 봄에는 백목련이 흰 꽃을 크게 피울 것이다.

그 밖에는 지금 마침 한창 꽃 피울 때를 맞이한 무궁화가 갑자기 좋아져서, 뿌리를 내릴지 어떨지 알 수 없었지만, 장마철을 틈타 화분에 네다섯 개 꺾꽂이를 해 두었다. 산수국을 심은 아내가 그랬던 것처럼, 그것들이 커서 아름다운 꽃을 피울 때는 나는 이미 이 세상 사람이 아닐지도 모른다.

한마음의 집에서 얻은 감개와는 조금 다른지 모르지만, 식물이란 존재는 〈반야심경〉에서 설하는 '불생불멸'이라는 소식을 누구보다 몸소, 곧바로 마음에 가르쳐 보이고 있다. 바다도 산도 강도 불생불멸이고, 사람도 또한 불생불멸이지만 그 호흡을 가장 깊게, 조용히, 여실하게 가르쳐 주는 것은 역시 식물이다.

장마도 끝에 가깝고 산수국꽃도 색깔을 잃기 시작했지만 그 뒤를 이어 지금 여기서는 야생 애기범부채가 짙은 귤빛 꽃을 가득 피우기 시작하고 있다.

그 어떤 불을 준다 해도 반딧불이와 바꿀 수 없다

– 무명인

야마오 산세이!

일본에서 신문 배달로 학비를 벌며 일본어를 배울 때였다. 자주 가는 서점이 있었다. 그곳에서 그를 만났다. 물론 책을 통해서다.

섬에 살고 있다 했다. 나무 한 그루에 끌려 그 섬에 살러 갔다는 것도, 농부이자 시인이자 구도자로 사는 것도, 그가 지키고자 했던 삶의 원칙 같은 것도 좋았다. 그의 삶은, 내 눈에는, 가서 보고 싶을 만큼 곱고 깊었다.

그의 집과 밭과 마을, 그리고 그가 사랑한 바다와 산을 보고 싶었다. 긴 대화도 나누고 싶었다. 하지만 그는 내가 한국으로 돌아와 그의 책 《여기에 사는 즐거움》을 우리말로 옮기고 있던 2001년에 갑자기 이 세상을 떠났다. 예순둘이라는 젊은 나이였다. 나는 꿈을 이룰 수 없었고, 한국판 《여기에 사는 즐거움》은 그다음 해인 2002년에 나왔다.

나는 때때로 그가 그립다. 그럴 때면 그의 책을 읽거나 인터넷으로 그의 섬 야쿠시마를 여행하고는 했는데, 그 과정에서 알았다. 그는 죽지 않았다는 걸. 놀랍게도 그는 불사신처럼 살아 있었다. 그 까닭은 무엇인가?

첫째는 그가 살던 섬에 그의 기념관이 생기고, 그곳에서 크고 작은 행사가 이어지고 있는 것이다.

다음은 그의 책이 그의 사후에도 이어서 다시 나오고 있는 것이다, 한두 권도 아니고 열 권이 넘게 다시 이어서 나오고 있는 것이다.

돌아보면 생전부터 그런 조짐이 있었다. 그가 살러 온 폐촌, 곧 살던 사람이 모두 떠나고 빈집만 있던 그곳에 열 가구가 넘는 사람들이 몰려들며 마을이 되살아난 것이 그 예다. 다는 아니겠지만 산세이의 영향이 컸다. 그의 시집과 산문집의 영향이었다. 그 가운데 한 사람의 말을 들어 보자.


"야마오 산세이의 책을 읽고 이곳으로 여행을 한번 가 봐야겠다고 생각했어요. 조개껍데기 하나만 보고도 바다를 읽는 감수성, 시골 생활의 불편과 불안을 행복으로 승화하는 여유로움, 진화하지 않아도 좋다고 말하지만 지적인 예리함은 놓치지 않는 내

적 성찰, 야마오 산세이가 사는 마을은 어떤 곳인지 궁금했던 것
입니다."


그뒤 그 마을 사람이 된 사이토 도시히로라는 이가 한국의 계간지
〈보보담〉 2013년 봄호(통권8호)에서 한 말이다. 그렇게 사람들이 모여들
며 그 마을에는 그 무렵에 16가구 30여명이 살고 있다고 〈보보담〉은 전
하고 있다.

야마오 산세이의 무엇이 이렇게 사람을 끄는 것일까? 물론 그것은 그
의 꿈이며 삶이다. 그것을 산세이는 이 책에서 원향原郷, 혹은 고향성故
郷性이라 부르고 있다. 무슨 말인가? 풀어 쓰면 본래 고향이다. 혹은 본
디 고향, 혹은 진짜 고향이다. 에덴, 혹은 유토피아라고 해도 틀리지 않
는다. 이 책에서는 본래 고향으로 옮겼다. 산세이는 이렇게 말한다.


'본래 고향'이라는 말이 어느 날 나를 찾아왔다. 산이 있고 강이
있고 바다가 있다. 그리고 그것과 인간이 조화롭게 사는 세상. 그
것을 나는 '본래 고향'이라 부른다. 사람은 고향을 버리고 도시의
주민이 될 수는 있어도 이 지구라는 '본래 고향'을 버리고 살 수는
없다. 과학과 공업은 인류의 행복에 얼마쯤 보탬이 될 수 있겠지
만 아무래도 마지막 목적은 될 수 없다. '본래 고향'이란 말은 패
션프루트의 씨앗, 거거의 껍질과 함께 이 여름, 대자연이 내게 준

선물이다. 그것이 지금 내 마음 안에 자리를 잡고 있다.

이 책에 따르면, 그 고향에는 바다가 있고, 산이 있고, 마을이 있다. 그 안에서 서로 돕고 산다. 누가 집을 지으면 온 마을 사람들이 가서 돕는다. 정월 보름날에는 남녀노소를 가리지 않고 모두가 참가하는 마을 대항 줄다리기 대회가 열린다. 초·중·고등 학교 입학식이나 졸업식에는 자식과 부모가 함께 교가를 부른다. 자식만이 아니라 아버지도, 할아버지도 그 학교 졸업생이다. 옛날에 불렀던 노래를 자식과 함께 부르면서 몇은 운다. 산이나 바다나 들에서는 많은 것이 절로 나 자란다. 고맙다. 경이롭다. 그것을 이웃과 나눈다. 떡을 해도 나누고, 물고기를 잡아도 나눈다. 버섯도 나누고, 과일도 나눈다. 어느 집에 아이가 태어나면 온 마을 사람들이 선물을 들고 축하하러 간다. 그 속에서 아이들이 자란다. 그 모습이 대견하다. 그런가 하면 생을 다하고 죽는 사람도 있다. 그런 일이 생기면 그때도 마을 사람들은 힘을 합쳐 함께 장례를 치른다. 산은 푸르고, 바다는 맑고, 그 속에서 사람들은 산과 바다를 지키며 서로 도우며 산다.

하지만 그 길은 외로운 길이다. "이 섬에서조차 사람들은 일견 아침부터 밤까지 돈만을 생각하고 있는 것처럼 보인다. 일본뿐 아니라 세계 어디를 가나 사람들은 아침부터 밤까지 오직 돈만을 생각하며 뛰고 있는 것처럼 보인다." 그런 세상에서 본래 고향을 지키기는 쉬운 일이 아니다. 물질문명은 드세다. 그 힘에 밀려 본래 고향은 자꾸 무너져 간다. 오염이 돼 간다. 사라져 간다. 사람도 바뀌어 간다.

재작년부터 코로나19로 온 인류가 고통을 겪고 있다. 문제는 언제 끝이 날지 모르는 그 돌림병만이 아니라는 데 있다. 삼림 훼손, 사막화, 종 다양성 파괴, 기후 위기, 해수면 상승, 기아, 복합오염, 늘어나는 자연재해처럼 지구는 병이 깊다.

인류는 어디로 가야 할까? 야마오 산세이는 본래 고향이라고 말한다. 이 책은 예순한 가지 본래 고향 이야기다.

고개를 넘어 마을로 03

# 어제를 향해 걷다

**글** 야마오 산세이
**옮김** 최성현
**그림** 김병하

**초판** 1쇄 펴냄 2022년 10월 10일

**편집** 서혜영, 전광진
**인쇄** 로얄프로세스 **제책** 책다움
**도서 주문·영업 대행** 책의 미래  전화 02-332-0815 | 팩스 02-6003-1958

**펴낸 곳** 상추쌈 출판사 | **펴낸이** 전광진
**출판 등록** 2009년 10월 8일 제 544-2009-2호
**주소** 경남 하동군 악양면 부계1길 8  우편 번호 52305
**전화** 055-882-2008 | **전자 우편** ssam@ssambook.net | **누리집** ssambook.net

* 정여울 작가의 추천사는 작가와 협의를 거쳐 〈시사IN〉 360호에 실린
'나는 나에게로 물러난다'에서 뽑아 다듬었습니다.

ISBN  979-11-90026-08-6    03830

옮긴이 **최성현**

여러 권의 번역서로 한국에 아마오 산세이의 세계를 소개해 왔다. 강원도 홍천의 산골 마을에서 자연 농법으로 논밭 농사를 지으며, 하루에 한 장석 손글씨로 엽서를 쓰고 있다. (cafe. daum.net/earthschool)

쓴 책으로는 《그래서 산에 산다》, 《힘들 때 펴 보라던 편지》, 《좁쌀 한 알》, 《오래 봐야 보이는 것들》, 《시코쿠를 걷다》, 《바보 이반의 산 이야기》 등이 있다. 옮긴 책으로 《나무에게 배운다》, 《나는 숲으로 물러난다》, 《여기에 사는 즐거움》, 《더 바랄 게 없는 삶》, 《자연 농법》, 《짚 한 오라기의 혁명》, 《자연농 교실》, 《신비한 밭에 서서》, 《돈이 필요 없는 나라》, 《경제성장이 안 되면 우리는 풍요롭지 못할 것인가(공역)》, 《반야심경》과 같은 책이 있다.